Bernd Weiler

Mama weint

Über dieses Buch

Am Abend fährt wieder ein Ruderboot hinaus auf den See. Der junge Mann darin hievt etwas über den Bootsrand und leuchtet dem versinkenden Sack mit einer Taschenlampe hinterher. Seine Mutter wird am nächsten Morgen wieder einmal eine blonde Locke auf ihrem Nachttisch finden. Hat er schon wieder eine neue Freundin, der Junge, wird sie sich denken. Dabei will er nur, dass seine Schwester Sabine zurückkommt.
Eigentlich sollte sich Kriminalkommissarin Kim Lorenz auf die Ordnung ihres Privatlebens konzentrieren. Die Beziehung mit Peter Lang steckt in einer Krise und die beiden haben beschlossen, dass eine begrenzte Trennungszeit das richtige Heilmittel sein soll. Nicht einfach für die Kommissarin, die in ihrem Grübeln von einem Anruf aus Konstanz unterbrochen wird. Die Leiche eines jungen Mädchens war in Überlingen ans Ufer gespült worden.
Schwierige Ermittlungen für Kommissarin Lorenz. Keine richtigen Spuren und schon gar keine Zeugen. Sie lässt das Seeufer verstärkt überwachen. Da die örtliche Polizei überfordert zu sein scheint, patrouilliert eine Bürgerwehr in der Dunkelheit am Seeufer. Einer sieht etwas, doch er kann dann nichts erzählen…

Bernd Weiler, 1959 geboren, studierte Anglistik und Germanistik in Tübingen und Leeds. Als Freier Redakteur und Autor arbeitete er bei zahlreichen Reise- und Naturführern mit. Mehrere Mundarthörspiele wurden vom SWR produziert. Seit einigen Jahren schreibt er auch Krimis. »Mama weint« ist der dritte Fall mit seiner Kommissarin Kim Lorenz, der wie die anderen beiden Krimis »Hopfentod« und »Die Tote am Steg« am Bodensee spielt.

Bernd Weiler

Mama weint

Ein Bodensee-Krimi

Oertel+Spörer

Dieser Kriminalroman spielt an realen Schauplätzen. Alle Personen und Handlungen sind frei erfunden. Sollten sich dennoch Ähnlichkeiten mit lebenden oder verstorbenen Personen ergeben, so sind diese rein zufällig und nicht beabsichtigt.

Postfach 16 42 · 72706 Reutlingen

Titelbild: Angela Hammer, Gomaringen
Umschlaggestaltung: Oertel + Spörer Verlag,
Bettina Mehmedbegović
Satz: Uhl + Massopust, Aalen
Druck und Bindung: CPI books GmbH
Printed in Germany
ISBN 978-3-88627-383-6

Für Jutta und Eddy

Er mochte es, wenn die letzten Luftblasen aufstiegen. Wenn er mit seiner Lampe steil ins Wasser leuchtete, dann waren es helle Kugeln, die ihm langsam entgegenstiegen. Heute Nacht war der See ruhig. Kein Luftzug war zu spüren. Sie würden heute auch nicht kommen und ihn finden. Heute auch nicht. Er schaute noch einmal in die Tiefe. Im Lichtstrahl der Taschenlampe konnte er ihr Gesicht deutlich erkennen. Sie sah aus, als ob sie schlafen würde. Die Augen geschlossen. Sie hatte lange Wimpern, wahrscheinlich falsch, dachte er. Ihre Haare bewegten sich tanzend. Er schaute ihnen zu und wiegte mit dem Kopf mit. Es ging hin und her, wie ein blonder Wald, der sich zu einem Wind bewegte. So mochte er sie. Die Mädchen. Wenn sie dort unten waren, dort wo sie gestorben war, starben sie auch. Ihren langsamen Tod, so wie sie. Er hatte ihnen Adieu gesagt. Guten Abend und Adieu. Mehr sagte er zu ihnen nicht. Er wollte nicht mit ihnen reden. Das hatte Sabine getan, seine Schwester. Seine Schwester, die tot war. Weil sie tot sein wollte. Das hatte er nie verstanden. Tot sein wollen. Auch Mama hatte das nie verstanden.

Es kam ein Wind auf. Das Boot schlingerte zur Seite und er verlor den Punkt aus den Augen. Wo war sie denn? Er wollte doch noch hinabwinken. Ein letztes Adieu. Er setzte sich auf die Bank und nahm die Riemen auf. Dort drüben war es gewesen, wenige Meter vor dem Gebüsch am Ufer. Er versenkte sie nicht tief. Nur soweit, dass er ein Seil brauchte. Die alten Gewichte waren gut. Die flutschten richtig hinab, wenn er sie angebunden hatte. Sieben waren es gewesen, die er gefunden hatte. Sieben alte Bleiklötze mit mindestens zwanzig Kilo Gewicht. Mindestens, denn er konnte sie kaum lupfen. Aber das funktionierte. Er hatte keine Ahnung, wozu diese Gewichte einmal verwendet worden waren. Zum Wiegen waren sie zu grob, zu einfach, zu rau, was auch immer. Er wusste es halt nicht. Das war ja auch egal. Er hatte ja noch vier. Dann würde er weitersehen. Irgendein Gewicht gab es immer. Würde es geben, da war er sich sicher.

Mit einem weiteren Ruderschlag hatte er die Stelle erreicht. So schwer zu finden war sie eigentlich nicht, denn er hatte wie immer eine kleine weiße Rose an einem dünnen Faden an die Leine gebunden. So fanden sie die Mädchen leichter. Aber er auch, wie jetzt. Die kleine Rose trieb vor ihm im Wasser. Er leuchtete hinunter und sah sie. Das Mädchen. Sah sie, das Mädchen Marie. Ein Reim. Er würde sich daran erinnern. Vielleicht hieß sie wirklich wie seine Mutter. Aber nun war sie dort unten auf der Suche.

Als er ihr Gesicht anleuchtete, lächelte sie. Ein feines Lächeln, dachte er, denn ihre Mundwinkel zogen sich nicht weit auseinander, sondern blieben schön im Rahmen für ein dezentes Lächeln. Sehr gut, Mädchen Marie. Auch sterben will gelernt sein. Er lachte. Aber nicht laut, denn sie waren vielleicht ganz in der Nähe. Sie suchten ihn. Die Zeitung hatte das geschrieben. Sie suchten jemanden, der unschuldige Mädchen versenkte, tot. Den suchten sie. Ihn suchten sie. Das wusste er. Aber sie wussten sonst noch gar nichts. Sie hatten nur tote Mädchen aus dem See gefischt. Mehr nicht. So weit waren sie mit ihren Ermittlungen. So weit. Sollten sie doch. Ihm würden sie nicht auf die Spur kommen. Sein Plan war klar, den hatte er sich lange ausgedacht. Es würde weitergehen, bis zum letzten Gewicht. Zum Abschied fuhr er immer noch mit dem Boot eine kleine Runde um die kleine weiße Rose. Dann fuhr er zurück, wenn wahrscheinlich keine Luftblasen mehr nach oben stiegen.

Er nahm Abschied vom Mädchen. Streichelte die kleine Rose ein letztes Mal und wartete einen Moment, ob das Mädchen auch noch was zu sagen hätte. Aber keine Luftblase stieg mehr nach oben. Das Mädchen wollte, konnte nichts mehr sagen. Das Mädchen Marie war tot. Dort unten tot. Sie war jetzt auf der Suche. Er hatte auch ihr eine Locke abgeschnitten. Die würde er Mama auf den Nachttisch legen. Vorher noch trocknen, natürlich. Das machte er immer. Aber dann die Locke auf den Nachttisch. Damit Mama nicht mehr weinte.

Kim Lorenz konnte den Herbst am See in diesem Jahr nicht genießen. Was sollte sie mit dieser Abendsonne anfangen, die so herrlich leicht über den See ans Ufer strich. Wie ein Lichtpinsel warf sie ihre Strahlen auf die buschbegrenzten Wiesen, dann über die Häuser mit ihren wohlgepflegten Gärten. Sie hatte kein Auge dafür, sie hatte auch keine Stimmung dafür. Das spürte sie genau. Warum konnte sie nicht einfach ja sagen, und damit war die Sache erledigt. So, wie in ihrem Job. Ja, und fertig. Hier ginge das nicht, so leicht nicht. Für sie gab es kein ja, zumindest jetzt noch nicht. Sie hatte mit Peter lange darüber geredet, oft darüber gesprochen, sie hatte sich den Mund fusselig geschwätzt. Es war für sie noch nicht die Zeit. Sie selbst war noch nicht so weit. Das war doch alles noch so weit weg. Sie wusste das, sie hatte das immer gewusst. Es würde mal ein Punkt kommen, dann stellt er dich. Das war doch so gewesen, nach dem Fall in Gaienhofen. Sie hatte das Essen noch absagen können, von wegen irgendwie ging es ihr nicht gut und so. Dann hatte sie Peter zur Rede gestellt. Zu Recht, wie sie fand, das musste sie ihm zugestehen. Er so als Mann konnte mit Ende Dreißig schon mal die Frage stellen, wo das denn eigentlich hingehen sollte. Und sie als Frau wusste für sich selbst auch ganz gut, dass es irgendwo hingehen musste, denn sie wollte ja. Aber es ging nicht. So ging es nicht. Sie hatte nicht das Bauchgefühl, dass es so gehen konnte. Vielleicht hatte sie auch nicht die Sicherheit, dass sie es schaffen würde. Vielleicht. Es spielten sich Szenen ab in ihrem Kopf. Da war die eine, die Ehefrau sein wollte, dann eine, die Kommissarin bleiben wollte und schließlich eine, die Mutter zu sein sich wünschte, aber noch nicht so recht wusste, wann. Und dann war da noch die Zeit. Diese Lebenszeit, die das alles, die Argumente, Gefühle und Wünsche, das Denken und das Handeln in einen Rahmen setzte, der begrenzte, der schob, hin zu einer Entscheidung schob. Aber sie wollte sich nicht schieben lassen. Das hatte sie noch nie gemocht. Sie war sie und sie wollte entscheiden, sie wollte bestimmen, wo es mit ihr und ihrem Leben hingehen sollte. Andererseits, so allein ging das eigentlich nicht. Sie musste in sich hineinlachen. Nein, allein kannst du zwar Entscheidungen treffen, aber die Konsequenzen schlossen dann zumindest einen anderen Menschen ein: Peter. Sauber, dachte Kim Lorenz und schenkte sich noch ein Glas von dem leckeren Prosecco ein. Ihr Blick ging hinaus auf den See, die Abendsonne flimmerte vor ihren Augen wie ein Warnlicht: Vergiss nicht die Schönheit der Welt und deines Lebens. Sie lachte nun laut auf. Womöglich war alles ganz einfach. Womöglich konnte sie selbst einen Weg finden. Hatte Peter recht? Hatte sie recht? Das konnte sie so nicht beantworten. Hatten sie beide recht? Aus ihren jeweiligen Lebenssituationen heraus? Er war wegen ihr nach Gaienhofen gekommen. Sie wusste nicht, ob er wirklich für immer Lehrer sein wollte. Daher konnte sie ihm nichts vorwerfen. Fast nichts. Er drängte, gut. Aber er war auch einige Jahre älter als sie. Was, wenn er sich eine andere suchte, die paarungswilliger und kinderwilliger war? Dann saß sie da. Mit ihren Zielen und ihren Wünschen. Ausgebootet.

Sie trank den letzten Schluck Prosecco, nahm das Glas zusammen mit der leeren Flasche und trug die Sachen in den Wohnwagen. Den Tisch und die Stühle konnte sie stehen lassen. Es war gutes Wetter für den Herbst am Bodensee angesagt. Sie wollte dran glauben. Ihre allgemeine Faulheit tat ein Übriges.

Was, wenn er ihr wieder eine Locke hinlegte? Es waren schon drei. Sie wusste es nicht. Sie wusste nicht was tun, dann. Es war schön, von ihm diese Bestätigung zu bekommen. Sie war die Mutter, sie hatte ihn geboren und groß gezogen. Sie hatte ihm die Brust gegeben und die Windeln gewechselt. Stoffwindeln, damals, als sein Vater noch lebte. Er war aufgewachsen, behütet, konnte man das sagen, fragte sie sich. Der Vater hatte sich schon so früh davon gemacht. Und behütet? Eher weniger, denn sie hatte es nicht leicht gehabt. Aber sie hatte keine Träne vergossen. Keine. Der war wohl weg. Er fehlte dann auch nicht. Warum auch? Sie hatte das ganz gut hingekriegt. Gut, ihre Eltern hatten ihnen viel geholfen, aber gerne, das war wichtig. Vor allem ihr Vater hatte Verständnis gezeigt. Ganz ungewohnt, hatte sie damals gedacht. Da war Heinz vier und Sabine schon fast zwölf. Sabine hatte das am meisten mitgenommen. Das Ganze mit ihrem Mann, Wolf, der einfach gegangen war. Sie hatte sich immer gefragt, wie man einen Menschen Wolf mit Vornamen taufen konnte. Was war das denn schon für ein Name, um in eine Welt zu gehen? Wolf. Da kommst du doch nicht weit. Da ist das Scheitern vielleicht schon vorprogrammiert. Dann bist du halt der Wolf. Das ist doch nichts. Das war doch nichts, hatte sie später gedacht. Gut, er war gegangen. Einfach so, eines Tages. Das nächste Bier war einfach zu weit weg gewesen. Da hatte er dann mal woanders übernachtet und so ging das dann weiter und weiter. Sie trank ihren Tee. Mit ein bisschen was drin. Das war nicht schlimm. Das war nicht wie Bier und Schnaps trinken, wie es der Wolf getan hatte. Der Wolf, der konnte ja Biere und Schnaps in sich reinschütten, aber hallo. Sie nahm einen kleinen Schuss in den Tee. So, wie sie damals dem Heinz einen Schuss ins Fläschchen gegeben hatte. Aber das hatte sie niemandem gesagt. Weil, man muss nicht alles sagen, was man tut. Das hatte ihre Mutter ihr schon gesagt. Die wusste das, denn die war eine polnische Hebamme und auch noch gläubig gewesen. Da kam viel zusammen auf ihrer Seite, dachte sie manchmal. Sie warf zwei Stück Zucker in ihren Tee und rührte kräftig um. Für Würfelzucker reichte es immer noch. Die Stütze, die jetzt Hartz vier hieß, reichte dafür noch. Aber es war nicht viel. Das hätte sie sich auch nicht träumen lassen, einmal so dazusitzen. Hartz vier! Das war doch das Ende. Aber vielleicht war es ihr Ende. Wenn sie nicht bald was geregelt kriegte, wenn sich da nicht was irgendwie änderte, dass sie wieder leben würde wollen. Würde wollen, was war denn das für ein Scheiß?! Fragte sie einer? »Mit Mitte fünfzig bist du doch draußen!«, sagte sie sich laut vor. Alle, die dir erklären, du solltest es doch versuchen, die saßen doch sicher, die redeten doch nur. Wo hätte sie denn anfangen sollen, seit Sabine? Wie sollte eine Mutter, und das war sie doch, denn da ihr Leben wieder in den Griff kriegen?

Sie schmiegte ihren Kopf ans Kissen. Die Bettwäsche sollte sie auch bald mal wieder wechseln. Auf dem Nachttisch lag die Locke. Blond. Immer blond. Er hatte wohl einen Hang zu blonden Freundinnen. Sie war auch blond. Gewesen. Damals, als sie Wolf kennengelernt hatte. Vielleicht war es das. Sie würde sich freuen, mal eine seiner Freundinnen kennenzulernen. Immerhin war er ihr Sohn. Dann lernte man sich doch kennen, wenn man die Freundin des Sohnes war, oder nicht. Sie fragte immer. Wen, das wusste sie nicht. Aber in ihrem eigenen Kopf antwortete ihr niemand. Also fragte sie vor sich hin, leise. Vielleicht würde ihr ja doch irgendwann jemand Antwort geben.

Wenn das mit Max nicht gewesen wäre, würde er lachen, dachte Peter Lange in seinem Zimmer im nun ehemaligen Internat. Die letzten Internatsschüler waren zum Ende des Schuljahres ausgezogen. Was mit den Unterkünften werden sollte, da war man sich in der Leitung noch nicht ganz klar. Aber anscheinend spielte das jetzt keine Rolle mehr. Hauptsache, das Internat war geschlossen. Die Meinungen im Kollegium waren geteilt. Viele trauerten dem Internat nach, spürten die Veränderung in der Schule, vor allem im Leben in Gaienhofen. Andere sahen das Modell Internat als überholt an, und wieder andere waren ganz glücklich, nicht mehr irgendwie hinter Salem, das im Hinterland des Bodensees lag, zu rangieren. Endlich Schluss mit den höheren Töchtern und Söhnen, ein wenig mehr Normalität, so könnte man den Tenor dieser Stimmen umschreiben.

Aber Max. Wieso wiederholen sich solche Sachen so

seltsam. Als Max schließlich zu Julia zurückgekehrt war, da hatte er gedacht: So etwas niemals. Trennung auf Zeit, das war für ihn unvorstellbar gewesen. Aber nun. War er selber getrennt. Auf Zeit. Einfach so. Wenn ihn denn einer fragen würde, er könnte nicht sagen, dass er etwas falsch gemacht hatte. Mehr Entgegenkommen war eigentlich nicht möglich, oder? Er hatte ihre Arbeit immer sehr wichtig genommen, war ihr hinterhergezogen, und schließlich hatte er auch noch diese Stelle in Gaienhofen angenommen. Nicht ihr zuliebe, soweit wäre er nicht gegangen. Es war schon seine eigene Entscheidung gewesen. Das hier in Gaienhofen hatte ihn gereizt. Als er dann noch festgestellt hatte, dass Max Schaff hier auch Lehrer war, dann war es für ihn keine Frage mehr gewesen, dass hier sein Weg weiter gehen würde. Zumindest, was seine Arbeit anging. Dass er noch einen ganz anderen Gedanken hinsichtlich seiner Zukunft hegte, das wusste nicht einmal Kim. Der Journalismus war eine schöne Sache. Es machte ihm Spaß, auch jetzt hin und wieder mal was für die örtlichen Blätter zu schreiben. Es drängte ihn aber eher zum längeren Text. Das wäre was, hatte er sich zusammen mit einer Flasche Rotwein eines Nachts überlegt, wenn er Krimis schreiben könnte. Informationen genug bezog er sowieso über Kim und ihre Arbeit im Kommissariat. Da könnte doch mal ein Fall dabei sein, der ein Buch lohnte. Er wusste noch nicht, ob er einer solchen Aufgabe gewachsen war. Aber probieren geht über studieren, dachte er und behielt diesen Gedanken wach im Hinterkopf.

Als er das Boot anlandete, war alles ruhig. Er schaute immer schon von weiter draußen, ob sich am Ufer was tat. Wenn er Lichter oder Menschen sah, fuhr er wieder hinaus. Dann wurde es halt später. Er nutzte die Nacht. Meistens, wenn es dann nach zwei Uhr war, blieb alles still. Er konnte dann in Ruhe das Boot an den Steg fahren und in den alten Bootsschuppen ziehen. Inzwischen musste er immer weiter fahren, denn er wollte ihnen keine Möglichkeit geben, ihn irgendwie zu orten. Draußen konnte er den kleinen Außenborder einsetzen, aber in der Nähe des Ufers musste er die Ruder schwingen. Morgen würde er wieder krank sein. Wie immer. Seine Mutter war das schon gewohnt, dass es immer wieder Tage gab, da kam er nicht aus den Federn. Krank eben. Sie machte keine große Sache daraus. Für die Arbeit brauchte er wegen des einen Tages jeweils keine Entschuldigung. In der Werkstatt waren sie froh, dass er regelmäßig und vor allem meist pünktlich kam. Es war eine gute Arbeit. Seit er oft in der Schreinerei war, machte es noch mehr Spaß. Er hatte seine Freude daran, wenn sie Holzspielzeug drechselten oder auch ein Schränkchen oder eine Fußbank bauten. Der Leiter war nett und half ihm, wo es fehlte. Er wusste wohl, so ein ganz normales Leben würde er wohl nie haben können. Sie waren nicht so richtig dabei. Sie waren eben die vom Heim, vom Bruderlager. Viele von ihnen wohnten auch dort. So wie Nele. Seine Nele. Aber das wusste die noch nicht. Nele war in der Gärtnerei. Sie brachte ihm immer ein paar Blumen mit, wenn sie am freien Nachmittag auf den See hinausruderten. Seine Nele. Mit ihren langen blonden Haaren, dem breiten Mund, der so gerne lächelte und lachte. Gerne erzählten sie sich Witze. Sie wusste immer noch einen schmutzigeren als er. Dann redeten sie auch von der Zukunft, was sie werden wollten und so. Morgen war wieder freier Nachmittag. In diesem warmen Frühherbst konnten sie vielleicht nochmal rausfahren auf den See. Nele war die einzige, die von seinem Boot wusste. Aber er holte sie meistens am Anleger des Bruderlagers ab. Wo genau sein Boot lag, wusste Nele nicht.

Er schloss die Tür des Bootsschuppens. Das Einzige, das sein Vater ihm hinterlassen hatte. Soweit er wusste. Das Boot und diesen Liegeplatz mit Schuppen. Schon sein Urgroßvater hatte hier sein Boot gehabt. Das hatte seine Mutter ihm mal gesagt. Vor ein paar Jahren, denn sie wusste nicht, dass er immer wieder mit dem Boot rausfuhr. Der Schlüssel hing am Brett. Aber er hatte sich längst einen Zweitschlüssel machen lassen. Dann merkte sie nichts. Er hängte das Vorhängeschloss ein und verriegelte es mit dem Schlüssel. Den hängte er hinter den Balken an einen Haken. Es sollte nichts bei ihm zu finden sein. Zuhause bei der Mutter »schlief« eine Deckenrolle in seinem Bett. Sie würde nichts merken. Er rührte sich nicht. Sie würde noch einmal reinschauen, bevor sie ins Bett ging. Da genügte die Rolle.

Er fuhr mit dem Fahrrad nach Hause. Das Moped war zu laut. Damit fuhr er sowieso nur am Wochenende. Aber für diese Sache hatte er sein Fahrrad. Er brauchte zehn Minuten. Das Fahrrad stellte er im Schuppen ab und ging hinüber zum Haus. Sie wohnten nicht direkt am See, aber doch in einer alten Siedlung aus Arbeiterhäusern, sozusagen in der zweiten Reihe. Zu Fuß waren es nur ein paar Minuten zum Wasser.

Als er leise die Treppe hochging, knarrte wie immer die fünfte Stufe. Er wusste nicht, was er deswegen machen konnte. Was machte man, wenn Holz quietschte? Immer wieder versuchte er, daran zu denken, die fünfte Stufe zu übergehen. Aber er vergaß es immer wieder. Auch heute Nacht erreichte er sein Zimmer, ohne dass seine Mutter aufwachte. Er schloss die Tür, zog sich aus und schlüpfte in seinen Schlafanzug. Als er den Kopf aufs Kissen legte, war ihm wohl. Er schloss die Augen und sah die Blasen aufsteigen. Er dachte an Sabine. Und Mama, die immer weinte. Er würde das vergessen, einmal. Irgendwann einmal würde er das vergessen. Er hatte vielleicht noch zwei oder drei Gewichte, bis er vergessen konnte, vielleicht. Morgen würde er Mama wieder eine Locke auf ihren Nachttisch legen.

Als Kim Lorenz am frühen Morgen aus dem Wohnwagen nach draußen schaute, wurde ihr die Stimmung vermiest. Das Wetter machte schon früh auf sehr herbstlich. Ein feiner Fadenregen wurde von einem leichten Wind auf den See geweht. Für jemand, der nicht so sonnenverliebt war wie sie, vielleicht ein schöner Anblick. Die kleinen Tropfen schienen auf der Seeoberfläche zu hüpfen. Eigentlich irgendwie schön, dachte die Kommissarin, aber sie konnte sich für so ein Regenwetter nicht recht erwärmen. Sie mochte das nicht, einen Schirm aufspannen oder die Regenjacke überziehen. Wenn es dumm lief, blieb dieses Wetter hier bei ihnen hängen. Drüben am Schweizer Ufer würde der Höhenzug hinter dem See dafür sorgen, dass die Wolken blieben. Das hieß dann Regen für ein paar Tage. Sauber, dachte Kim Lorenz. Keinen Fall und dann noch hier im Wohnwagen. Zu allem Überfluss konnte sie auch nicht zu Peter gehen. Das ging ja nun gerade nicht. Peter. Vielleicht würde er sich ja mal melden. Sie würde die Zeit einhalten, das hatte sie sich geschworen. Schließlich war der Vorschlag von ihm gekommen. Also. Wie sah das denn aus, wenn sie dann den ersten Schritt tat? Sie ging zurück in den Wohnwagen und sah allerlei Notwendigkeiten, die hier drin zu erledigen waren. Eine oder eher mehrere Wäschen mussten gemacht werden, durchfegen wäre auch nicht schlecht und der Kühlschrank könnte auch ein wenig Bevorratung brauchen. Warum ließ sie sich nur so gehen, fragte sie sich. Warum waren diese eigentlichen Kleinigkeiten plötzlich kleine Berge, die sie auch noch vor sich herschob? Weil einfach nichts mehr so ist wie vorher, beantwortete sie sich diese Frage gleich selbst. Sie hätte nicht gedacht, dass so eine vermeintlich kleine Störung ihren Alltag dermaßen durcheinander bringen würde. Nur Peter? Könnte schon sein, dachte sie. Hast dich mal wieder deutlich überschätzt, sagte sie zu sich selbst. Das tat sie immer dann, wenn sie der Wahrheit auf der Spur war. Ihr Handy klingelte.

Mit »Lorenz«, ging sie ran.

»Ihre Anwesenheit wäre gefragt«, sagte eine sonore Männerstimme mit einem Unterton, der sie wahnsinnig machen konnte. Das war der Neue, dieser Kriminalrat aus dem LKA, den sie aus Besetzungsnot hierher an den Bodensee nach Friedrichshafen versetzt hatten. Der hatte schon am ersten Tag deutlich gemacht, dass er das hier für die kriminalistische Provinz hielt.

»Herr Brettschneider, ach, Sie sind's!«

»Ja, Frau Lorenz, ich bin es. Wir hätten hier einen Fall für Sie.«

»Wo hier? Wenn ich fragen darf?«, fragte sie frech zurück.

»Na hier eben. Am See«, sagte Brettschneider unsicher. Im Hintergrund hörte sie Stimmen. Brettschneider hielt wohl das Handy gegen seine Brust, damit sie nichts hörte. Aber sie konnte trotzdem folgen.

»Wo sind wir denn hier?«, fragte Brettschneider.

»In Konstanz«, sagte eine Stimme.

»In Konstanz«, sagte nun auch Brettschneider ins Handy.

»Aber das war doch nicht hier«, sagte nun wieder eine andere Stimme aus dem Hintergrund.

»Das spielt doch jetzt keine Rolle, Hauptsache, sie kommt«, sagte nun wieder Brettschneider, der offensichtlich vergessen hatte, das Handy an die Brust zu drücken.

Kim Lorenz lachte.

»Wieso lachen Sie?«, fragte Brettschneider.

»Weil ich nun lediglich weiß, dass Sie in Konstanz sind, aber der Fall wohl irgendwo anders passiert ist, deshalb.«

»Ach so. Tja, das ist so was mit dem Fall. Sie müssen herkommen, dann erkläre ich Ihnen das. Es sind wohl mehrere Fälle, die wir, also Sie, zu bearbeiten haben. Aber das alles später. Wann können Sie hier sein?«

»Ich mache mich gleich auf den Weg«, antwortete Kim Lorenz und schlüpfte in ihre Schuhe. Eine Fahrt um den Bodensee bei Nieselregen, warum nicht, dachte sie und schaltete das Handy aus. Sie musste sich an diesen Mann erst noch gewöhnen. Das war ein Hinterhältiger. Dieses Wir, das, wenn es um die Arbeit ging, sie meinte, aber ihn dann im Erfolgsfall, das kannte sie inzwischen nur zu gut. Vor allem Frauen gegenüber benutzten das Männer gerne. Erstmal kommen lassen, war die Devise. Dann würde man schon sehen, wenn es klappte, mit stolz geschwellter Brust das Lob einheimsen. Wenn es nicht klappte, dann entsprechend den Tadel verteilen. Aber, dachte Kim, vielleicht war das gar nicht so spezifisch. Sie machte das, so glaubte sie, auch so. Vielleicht würde sie Peter fragen. Aber Peter fragen, das war noch so weit weg. Verdammt weit weg. BAP, das könnte sie im Auto einwerfen. Verdammt lang her, die CD. Gute CD mit vielen Erinnerungen. Die Urlaube, das Meer, Griechenland, die Türkei, Spanien mit dem VW-Bus. Mit Peter. Verdammt lang her.

Sie schloss den Wohnwagen ab und ging hinüber zum Parkplatz. Sie hatte sich nie viel aus Autos gemacht, aber als sie dann schließlich doch tatsächlich gefragt wurde, was für einen Dienstwagen sie denn wolle, hatte sie zuerst gestaunt, dann aber überlegt. Sie hatte unter den drei Modellen natürlich den Passat gewählt. Die Limousine wohlgemerkt. Ein sehr schönes Auto. Auch als Kombi durchaus ansehnlich, aber sie brauchte keinen Kombi. Der hier war schöner. Sogar die Farbe hatte sie sich aussuchen dürfen. Ihre Vorliebe für Blau hatte da nicht viele Möglichkeiten gelassen. Ein dunkles Metallicblau hatte sie gewählt. So stand er nun da im Regen und von dem Metallic war heute wahrlich wenig zu sehen. Sie schloss den Wagen auf, setzte sich und legte gleich die CD ein. Irgendwann, wenn man mal die dreißig überschritten hatte, fing man wohl an, immer wieder mal die Vergangenheit zu Hilfe zu nehmen. Also schwelgte sie in Erinnerungen. Verdammt lang her …

Peter Lang hatte sein Fahrrad geschnappt und sich auf den Weg hinüber nach Horn gemacht. Nun ja, auf den Weg machen konnte man das im Grunde genommen nicht nennen, denn es war eine Entfernung, die man mit einem Katzensprung richtig beschrieben hätte. Er radelte so vor sich hin, ließ den Regen Regen sein, schaute auf den See, der in der durch die Regenwolken hindurchscheinenden Nachmittagssonne glitzerte und dachte nach. Was hatte er da bloß für einen Quatsch fabriziert? Trennung auf Zeit. Das ging doch nicht, das konnte doch nicht gehen. Aber sie hatte ihn auch gleich so hingestellt, als ob nur er hier irgendwas wollte. Er mochte das nicht, er fühlte sich dann ein wenig hilflos und allein gelassen. Entscheidungsschwanger, hatte das mal jemand genannt. Genau das war es. Er wollte eine, *die* Entscheidung. Für sich hatte er sie getroffen, dachte er. Gut, so ganz flexibel war er auch nicht mehr. Seinen Vertrag in Gaienhofen musste er schon noch erfüllen. Das hieß auf jeden Fall bis Ende des neuen Schuljahres. Dann konnten sie weitersehen. Er hatte den Hügel hinter sich gelassen, fuhr am Obststand vorbei und machte sich dann an den Aufstieg zum Höhenweg. Eine schöne Lage, aber eben hoch, ging ihm so durch den Kopf, als er in die Pedale treten musste. Er hatte Max schon ein paar Tage nicht mehr gesprochen. Gesehen wohl, das ließ sich im Schulalltag nicht vermeiden, aber eben nicht gesprochen. Wie es wohl ging mit den beiden, fragte er sich. Das war auch eine Trennung auf Zeit gewesen, die Max dann nach kaum zwei Wochen beendet hatte. Aber Julia hatte diese Tage genutzt, so einiges in eine andere Richtung zu bringen. Peter war gespannt. Als er die Höhe erreicht hatte, legte er einen größeren Gang ein und fuhr gemütlich den Weg entlang zu Schaffs Haus. Julias Auto war nicht da. Nicht schlecht, dachte Peter, dann können wir reden. Als er in den Weg einbog, sah er schon Max vor dem Haus in seinen Arbeitsklamotten stehen. Offensichtlich war Haus- oder Gartenverschönerung angesagt. Als er schließlich vor dem Haus bremste, hatte ihn Max natürlich längst schon kommen sehen.

»Du schnaufst ja ganz schön«, sagte der Kollege trocken und legte seine Gartenschere zur Seite.

»Immerhin ein ganz ordentlicher Anstieg, zu euch hier rauf«, antwortete Peter, »was machst du denn?«

»Nach was sieht das wohl aus?«, fragte Max zurück und deutete dabei auf die Gartenschere und die ausladenden Rosenbüsche.

»Das war doch sonst nie dein Metier.«

»Ist es aber inzwischen, mein lieber Peter«, meinte Max und lächelte verschmitzt, »aber ich mache gerne eine Pause. Ich denke, angesichts des fortgeschrittenen Nachmittags und der warmen Herbstsonne könnten wir uns ein Weizenbier genehmigen, oder was denkst du?«

Peter nickte und folgte dem Freund auf der Treppe am Haus vorbei hinunter in den Garten. Er setzte sich an den alten Holztisch und hielt sein Gesicht in die wärmende Abendsonne. So konnte man es am Bodensee wirklich aushalten, dachte er bei sich.

Max kam mit den schwitzenden Weizenbieren durch die Terrassentür. Für einen Moment blitzte die Sonne in einem der Gläser so auf, dass Peter die Augen schließen musste. Wie eine Radarfalle, dachte er noch.

»Unheimlich, die Sonne«, sagte er.

Max stellte die Biere auf den Tisch und schaute seinen Freund erstaunt an.

»Es hat geblendet, eben«, sagte der.

»Wie eine Radarfalle?«

»Genau.«

»Hab' ich auch mal erlebt. Prost.«

Peter schaute Max verdutzt an. Wenn er ihn nicht schon so lange kennen würde, hätte er gegrübelt, was das denn jetzt sollte. Er hatte etwas erlebt, war wie geblendet von diesem Licht und Max reagierte so. Nur so.

»Prost«, gab Peter zurück und stieß mit dem Fuß des Glases an. Ganz wichtig, das wusste er inzwischen, bei Weizengläsern nie mit der Oberkante, wie sonst üblich, anstoßen, sondern immer mit dem Fuß. Zu leicht könnten die gut gefüllten, oben dünnen Gläser sonst brechen.

»Heute kurz angebunden, mal wieder?«

»Ich, wieso?«, fragte Max zurück.

»Der Radar, vielleicht?«

»Ach so. Musst du eigentlich immer über alles nachdenken?«

»Wieso nicht?«

»Es nervt.«

»Dich vielleicht. Andere nicht.«

»Echt?«

»Schon. Freund?«

»Freund.«

»Wie läuft's?«

»Beschissen.«

»Wieso?«

»Du fragst wieso. Hast du mich jemals schon Rosen schneiden sehen?«

»Nein.«

»Eben.«

»Und?«

»Ich weiß nicht. Es ist, es wird, ich bin nicht so, weißt du?«

»Wie ich sage. Du und Garten, das geht eigentlich nicht.«

»Aber irgendwie muss das gehen. Ich und Julia haben das so besprochen. Wir wollen mehr Gemeinsamkeiten schaffen, damit wir uns dadurch näher kommen, wieder.«

»Wieder, sagst du«, sagte Peter und schüttelte nur den Kopf. Gleichzeitig fuhr ihm aber ein Gedanke durch den Kopf. Gemeinsamkeiten, ein interessantes Stichwort. Was könnte das für ihn und Kim bedeuten?

»Ja klar, wieder. Ich weiß schon, was du meinst. Es sind der Versuche viele gewesen. Klar. Und du hast das immer wieder mitgekriegt. Aber ich liebe diese Frau. Punktum und deutlich«, sagte Max immer lauter werdend. Er hob sein Glas, prostete dem Freund zu und schaute hinaus auf den See.

»Und?«

»Was, und?«

»Hast du dir das überlegt mit dem Schreiben und so«, fragte Max.

»Wär' doch was. Sie erlebt die Fälle und ich schreibe über den einen oder anderen. Oder?«

»Peter, überleg doch mal. Schau doch zurück. Was waren das denn schon für Fälle. Allein der letzte, ein Mädchen kommt ums Leben auf dem See, ein junger Mann schwimmt ans Ufer und fühlt sich schuldig. Das soll ein Fall sein?«

»Schon. Du hast ja recht. Aber vielleicht gibt es ja mal einen ganz anderen Fall, einen rätselhaften oder spannenden, wer weiß«, antwortete Peter.

»Und darauf willst du jetzt warten, oder was?«

»Vielleicht. Obwohl, ich weiß nicht, ich bin da nicht so nahe dran.«

»Wieso nicht so nahe dran?«

»Wir haben uns getrennt, weißt du.«

»Ach was. Nein, das weiß ich noch nicht. Wie getrennt?«

»Auf Zeit.«

»Ach was, so einfach zeitweilig.«

»Ja.«

»Was hast du mich aufgezogen, als wir das, also Julia und ich, entschieden haben. Ich höre dich noch sagen: sowas geht doch nicht, das bringt's doch nicht und so. Und jetzt, was soll das?«

»Eine Trennung halt. Auf Zeit. Ich will Familie, sie erstmal nicht. Ich bin mir sicher und sie sich nicht. Ach, Max, was soll ich dir sagen, wie ist das Leben?«

Max Schaff hob sein Weizenbierglas in die frühabendliche Sonne und schaute hinaus auf den See. Er trank einen Schluck und grinste.

»Das Leben, Peter, das Leben, das ist auch manchmal ein Blick über den See mit einem Weizenbier in der Hand. Vielleicht ist das manchmal das Leben. Wer weiß.«

Max schaute den Freund an. Peter schaute Max an. Es waren diese Momente, in denen sie wirklich Freunde waren. Sich verstanden, ohne das Richtige gedacht, oder auch das Richtige gesagt zu haben.

»Hast du das gelesen?«

»Was?«

»Die toten Mädchen im See.«

»Wie? Die toten Mädchen im See?«

»Na in der Zeitung. Seit Wochen. Es sind inzwischen drei. Tot, versenkt im Wasser und dann angetrieben.«

Die beiden Männer schauten sich ernst an. Peter überlegte, wie das wohl wieder laufen würde. Wieder ein Fall, hier am Bodensee. Wieder würde Kim ermitteln. Und er würde sie beobachten, den Fall miterleben und versuchen, darüber nachzudenken und zu schreiben. Max dachte anders. Ihm war diese Sache zwischen Kim und Peter so langsam ein wenig suspekt. Das ging immer mal so, dann wieder so. Bei Julia und ihm war das anders, sie selbst hatten ihre Kinder großgezogen, und nun waren sie aus dem Haus. Vorbei die Kindersache, dachte er. Auch wenn Julia einige Zeit gebraucht hatte, das auch zu verstehen, hatte sie das inzwischen auch eingesehen. Obwohl er selbst zugeben musste, dass der Satz von wegen Kinder aus dem Haus so ganz wohl nie stimmte. Aber das alles hatte Peter erst noch vor sich. Bei den beiden lief das irgendwie so verquer, dass er selbst nicht richtig was dazu zu sagen wusste. Peter, jetzt mach' mal. Familie, nicht Familie, entscheide dich, hätte er ihm sagen können. Denn das war schließlich war das die Frage, die an einem solchen Punkt zu stellen war. Aber er wollte nicht als Einer, der nun schon weiter war, dem Freund leichte Ratschläge geben. Der sollte schön für sich die gleichen Erfahrungen machen, wie er sie auch gemacht hatte. Das wollte er ihm nicht ersparen.

»Meinst du, Kim kriegt den Fall?«, fragte Peter.

»Kannst drauf wetten, denke ich«, antwortete Max.

Wenn er immer wieder den Ort wechselte, dann ging es. Es waren irgendwie immer Menschen unterwegs. Warum waren diese Menschen immer unterwegs. Abends. Da ging man doch nach Hause, setzte sich gemütlich vor den Fernseher und schaute sich was an. Er konnte sich das nicht anschauen. Er hatte es immer wieder probiert. Diese Menschen auf dem Bildschirm, das konnte doch nicht wirklich sein. Die spielten doch ein Spiel und er sollte lachen, oder? Warum kochten die da so viel, fragte er sich. Sie sollten kommen und ihm mal was richtig Leckeres kochen. Nicht so wie Mama. Die hatte keine Freude am Kochen. Vielleicht auch, weil Papa ihr da nie was Gutes gesagt hatte. Eigentlich hatte er sowieso nie was Gutes zu Mama gesagt. Mama, das war etwas, das halt funktionierte. Oder auch nicht. Er war ja auch gegangen, dann. Wenn er an sein Gesicht dachte, dann blickte er nur in Augen. Dunkle, tiefe Augen, die nur Angst machten, die nur darauf aus waren, Angst zu machen. Heute sagte er sich, mehr war da auch nicht. Das hatte auch Nele gesagt, als er ihr von seinem Vater erzählt hatte. Sie kenne diese Augen, hatte sie gesagt. Wie die Augen ihrer Mutter, ganz genau. Die Augen im Fernseher waren leer. Das waren Glanzaugen, die nichts hergaben, wenn man darin suchte. Das war nur ein Spiel, das sie auf den Bildschirm brachte. Einfach so, Gesicht hinein und ein wenig geredet. Schon war man jemand. Er konnte diese Bilder nicht mehr ertragen. Dann fuhr er immer raus auf den See. Meistens abends. Dort war Ruhe und Stille, eine besondere Stille. Dort hörte er in sich hinein. Erlebte sich und sein Leben. Ging in Gedanken zurück. Bis Papa. Er war gegangen. Vor der Sache mit Sabine. Lange vorher. Mama hatte es gesagt. Er wird gehen, hatte sie gesagt, damals. Er wollte es nicht glauben. So ging das doch nicht. Der, sein Vater, konnte doch nicht so einfach gehen. Und sie, hatte er gedacht, was sollten sie dann machen? Dann war er wirklich weg. Einfach so. Er wollte es nicht glauben, damals. Mama weinte. Aber nicht so, wie sie dann später weinte, als Sabine weg war. Das war dann anders. Ganz tief, ganz furchtbar. Er zitterte.

Der See war ruhig, ein schwacher Wind spielte mit der Oberfläche und ließ ganz kleine Schlieren auf dem Wasser entstehen. In einigem Abstand fuhr ein Motorboot vorbei. Sie patrouillieren jetzt öfter, dachte er. Er musste vorsichtig sein. Sehr vorsichtig. Er musste doch noch eine weitere Locke auf Mamas Nachttisch legen, damit sie wegen Sabine nicht mehr weinte.

Wieder lag eine abgeschnittene Locke auf ihrem Nachtisch. Wieder hatte er ungeschickt ein kleines Bändchen darum gewickelt. Es freute sie zwar schon auch. Das war Aufmerksamkeit, sie spürte, er dachte an sie. Aber hinter allen diesen Locken waren doch Menschen, dachte sie. Menschen, junge Mädchen, die sie kennenlernen wollte. Die Freundinnen ihres Sohnes. Die sollten doch die Mutter des Geliebten auch mal sehen, ihr, wie man so sagte, mal Grüß Gott sagen. Aber sie wollte ihn nicht darauf ansprechen. Es lief ganz gut, gerade. Mit seinem kleinen Verdienst konnten sie durchkommen. Große Sachen waren natürlich nicht drin. Sie war froh, dass seine Bedürfnisse sehr bescheiden waren. Denn das Geld machte sie. Wenn er was brauchte, dann fragte er. Meist waren es Kleinigkeiten, die mit ein paar Euro erledigt waren. Anscheinend brauchte er nicht mehr Geld für irgendwelche größere Anschaffungen. Aber was sollte er sich auch schon anschaffen. Wenn ihr diese Gedanken durch den Kopf gingen, dachte sie anschließend unweigerlich an Wolf. Damals. Hätte der auch nur ein wenig das genommen, was man hatte, dann wäre vielleicht vieles ganz anders gelaufen. Dann hätten sie einen Weg gehen können, schmal aber ehrlich. Sind das solche Momente, an die man zurückdenkt? Fragte sie sich. In letzter Zeit dachte sie viel über das Leben, ihr Leben nach. Eigentlich wusste sie selbst nicht so recht, wie das gekommen war. Eines Tages, wieder mal eine Locke auf dem Nachttisch, hatte sie in sich geschaut. Ohne Tee mit was drin hatte sie Gedanken gehabt. Nachgedacht, über sich, Wolf und die Zeit danach mit den Kindern, ihrer Tochter und ihrem Sohn. Wo war der Punkt, an dem es nicht mehr ging? Wo waren sie auseinander gelaufen? Das fragte sie sich damals und seitdem immer wieder. Hätte sie anders reagieren sollen damals? Aber sie konnte doch gar nicht reagieren, er war halt einfach weg gewesen.

Als Kim Lorenz in die Einfahrt einbog, schaltete sie das Radio aus. Nun war Arbeit angesagt. Sie wusste nicht, was sie dort drinnen im Kommissariat erwartete, aber die Situation war immer die gleiche. Sie kam und musste sich erst einmal mit all den Bedingungen bekannt machen, sprich mit den Männern, mit denen sie es in der Regel zu tun hatte. Ein leichter Nieselregen hatte eingesetzt. Sehr schön, dachte die Kommissarin, und konnte sie sich die hämischen Gesichter der Kollegen schon lebhaft vorstellen, wenn sie mit ihren Leinenschuhen in den Raum kam. Sie wollte das eigentlich nicht mehr machen, hatte sie sich gesagt. Immer so vorausdenken. Diese Männerwelt war nun mal so, und es war an ihr, damit umzugehen und entsprechend vorlaut zu agieren. Aber dieses Immer-dagegenhalten war ziemlich anstrengend, wie sie hatte feststellen müssen. Andererseits erkannte sie in solchen Momenten und Situationen, wie weit diese Gesellschaft von einer Gleichbehandlung von Frau und Mann noch entfernt war. Aber, so dachte sie immer wieder, das lag auch an den Frauen. Wo war denn der Feminismus der vergangenen Jahrzehnte? Was war denn das Ergebnis dieser Bewegung gewesen? Dass ein paar Männer mehr im Sitzen pinkelten? Wenn sie heute junge Frauen sah, dann fragte sie sich, wo das alles geblieben war, von wegen mein Bauch gehört mir und nichts von wegen Kinder, Küche, Kirche. So schnell ging das halt alles nicht, wahrscheinlich.

So geladen betrat sie das Polizeigebäude. Es war seltsam, aber, ob es kleine örtliche Reviere waren, wie etwa bei ihrem letzten Fall in Gaienhofen, oder aber ein übergeordnetes großes, wie hier in Konstanz, immer war alles ein wenig schmuddelig, aus der Zeit, wirkte wie vergangen. Einmal hatte sie sich an einer Heißtheke kurz vor einer Besprechung einen Leberkäswecken geholt. Sie trat in das Verkaufsetablissement des Metzgers, wurde von warmer Luft umspült, näherte sich der Theke, hinter der fesch herausgeputzte Fachverkäuferinnen natürlich gleich nach ihren Wünschen fragten. Anschließend war sie mit dem Wecken in der Hand an die Pforte eines Kommissariats getreten. Der missmutige Beamte hatte nicht einmal aufgeschaut. Ein Blick auf den Dienstausweis genügte. Das Kofferradio im Hintergrund mit dem Anton aus Tirol hatte ihr dann vollends den Rest gegeben.

»Ja grüß Gott, Frau Lorenz!«, rief es ihr plötzlich freudig entgegen. Kim stutzte, jetzt hatte sie sich das alles so schön zurecht gelegt und dann sowas!

»Schmittle?«, sagte sie mit einem deutlichen Staunen in der Stimme, »Schmittle, Sie?«

»Immer noch, Frau Hauptkommissarin inzwischen, denke ich doch, oder? Aber mir send doch per du!«

»Stimmt, Karl. Mensch, dich hätte ich fast übersehen!«

»Ja, ja, die Kim«, sagte der Anfangssechziger schmunzelnd und setzte sich wieder auf seinen Stuhl.

»Und, wie geht es dir?«

»Hab noch a knapps Johr, dann weiß ich wahrscheinlich nemme, was ich mit mir anfangen soll.«

»Ach, hör mir doch auf, Karl. Ausgerechnet du! Mein Vater hat emmer gesagt, wenn er einen wüsste, der im Ruhestand so richtig aufblüha wird, dann der Karl Schmittle. Komm, du mit deine Hobbies, dene Vereine und dem ganze Krempel!«

»He, he, des isch fei koi Krempel, des isch Arbeit, ond zwar ehrenamtliche!«

»Na also«, sagte Kim Lorenz lachend, »dann eben ehrenamtlich, aber mit Pension und Spaß, oder?«

»Scho!«

»Wir sollten uns mal wieder auf ein Bier treffen. Komm doch mal mit deiner Frau auf meinen Campingplatz«, sagte Kim Lorenz.

»Hoscht du jetzt scho en Campingplatz?«

»Noi, aber du weißt doch, der Wohnwagen von meinem Onkel, in Horn, den hab' ich doch übernommen, damals«, antwortete die Kommissarin.

»Ha, des kennt fei sei, dass wir do mol vorbeischneiet. I ond mei Doris, gell. Aber halt erscht, wenn des dohanna rom ischt«, sagte Schmittle.

»Wo find ich denn die Sonderkommission oder Ermittlungsgruppe oder wie auch immer?«

»Wega denne tote Mädle, die?«

»Genau.«

»Do muasch nauf en erschta Stock, Raum 3, d'r greschte, den mer hend. Es send halt auch so viele.«

Kim Lorenz grüßte den alten Kollegen nochmal und ging dann die Treppen hinauf. Wie lange kannte sie diesen Karl Schmittle nun schon? Seit sie denken konnte, gab sie sich selbst die Antwort. Viele Kollegen also, dachte sie, und jetzt war das wieder einer dieser Fälle. Damals in Ravensburg hatte sie zum ersten Mal bei einer Ermittlungsgruppe mitgemacht. Leider war ihr dann ein Fall in Gaienhofen dazwischen gekommen. Aber rückblickend musste sie sagen, war das ein ganz interessanter Fall gewesen, so mit internationalen Auswirkungen, amerikanischen und französischen Kollegen und einem Polizeimeister, Brüller hatte er geheißen, der von dieser Situation völlig überfahren wurde. Den Gaienhofener Bürgermeister Waisch hatte sie erst vor ein paar Tagen im örtlichen Supermarkt getroffen. Zwar war es eine tragische Geschichte gewesen, aber im Rückblick mussten sie beide doch auch schmunzeln, wie die ausländischen Geheimpolizisten in dem kleinen Ort Gaienhofen eingefallen waren. Max Schaff hatte damals so manchen Spruch losgelassen und Geschichten erzählt, dass kein Auge trocken geblieben war.

Aber so war das in diesem Leben und in ihrer Arbeit, dachte sie, so ist man, so ist der Mensch. Da haben wir gelacht, da haben wir geschmunzelt, und doch ist eigentlich ein Mensch ums Leben gekommen. So half man sich darüber hinweg.

Mit der letzten Stufe schob sie diese Gedanken weg. Nun ging es darum, auf diese Tür von Raum drei zuzugehen, sie mit Schwung zu öffnen und dann möglichst gefasst einer größeren Truppen von Männern gegenüberzustehen, die aus ihrer Erwartung an die Frau Hauptkommissarin keinen Hehl machen würden. Mit diesen Gedanken drückte sie die Klinke.

Nach einem ersten Blick rundum staunte sie nicht schlecht. Da saßen doch wirklich einige Frauen an dem großen Tisch mitten im Raum. Es war vielleicht nicht ganz die Hälfte, aber immerhin. Sie grüßte allgemein und ging ans Kopfende des Tisches, stellte ihre Tasche ab und setzte sich.

»Ja, also, hallo, grüß Gott, Sie sehen mich ein wenig hilflos, denn meine Vorabinformationen waren doch ziemlich spärlich. Ich hätte eigentlich gedacht, dass der Herr Kriminalrat hier anwesend sein würde und den Fall oder die Fälle kurz resümieren würde, aber anscheinend ...«

Die anwesenden Damen und Herren nickten zustimmend. Eine der Frauen stand auf.

»Frau Lorenz, Herr Brettschneider lässt ausrichten, er sei verhindert. Das tut mir leid. Denn ich verstehe natürlich, dass Sie noch zu wenig wissen. Mein Name ist Christina Hahn, Kriminalkommissarin vom Revier Konstanz.«

Kim Lorenz war froh, dass jemand der Anwesenden das Wort ergriffen hatte. Immerhin war sie nur durch den Telefonanruf von Brettschneider informiert und wusste von den toten Mädchen aus der Presse. Diese Frau Hahn machte einen sympathischen Eindruck. Ihre kurz geschnittenen, roten Haare, dazu eine bunte Bluse und eine eng sitzende Jeans, machten sie zu einem Farbklecks in der Runde. Sie stand auf, nahm ein paar Papiere vom Tisch und kam dann nach vorne zu ihr. Ganz förmlich schüttelte sie ihr die Hand. Kim Lorenz setzte sich. Die junge Frau stellte sich vor das Flipchart und begann.

»Den meisten Kolleginnen und Kollegen sind die Fakten zum größten Teil vertraut. Wir haben insgesamt drei tote Mädchen. Alle ertrunken. Keine letalen Gewalteinwirkungen. Lediglich Würgemale, die auf einen bewusstlosen Zustand der Opfer hindeuten. Fundorte: Sipplingen und die beiden anderen in Überlingen. Die toten Mädchen waren gefesselt und wurden wahrscheinlich an schweren Gewichten im See versenkt. Es waren mehr oder weniger Zufälle, die dazu führten, dass die Leichen an die Wasseroberfläche kamen. In zwei Fällen, in Sipplingen und einmal in Überlingen, waren es Fischer, die mit ihren Netzen die Leichen sozusagen einfingen. Bei der zweiten Leiche in Überlingen hat sich vermutlich das Seil gelöst. Diese Leiche, Katharina Hemmrich, trieb mit der Strömung an der Überlinger Seepromenade an. Eine Tatsache, die natürlich die Presse noch mehr auf diese Tötungsfälle aufmerksam machte. Thema Spuren: Wir haben die Seile untersuchen lassen, wir sind diesen seltsamen Gewichten auf der Spur. Die Befragung der Einwohner der jeweiligen Ortschaften hat nichts ergeben. Niemand hat jemanden am Ufer oder auf dem See beobachtet. Kurz: Wir haben noch fast nichts.«

Kim Lorenz klopfte, ganz studentisch, anerkennend auf den Tisch. Die anderen taten es ihr nach.

»Frau Hahn, ich danke Ihnen für die Einführung. Wenn ich das richtig verstanden habe, dann ist mein Kenntnisstand nicht weit hinter dem der laufenden Ermittlungen«, sagte Kim Lorenz. Die meisten in der Runde nickten.

»Genau, Frau Lorenz. Im Grunde genommen wissen wir nicht mehr als Sie«, sagte Christina Hahn, die sich inzwischen wieder auf ihren Platz zurückgezogen hatte.

»Mir scheint, dass wir hier zunächst die allgemeine Vorgehensweise klären müssen. Darf ich Sie alle bitten, sich vorzustellen, damit ich einen Überblick bekomme, wer wo ermittelt?«

Die untergehende Sonne warf ihre letzten Strahlen in zwei Weizenbiere. Die Gläser waren schon fast geleert. Max zündete sich eine Pfeife an. Sein Blick schweifte kurz über die Hügel und die Obstbäume, dann schaute er Peter ernst an.

»Du meinst, das bringt's? Du meinst, wenn ihr ein paar Wochen auseinander seid, dann verändert sich etwas?«

»Ja, ich denke schon. Immerhin haben wir beide über etwas nachzudenken«, sagte Peter, aber seine Stimme trug nicht weit.

»Du denkst? Ich kann dir was erzählen von wegen denken! Das fängt hier an und hört da auf!«, sagte Max und zeigte nacheinander auf seine beiden Ohren.

Peter sah ihn erstaunt an. So kannte er Max gar nicht. Der hatte bisher immer noch einen weiteren Satz zu sagen gehabt, immer noch einen anderen Blickwinkel zu bedenken gegeben. So war Max doch nicht.

»Ich sehe, du denkst«, sagte Max in Peters Gedanken hinein, »gut. Was wirst du wohl denken? Lass mich mal raten. Du denkst, was ist denn jetzt los? Das ist doch nicht der Max, den ich seit Jahrzehnten kenne. Das kann doch nicht sein. Doch, lieber Peter, das bin ich. Nenn es geläutert, nenn es eingefahren oder schlicht bürgerlich. Dennoch bin das ich. Ich habe, oder eher, wir haben unsere Erfahrungen gemacht, ich und Julia. Wir haben viel geredet. Sehr viel. Das war gut. Darum bin ich dann gegangen. Vielleicht haben wir zuviel geredet, uns weiter geöffnet, als das notwendig gewesen wäre, denke ich heute. Damals, ja, damals war es wichtig. Wir mussten uns wieder sammeln, finden in uns. Vielleicht kannst du das verstehen. Da kamen viele Fragen auf. Wir dachten nach über uns und unser Leben. Wenn du mal die Fünfzig überschritten hast, dann kommt das. Mach dich darauf mal gefasst! Prost übrigens.«

Max hob sein Glas und schwenkte es dem von Peter entgegen. Er lächelte. Peter konnte diesem Lächeln nicht ganz folgen. Max? fragte er sich. Was war denn das jetzt? Bürgerlichkeit? Max doch nicht, und selbst wenn, dann war Bürgerlichkeit erstmal noch nichts Negatives, dachte er.

»Du meinst, weil du nun was mitmachst, hier in diesem Umfeld, und vielleicht bürgerlich geworden bist, zeigt mir das an, dass du deine Werte, deine Ansichten und Überzeugungen und auch noch deine Träume verloren hast? Glaubst du das wirklich?«, fragte Peter.

Max setzte unsicher sein Weizenglas auf dem Tisch ab. Seine linke Hand hielt sich an der Pfeife fest.

»Das habt ihr doch toll hingekriegt, du und Julia. Mensch, vielleicht ist das Leben so. Man verliert sich, sucht sich, findet sich. Aber das tut doch dem, was der Mensch ist, keinen Abbruch!«

Max hatte zugehört. Sehr genau zugehört. Obwohl er immer wieder an seiner Pfeife gezogen hatte, war ihm seine Ruhe abhandengekommen. Er saß dem Freund gegenüber und wusste für den Moment nichts zu sagen. Das gab es manchmal bei ihnen. Einer sagte was, das wohlüberlegt war, ein Thema, zu dem er dann eine Meinung vom anderen haben wollte. Dann konnte der andere vielleicht nichts sagen. Max konnte das in dieser Situation auch nicht. Im Grunde genommen konnte er es nicht glauben. Da fielen Vorhänge, da wurden schlechte Gedanken weggescheucht, wenn er Peter zuhörte. Denn der hatte ja recht. Aber irgendwie war in ihm etwas, das ihn das noch nicht akzeptieren ließ.

»Du grübelst?«, fragte Peter, »ich denke, ich geh dann. Lass uns ein anderes Mal weiterreden.«

Peter stand auf, legte dem Freund die Hand auf die Schulter, dann gingen sie die Gartentreppe hinauf. Max blieb stehen und schaute Peter nach. Er zündete seine

Pfeife wieder an. Der Blick hinaus in die Dämmerung ließ ihn ruhiger werden. Er würde über Peters Worte nachdenken.

Er würde sich den nächsten Ort genau aussuchen müssen. Die waren ihm auf der Spur, das wusste er. Die waren überall. Er wusste, wo sie die Leichen gefunden hatten. Er wusste nicht, was passiert war, warum sie nicht unten geblieben waren. Obwohl er alle drei in Überlingen geholt hatte, war eine in Sipplingen gefunden worden. Vielleicht würden sie was merken. Aber er hatte kein Konzept, da war kein Plan, den irgendjemand erkennen könnte. So dachte er. Aber stimmte das auch? Mit seinem Ruderboot und dem Hilfsmotor konnte er nicht weit fahren. Gut, der See war groß, aber ein anderes Boot konnte er sich auch nicht beschaffen. Das würde auffallen. Und er hatte auch nicht das Geld dazu. Außerdem musste er immer die Gegend auskundschaften. Das machte Arbeit. Bei jedem Mädchen hatte das einige Abende gebraucht. Er war mit seinem Fahrrad in den Ort gefahren, hatte es abgestellt und war wie ein Tourist durch die Gassen gegangen. Bis zum See. Die Uferpromenade war wichtig. Dort traf er sie. Dort musste er eine Stelle finden, wo er sie schnappen konnte. Das war bisher nicht einfach gewesen. Denn die guten, die abgelegenen Stellen, die boten zwar alle Voraussetzungen, aber dort ging niemand mehr abends entlang. Also musste er seine Freundinnen dort suchen, wo noch was los war. Seine Freundinnen. Seine Mutter glaubte immer noch, dass er ihr die Locken seiner Freundinnen auf den Nachttisch legte. Wann würde sie das endlich kapieren? Das war doch für Sabine. Die würde wiederkommen, ganz sicher. Die würde eines Nachts mit den Luftblasen nach oben steigen, wenn er mit seiner Taschenlampe nach unten leuchtete. Dann würde er nicht mehr nur die letzten Luftblasen im Lampenlicht sehen. Dann würde er sie aufsteigen sehen, aus der Tiefe des Wassers. Und ihr Mund würde sich schon unter Wasser öffnen. Dann würden auch große Luftblasen nach oben steigen. Sie würde dann erzählen von der Zeit, in der sie weg war. Der Zeit dort unten. Der dunklen Zeit. Vielleicht. Er wusste es nicht. Aber das glaubte er.

Ich muss das glauben, sagte er sich oft. Ich muss das glauben, weil alles gut werden soll. Dann würde Mama nicht mehr weinen. So sagte er zu sich. An jedem Abend hatte er sich gefragt, warum töte ich? Er wollte doch so sehr glauben. Er konnte sich das alles nicht vorstellen. Warum war Sabine gegangen. Hinein in den See? Sie wollte doch gar nicht. Sie hatte das doch nicht vor! Er konnte das nicht verstehen, würde das nie begreifen können. Einfach so hineingehen ins Wasser. Langsam einen Fuß vor den anderen setzen und spüren, wie das Wasser immer tiefer wurde. Dann war es zu tief geworden. Aber Sabine hätte doch schwimmen können, hatte Mama gesagt. Er hatte das nicht verstanden. Sabine würde wiederkommen. Das wusste er sicher. Jeden Abend faltete er seine Hände und betete für sie. Das war nicht geschehen. Das war eine andere Welt. Sabine würde zurückkommen. Wenn nur genügend andere gehen und nach ihr suchen. Wenn nur genügend andere gehen. Das glaubte er ganz fest. Das glaube ich, sagte er sich. Das glaube ich, wiederholte er bei jedem Ruderschlag, den er tat.

Er zog das Boot vorsichtig ans Ufer. Damit er keine Spuren hinterließ, hatte er zwei Dielen ans Wasser gelegt. Auf diesen Brettern glitt das Boot leicht hinein in den alten Schuppen. Bisher war wohl niemandem etwas aufgefallen. Solange er sich hier nur nachts bewegte, würde auch niemandem etwas auffallen, glaubte er. Er schloss die Tür des Schuppens ab und legte den Schlüssel an seinen angestammten Platz. In der Nische neben dem Fensterbrett des oberen kleinen Fensters hatte schon sein Großvater den Schlüssel versteckt. So konnte keiner den Schlüssel bei ihm finden. So konnten sie ihm dann auch nicht draufkommen.

Er setzte sich auf sein Fahrrad und fuhr den Uferweg entlang. Oberhalb leuchteten immer wieder die Scheinwerfer der vorbeifahrenden Autos hinunter zum See. Aber die Lichtstrahlen gingen über ihn hinweg, verloren sich in der Dunkelheit über dem See. Nur vereinzelt reflektierte die ruhige Wasseroberfläche das Licht. Ruhig trat er in die Pedale. Bis zu ihrem Haus waren es nur knapp zehn Minuten. Morgen würde er es vielleicht Nele erzählen. Vielleicht war das gut, es jemandem mal zu erzählen. Er hatte lange hin und her überlegt, ob er das tun sollte. Aber Nele konnte er es schon anvertrauen. Die hielt dicht. Da war er sich sicher. Er war gespannt, was sie dazu sagen würde. Ob sie auch glauben würde, dass dadurch Sabine zurückkam? Leise öffnete er die Haustüre. Die Schuhe stellte er wie immer am Eingang ab. Vorher überprüfte er noch, ob sie dreckig waren. Es sollte nicht zu erkennen sein, wo er gewesen war. Falls es Mama überhaupt einmal auffallen würde, dass er spätabends noch wegging. Vorsichtig stieg er die Treppen hinauf. Aufpassen bei der bestimmten Stufe, sagte er sich.

Kim Lorenz suchte in der Innenstadt von Überlingen einen Parkplatz. Im Vergleich zur Höri war hier wirklich einiges mehr los. Ein Kollege hatte ihr den Tipp gegeben, ruhig in die City, wie er es nannte, hineinzufahren. Dann sollte sie sich ortsauswärts halten und einen kleinen Parkplatz gegenüber einem Hotel suchen. Den steuerte sie nun an, und siehe da, tatsächlich boten sich mindestens zwei Parklücken. Sie überlegte, ob sie einen Parkschein lösen, oder ihr Schild mit »Polizei im Einsatz« hinter die Windschutzscheibe legen sollte. Sie entschied sich fürs Zahlen. In der Regel hielten die Kontrolleure ihr Schild für einen Witz und schrieben trotzdem einen Strafzettel. Bis sie das dann wieder amtlich revidiert hatte, brauchte es einigen Aufwand. Also zahlte sie lieber und hob halt den Beleg auf. Vielleicht würde sie ihn abrechnen, vielleicht.

Vom Parkplatz waren es nur wenige Meter hinüber zur bekannten Strandpromenade Überlingens. Hier konnte man es aushalten, dachte die Kommissarin im Gehen. Zwar hatte der eine oder andere kleine Ort auf der Höri auch ein Stückchen Promenade zu bieten, aber hier in Überlingen zog sich das entlang des ganzen städtischen Flussufers. Fast, wie sie später bemerken sollte, denn das tote Mädchen war ein gutes Stück außerhalb des Überlinger Ufers angetrieben worden.

Sie ging das Ufer entlang und schaute hinaus auf den See. Ihren Teils des Sees, den Untersee, konnte man von hier aus nicht sehen. Dazwischen lag eine Art Halbinsel mit der Stadt Konstanz an der südlichen Spitze. Aber man hatte einen reizvollen Blick hinüber zum anderen Ufer, das wenig besiedelt war. Vielleicht könnte man mit einem Fernglas die Marienschlucht sehen. Eine tiefe felsige Klamm mit schroffen Felsformationen und einem steilen Treppenabstieg. Dort war sie mit ihren Nichten und Neffen einmal gewesen. Sie erinnerte sich noch gut, wie sie mit den Kindern nach dem Abstieg am Seeufer gepicknickt hatte. Anschließend waren sie ein wenig auf dem Uferkies entlang gegangen. Bis ein Rudel Wildschweine ihren Spaziergang jäh unterbrochen hatte. Schnell hatten sie Reißaus genommen. Das war gerade nochmal gutgegangen damals. Mit Wildsauen war nicht zu spaßen, das hatte ihr schon früher ihr Großvater gesagt.

Kim Lorenz ließ sich Zeit. Keine Hektik, auch wenn die Vorgesetzten und die Presse drängten. Das konnte sie nicht ausstehen, dauernd gefragt zu werden, immer wieder Telefonate zu führen. Sie wollte sich jetzt erstmal hier umschauen, das Städtchen kennenlernen. Freilich, diesmal war es nicht nur ein Ort, den sie genauer unter die Lupe nehmen wollte. Diesmal hatte sie es mit mindestens zwei Orten zu tun, die in diesen Fällen eine Rolle spielten. Aber sie wollte mit Überlingen anfangen. Auch, weil sie Überlingen interessierte.

Die Kommissarin war inzwischen am Ende der Promenade angekommen. Wenn sie hier jetzt weiterging, dann kam sie in den Uferbereich, wo die Leiche angespült worden war. Eine Frau stand am Geländer und schaute hinunter ans Ufer. Die tiefstehende Sonne an diesem Spätnachmittag schien ihr genau ins Gesicht. Das ganze diesseitige Ufer wirkte wie von einem Strahler angeleuchtet.

»Grüß Gott, Frau Hahn«, rief Kim Lorenz schon von weitem.

Die Frau drehte sich um. Sie lächelte, als sie die Kommissarin erkannte. Kim Lorenz ging noch ein paar Schritte auf sie zu, grüßte sie und stellte sich auch ans Geländer.

»Was machen Sie denn hier?«, fragte sie die sympathische Kollegin.

»Ich denke nach. Versuche nachzudenken.«

»Ein seltsamer Fall, oder vielmehr, seltsame Fälle«, sagte Kim Lorenz.

Christina Hahn nickte nur mit dem Kopf und schaute hinaus aufs Wasser.

»Wissen Sie, ich bin noch nicht so lange Polizistin wie Sie wahrscheinlich, aber ich habe schon einige Fälle erlebt, die ich besser schnell wieder vergessen habe. Diese Fälle hier am See, die drei toten jungen Mädchen, das geht mir nahe. Das kann ich, glaube ich, nicht vergessen. Es ist so grausam und so rätselhaft. Verstehen Sie, was ich meine?«

»Sie meinen die fehlenden Spuren. Die Todesart, wahrscheinlich. Nur erdrosselt. Nur! Da sehen Sie, wie weit man in unserem Beruf kommen kann. Hier stehen wir und sind schon fast damit zufrieden, dass die Mädchen nur erdrosselt wurden. Und doch muss ich darüber immer wieder nachdenken. Warum? Was meinen Sie?«

Die junge Frau hatte sich bei der Frage der Kommissarin nicht umgedreht. Ihr Blick ging immer noch über das Wasser. Das Wasser, das in den letzten Wochen drei Mädchen wieder losgelassen hatte. Christina Hahn musste innerlich ein wenig schmunzeln. Seltsam, dachte sie, denn ihr waren dieselben Gedanken durch den Kopf gegangen wie der Kommissarin. Auch sie war bei dieser einen Frage gelandet: Warum?

»Sie haben recht«, antwortete sie, »es ist tatsächlich seltsam. Warum nur diese Würgemale, nicht einmal letal.«

»Das ist erwiesen?«, fragte Kim Lorenz.

»Ziemlich sicher. Der Tod der Mädchen trat durch Ertrinken ein. Der Gerichtsmediziner hat zwar ein bisschen rumgemacht, von wegen nicht eindeutig und so. Aber schließlich konnte er nachweisen, dass die Mädchen zwar gewürgt wurden, aber eben nur bis zur Bewusstlosigkeit. Dann erst wurden sie im Wasser versenkt.«

»Vielleicht wollte er sie sterben sehen?«

»Vielleicht«, sagte Christina Hahn und nickte leicht, »haben Sie denn schon ein Zimmer?«

»Nein, ich glaube nicht, dass sich jemand darum gekümmert hat«, antwortete Kim Lorenz.

»Ich glaube, ich weiß das Richtige für Sie. Ein wenig außerhalb Überlingens, aber ziemlich in der Nähe von hier, ein Ortsteil. Dort gibt es einen Gasthof, gute Zimmer, prima Küche. Nichts Feines, aber was Heimeliges. Wäre das was für Sie?«

Damit hatte die Kollegin genau das getroffen, was Kim Lorenz suchte. Kim Lorenz schaute der jungen Frau in die Augen. Sollte sie da eine Freundin im Geiste getroffen haben. Wie konnte diese Polizistin auf Anhieb genau die richtige Unterkunft für ihre Ermittlungen hier vorschlagen? Natürlich wollte sie nicht mitten hinein ins touristische Überlingen. Sie wollte bei den Leuten sein, bei den Leuten, die diesen Ort ausmachten. Die den Ort und den See kannten. Geschichten erzählen konnten, vielleicht etwas gehört oder gesehen hatten. Das war ihre Art, sich einem Tatort zu nähern. Mal sehen, wie das bei drei Tatorten oder eher Fundorten zu machen war, dachte die Kommissarin.

»Wie heißt denn der Gasthof?«

»Zum Fuchsen«, antwortete Christina Hahn, »Sie können ihn nicht verfehlen, wenn Sie auf der Hauptstraße Richtung dem Überlinger Ortsteil Nussdorf fahren. Auf der rechten Seite, parken können Sie hinter dem Haus.«

»Danke.«

»Keine Ursache«, sagte Kommissarin Hahn, nickte der Kollegin zu und ging zurück zur Straße.

Ich freu mich drauf, mit dir zusammenzuarbeiten, dachte Kim Lorenz. Sie rief Christina noch ein »Tschüs« hinterher, dann machte auch sie sich auf den Weg zurück zu ihrem Wagen. Mal sehen, ob ich einen Strafzettel bekommen habe, dachte sie, denn ihre Parkzeit war natürlich längst überschritten. Für den Rückweg wählte sie die Strecke durch die Überlinger Altstadt. Die engen Gassen mit ihren historischen Fachwerkhäusern hatten ihren eigenen Charme. Kim Lorenz genoss es, die eine oder andere Auslage zu betrachten. Auch so manche Speisekarte fand ihre Beachtung. Hier konnte man es aushalten, dachte die Kommissarin. Sie erreichte den Marktplatz. Einige Touristen saßen noch an den Tischen am Rande des Platzes. Es war tatsächlich noch warm genug. Kim Lorenz beschloss, sich hier noch eine schöne Tasse Kaffee zu gönnen. Sie setzte sich auf eine hölzerne Bank vor einem modern anmutenden sogenannten Café-Bistro. Nach einigen Minuten schaute sie sich nach der Bedienung um.

»Hier ist Selbstbedienung«, erklärte ihr ein junger Mann, der sich vom Nebentisch zu ihr herüberbeugte.

»Ach so«, erwiderte die Kommissarin, »danke für den Hinweis.«

Sie stand auf und ging hinein. Allein die Liste der verschiedenen Kaffeespezialitäten füllte eine ganze Tafel. Sie bestellte einen Cappuccino und dazu eine Nussschnecke. Das war vielleicht etwas traditionell, aber sie konnte mit den vielen anderen Kleinigkeiten wenig anfangen. Auf einem kleinen Tablett trug sie beides zu ihrem Tisch. Als sie sich setzte, nickte ihr der junge Mann freundlich zu. Sie lächelte ihn an und hob die Tasse zum Gruß. Er stand auf, ging mit einem fragenden Blick auf sie zu und setzte sich ihr gegenüber.

»Hallo, Frau Lorenz, mein Name ist Herbert Gerster. Sie kennen mich nicht, aber ich kenne Sie. Na ja, ein wenig. Ich hab' mit Peter zusammen studiert. Deshalb. Wir haben noch Kontakt. Ich darf mich doch setzen?«

Kim Lorenz schaute den vermeintlich jungen Mann nun genauer an. Ganz so jung war der gar nicht mehr. Könnte Peters Jahrgang sein, dachte sie. Was Klamotten doch aus einem machen konnten. Eine verwaschene Jeans, ein lockeres T-Shirt mit University-of-Columbia-Aufdruck und eine saloppe Sommerjacke dazu, schon war aus dem Enddreißiger ein junger Mann gemacht. Kim Lorenz nickte. Ein Studienkollege von Peter, das konnte interessant werden.

»Sie sind wegen der toten Mädchen hier, stimmt's?«, fragte Gerster.

»Jetzt mal langsam, Kommilitone. Wer sind Sie, und was wollen Sie?«

»Ich bin hier bei der Schwäbischen Allgemeinen Zeitung gelandet. Sie können sich sicherlich vorstellen, was die Fälle der toten Mädchen hier für einen Auftrieb machen! Und dann höre ich, dass Hauptkommissarin Kim Lorenz hierher kommt. Die Kim Lorenz, mit der Freund Peter schon seit mehreren Jahren liiert ist.«

»Und?«, fragte Kim Lorenz irritiert, »was dann? Sind Sie mir etwa gefolgt?«

Herbert Gerster schüttelte den Kopf.

»Gefolgt nicht gerade. Aber ich habe Sie am Parkplatz entdeckt. Ich weiß, blöder Zufall. Aber das ist so in meinem Job. Solche Zufälle brauchst du einfach. Dann habe ich mir das zusammengereimt und dachte, bleib mal hier in der Stadt. Und dann kommen Sie hierher und trinken einen Kaffee!«

Kim Lorenz konnte dem freundlichen Lachen ihres Gegenüber wenig entgegensetzen. Sie hatte selbst ja auch einen Beruf, in dem Intuition eine gewisse Rolle spielte. Vor allem bei ihr selbst. Warum sollte sie das nicht anerkennen, dass es auch bei der hiesigen Presse einen gab, einen Herbert, der dieses Quäntchen Intuition hatte.

»Und wie geht das nun weiter?«

Herbert Gerster war wohl etwas überrascht von der forschen Frage. So richtig hatte er sich das auch noch nicht zurecht gelegt, wie es von hier aus weitergehen sollte. Er traf die Kommissarin, soweit Plan, soweit gut. Aber dann.

Das hatte er doch nur im Kopf gehabt. Dieses Vielleicht. Jetzt war es da. Und weiter?

»Ich weiß nicht. Können Sie schon was sagen?«

Seine Frage klang in Kim Lorenz Ohren. Wie oft hatte sie diese Frage schon gehört. Zweihundert oder zweitausend Mal, sie konnte es nicht schätzen. Was sollte sie denn auch sagen. Dass sie erst zum dritten Fall hierher an den Bodensee zitiert worden war. Dass es der zuständige Abteilungsleiter nicht für notwendig hielt, bei ihrer ersten Besprechung anwesend zu sein? Sollte sie so etwas sagen? Sicherlich nicht.

»Was erwarten Sie jetzt von mir? Dass ich Ihnen, weil Sie Peter kennen, etwas erzähle, das intern ist? Ich kann Ihnen sagen, dass ich hier heute angekommen bin. Dass ich mir den Fundort oder vielmehr einen der Fundorte angeschaut habe und dass ich ermittle. Mehr gibt es nicht zu sagen.«

Sie schaute ihrem Gegenüber geradewegs in die Augen, um ihren Worten noch mehr Deutlichkeit zu geben. Herr Gerster schien beeindruckt.

»Verstehe. Ich wollte auch nicht, weil ich Peter kenne, irgendwie …«

»Glaube ich«, sagte Kim Lorenz mitten hinein in den Erklärungsversuch, »aber bitte, versuchen Sie nicht, mich auszufragen. In diesem Stadium können eher Sie mir weiterhelfen. Sie sind hier zuhause. Sie kennen die Orte und die Menschen. Wie kann so etwas hier passieren?«

Herbert Gerster schien sichtlich überrascht von dieser Gegenfrage. Freilich lebte er hier am See, wohnte in einem Ortsteil von Überlingen. Natürlich war das eine Frage, die sie sich alle stellten: Wie kann so etwas hier bei uns am See passieren? Aber was sollte er denn dieser Hauptkommissarin aus Konstanz erzählen können?

»Ich weiß jetzt nicht recht, was wollen Sie wissen?«

»Ganz einfach, Herr Gerster. Was wird geredet? Wer

wird verdächtigt? Was für Gerüchte machen die Runde? Mit einem einfachen Triebtäter ist es hier nicht getan, das werden Sie sich auch schon zusammengereimt haben. Viel weiter sind wir auch noch nicht. Soviel kann ich Ihnen verraten. Aber bitte ohne Veröffentlichung, sonst ist unser Kontakt hier und jetzt so schnell beendet, wie er angefangen hat.«

Herbert Gerster verstand. Er konnte sich aus den Worten der Kommissarin seinen Reim schon machen. Hier war Fingerspitzengefühl gefragt. Wenn er das richtig anpackte, dann könnte vielleicht eine gute Story für ihn drin sein. Eine wirklich gute Story, denn die Ausführungen von Kim Lorenz ließen Tiefergehendes erwarten.

»Sie wissen also auch noch nicht sehr viel?«, fragte er vorsichtig nach.

»So kann man es sagen, aber nicht schreiben. Sie wissen, wie schnell via Medien ein Fall, von allem so eine Mordserie hochgekocht wird. Im Handumdrehen sind wir im Fernsehen. Dann noch die Blödzeitung, und schon ist der schönste Schlamassel beieinander.«

»Verstehe«, sagte Herbert Gerster nur.

Kim Lorenz tunkte ihr Nusshörnchen in einen Cappuccino, der inzwischen ziemlich lauwarm geworden war. Herbert Gerster drehte sich eine Zigarette. Er bemerkte den Blick der Polizistin.

»Ich weiß, ich weiß.«

Kim Lorenz nickte nur. So reagierte Max Schaff auch immer, wenn er in ihrer Anwesenheit seine Pfeife anzündete. Aber andererseits, was sollte sie sagen. Hier im Freien konnte sie dem Journalisten nun wirklich keinen Vorwurf machen, ihre Gesundheit aufs Spiel zu setzen. Und schließlich war es seine Sache, wie er mit seiner Gesundheit umging. Dazu kam noch ein Gedanke, den sie in solchen Situationen in ihrem Leben so manches Mal gehabt hatte, vielleicht war so eine Pfeife oder hier die selbstgedrehte Zigarette etwas Gesünderes, als ein schlechter Gedanke. Blöd vielleicht, dachte sie, aber diese Ruhe, diese Zentriertheit von Rauchenden beeindruckte sie schon.

»Nur froh geraucht!«, sagte Kim Lorenz.

Der Journalist war einigermaßen überrascht. So etwas hatte er jetzt auch noch nicht erlebt.

Sie richtete das Vesper. Das war donnerstags immer so. Eigentlich war das fast an jedem Tag so. Außer am Dienstag, da war er unterwegs. Jeden Dienstag. Sie wusste nicht, was er an diesen Dienstagen machte. Sie fragte ihn auch nicht. Er war schließlich einundzwanzig, da konnte man doch nicht mehr fragen. Wie immer blieb er in seinem Zimmer, bis sie ihn rief. Sie hatte zwei Teller auf den Holztisch gestellt, rechts das Messer, links die Gabel. Heute hatte sie einen Rest Kartoffelsalat vom Mittagessen. Deshalb Gabel. Den Kartoffelsalat machte sie nicht selbst. Das lohnte sich für sie alleine nicht. Den holte sie sich vom Metzger Schön in der Karolinengasse. Abends war der dann billiger, weil sie ihn sonst wegschmeißen mussten. Es gab für sie einige Adressen, die sie jeden Abend abklapperte. Beim Lidl konnte sie verfallenes Gemüse nach acht holen, beim Aldi kannte sie eine Frau, die ihr schon mal was auf die Seite legte. Man kam durch, dachte sie. Irgendwie kam man immer durch. Sie durfte sich nur keine Gedanken machen, dass fast alles, was nun auf dem Tisch stand, für andere Abfall war. Das würde sonst alles weggeworfen, deponiert, geschreddert oder verbrannt. Für Heinz und sie war es ein komplettes Abendessen. Da starben Kinder in Afrika.

Verhungerten, und sie schmissen hier massenhaft Lebensmittel in den Müll. Das konnte man doch nicht aushalten, dachte sie. Das muss doch jemandem mal auffallen, dass da was ziemlich schief lief! Eine seltsame, eine falsche Welt. Das war es. Sie hatte immer gedacht, nun gut, hast halt den Falschen erwischt, nur das kleine Los gezogen, und selbst bist du auch nicht die Karrierefrau. Aber hier ging es doch um was ganz Anderes. Hier ging es um Gerechtigkeit und Verschwendung. Dieser Bischof, wie der schon geheißen hatte. Dann sein Palast für Millionen. Das war doch nicht die Kirche! So konnte, durfte doch Kirche nicht sein. Das war ja wie früher, wie dieses Mittelalter. Sie hatte Filme gesehen. Verstehen konnte man das alles nicht mehr, glaubte sie. Sie hatte so ein Gefühl, an diesem Leben gescheitert zu sein. Aber sie hatte Heinz. Der war zwar nicht der Hellste, das wusste sie, aber er ging wenigstens seiner Arbeit nach, kam regelmäßig nach Hause und legte ihr immer wieder mal eine Locke von einer seiner Freundinnen auf ihren Nachttisch. Das freute sie. Vielleicht war ja mal die Richtige dabei. Dann würden sie Hochzeit feiern. Natürlich nur im kleinen Rahmen. Ein paar Verwandte hatte sie schon noch im Ort. Die würde sie einladen, zur Hochzeit von Heinz. In der Stadtkirche würde das dann stattfinden. So wie damals mit ihm. Es war eine kleine Festgesellschaft gewesen. In der Wirtschaft waren sie nur zu acht gewesen. Ihre Eltern wollten damals nicht kommen. Seine kannte er nicht. Dann waren es nur die Trauzeugen und die Familie ihres Bruders. Damals. Von ihrem Bruder Franz hatte sie seither nichts mehr gehört. Aber sie hatte sich auch nicht gemeldet. Sie wusste nicht, was sie ihm erzählen könnte. Hilf mir, hätte sie ihm sagen können. Hilf deiner Schwester beim Leben. Aber das konnte sie nicht sagen, auch nicht schreiben. Mit dem Schreiben tat sie sich immer schon schwer. Das war auch ein Grund, warum sie keine Arbeit fand. Manchmal ging es am Anfang ganz gut. Sie konnte eine Kasse bedienen, sie war schnell mit den Händen. Aber dann wollten die immer, dass sie was schreiben sollte. Und schon war die Chance vorbei. Sie wusste das.

Den Senf hatte sie vergessen. Sie ging zum Kühlschrank und holte das Glas. Sie stellte es auf den Tisch.

»Heinz!«, rief sie.

»Ich komme, Mama!«, rief er zurück.

Mal sehen, ob er heute reden würde. Ihr Sohn Heinz redete nicht immer. Es hatte schon manchen Abend gegeben, da hatten sie sich wortlos gegenüber gesessen. Wenn er dann noch eine gute Nacht gewünscht hatte, war das viel. Sie erwartete von ihm, was das anging, nichts mehr. Er war ihr Sohn, ihm ging es gut, und sie wollte sich in seine Angelegenheiten auch nicht einmischen. Der sollte sein Leben leben können. So, wie sie es nicht hatte leben können. So, wie sie es vielleicht nicht mehr leben können würde. Aber sie freute sich, wenn wieder einmal eine Locke auf ihrem Nachttisch lag.

Wie immer klopfte sie mit dem Besenstiel gegen die Decke, als sie das Abendessen gerichtet hatte. Sein Zimmer lag genau über ihrem Wohn- und Esszimmer. Sie hatten damals, als Sabine auf die Welt gekommen war, das Zimmer unterm Dach billig mieten können. Das hatte jetzt er. Mit einem letzten Blick überprüfte sie den Tisch. Er mochte es nicht, wenn sie irgendetwas Wichtiges vergaß. Vor allem seine Essiggurken durften nicht fehlen. Sie hörte seine Schritte auf der Treppe. Sie hörte auch nachts seine Schritte auf der Treppe. Ihr Schlaf war leicht. Nur selten verlor sie sich in ihren Träumen und schlief tief. Dann hörte sie ihn nicht. Aber meistens hatte sie keine Träume zu träumen. Mit dem Kopf am Kissen versuchte sie sich anzustrengen, das Gute in ihrem Leben zu suchen und daran zu denken. Das war nicht leicht. Vielleicht war da mal ein Lächeln von

Sabine, als sie klein war. Vielleicht gab es da die eine oder andere Erinnerung an ihn in den frühen Zeiten. Wenn das klappte, dann konnte sie auch einschlafen. Aber sonst, da hörte sie ihn, obwohl er die quietschende Stufe geflissentlich überging.

»Nobend«, sagte er, als er zur Tür hereinkam.

»Setz dich, Bub«, antwortete sie wie jeden Abend.

Mit langsamen Bewegungen nahmen sie auf ihren Stühlen Platz. Sie schauten sich nicht in die Augen. Sie schob ihm den Brotkorb zu. Er schaute auf seinen Teller und schien sein Handwerkszeug zu überprüfen. Alles da. Jedenfalls kam aus seiner Ecke keine Beschwerde.

»Ond, was hendr heit mittag ghet?«

Ihre Frage zerteilte die Stille, hatte ein wenig Hoffnung in der Intonation. Er regte sich erst nicht. Nahm dann eine Scheibe Brot, legte sie auf seinen Teller und schaute sich dann nach Belag um.

»Kuttle.«

Sie schaute in seine Richtung, wollte ihm nicht direkt in die Augen sehen. Sie wusste, er wollte eigentlich nicht darüber reden. Und doch brauchte sie Punkte, an denen sie einhaken konnte, was normal machen konnte. Warum dann nicht fragen, was er zu Mittag hatte.

»Mit Bregele?«, fragte sie nach.

»Freilich«, antwortete er.

»Und gschafft? Was hasch gmacht heit?«

Er holte sich eine Essiggurke aus dem Glas und schnitt sie langsam der Länge nach so dünn wie möglich. Seine Langsamkeit faszinierte sie immer wieder. Bei solchen Tätigkeiten konnte er in der Bewegung des Tuns eine Ruhe ausstrahlen, die schon fast beängstigend war. Sein Blick war konzentriert auf sein Messer und die Gurke. Für ihn schien es nichts anderes zu geben. Manchmal dachte sie, dass selbst, wenn sie einen Kanonenschlag zünden würde oder das Haus in Flammen stünde, von seiner Seite keine Reaktion kommen würde. Das waren seine ruhigen Momente. Da war er für sich, da sammelte er das, was er war. Als Mutter verstand sie das. Wunderte sich aber schon seit einiger Zeit, warum diese Freundinnen in seinem Leben das nicht verändert hatten. Schließlich gab einem Mann das doch ein Selbstbewusstsein, begehrt, geliebt zu werden. Da trat man dann als Mann doch ganz anders auf. Das war doch bei ihm anfangs auch so gewesen.

Sie schob ihm die kleine Käseplatte zu. Versuchte einen Blick von ihm zu erwischen. Er schaute tatsächlich kurz hoch. Sie freute sich. Seine Augen waren nicht kalt, wie so oft. In ihnen lag eher eine Frage, etwas wie Unsicherheit. Sie konnte es nicht richtig deuten. Aber sie nahm das als ein gutes Signal. Vielleicht würde sie heute Abend mal fragen.

»Wir habe heut pikiert«, sagte er plötzlich.

»Herbst, stemmt ja, scho wieder die Zeit«, antwortete sie unbeholfen.

»Des wird emmer meh. Weil mer halt au Gmüs verkaufet. Aber lauft guet. Isch ja no nit so kalt. Jetzt gehts halt ens Gwächshaus. Wie jeds Johr.«

Sie schaute ihn an. Was war anders heute Abend. Er redete, erzählte. Er reihte Sätze aneinander. Das war ungewöhnlich. Vielleicht sollte sie die Gelegenheit beim Schopfe packen.

»Was isch denn eigentlich mit deiner Freindin, willsch die net mol mitbringa. Mi däds freia«, sagte sie forsch und war schon beim Aussprechen gespannt, wie er darauf reagieren würde.

»Vielleicht«, sagte er, »vielleicht, wenns mol passt.«

Sie dachte an die Locken auf ihrem Nachttisch. Warum jetzt dieses Vielleicht. Was war mit dem Jungen, dem Bub. Wieso konnte er in seinem Alter nicht einfach mit einer jungen Frau in der Tür stehen und Hallo sagen. So mit: Das ist die Frieda und fertig. Sie verstand das nicht. Eigentlich hatte sie sich immer wieder Gedanken gemacht, dass der Junge zuerst das mit Wolf und dann auch noch das mit Sabine insgesamt nicht verkraftet hatte. Schule war nicht gut gelaufen, das musste sie sich eingestehen. Aber mehr als dieser halblebige Hauptschulabschluss war einfach nicht drin gewesen. Ihr Sohn war nett und gut, wortkarg vielleicht, aber eben keine Leuchte. Sie war froh gewesen, als er die Anstellung im Bruderwerk bekommen hatte. Das war genau das Richtige für ihn. Viel draußen in der Natur, handwerkliche Anforderungen, die er mühelos bewältigte und einen sozialen Rahmen, der ihm Sicherheit gab. Bei solchen Gedanken hinterfragte sie sich oft selbst. Sie konnte Situationen analysieren. Sie konnte über Dinge und Sachverhalte nachdenken, Zusammenhänge erkennen. Warum saß sie heute hier in dieser leidigen Wohnung mit einem Mann, beziehungsweise ohne einen Mann, der davongelaufen war, ohne eine Tochter, die ins Wasser gegangen war und einem Sohn, der ihr noch mehr Gedanken machte? Die Frage ihres Lebens, dachte sie, da kannst du denken so viel du willst. Das Leben lebt eben. Soweit war sie schließlich gekommen. Was nützte alles Denken, wenn das Leben zeitgleich vorbeirauschte. Was sollte sie denn denken über Wolf oder über Sabine. Das war vorbei.

»Wär halt schee. Mi würds freue«, sagte sie und versuchte, ein wenig Hoffnung in die Stimme zu legen.

»Ja, ja«, sagte er nur.

»I mein, weil du halt au immer di Lock mir hinlegsch.«

»Ach so«, sagte er.

Im Löwen in Horn war noch Licht. Es war ein Freitagabend, und eigentlich waren die Touristen längst schon wieder auf dem Weg nach Hause. Vereinzelt saßen noch ein paar Paare an den Tischen rund um die beiden Lehrer, die da so wichtig was zu besprechen hatten. Nachdem sie sich jeweils einen Rostbraten mit entsprechenden Beilagen und Salat zu Bauche geführt hatten, saßen sie nun entspannt und satt am Tisch und schauten in die Runde.

»Noch ein paar da«, sagte Max Schaff.

»Ein paar bleiben halt länger«, kam es von Peter Lang zurück.

»Erinnerst du dich?«

»Ich glaube. Du meinst diese letzte Szene in ›Spiel mir das Lied vom Tod‹, oder?«

»Genau. Sie sagt: ›Sweetwater wird auf dich warten‹. Er steht in der Tür und sagt: ›Einer wartet immer‹.«

»Ein Klassefilm.«

»Immer wieder.«

»Und?«

»Was, und?«

»Wie geht es weiter mit euch?«

»Sie lebt und arbeitet, ich arbeite auch und schreibe. So geht es weiter.«

Max schaute Peter nun genau in die Augen. Er kannte ihn doch. Immer mal was leichter oder einfacher machen, als es eigentlich war. Ein forscher Charakter, aber immer halt ein wenig der Welt und den Menschen voraus. Da musste man immer wieder mal fragen, nachprüfen, ob alles noch im Rahmen war. Denn bei allen Träumen und Vorstellungen musste er den Peter immer wieder am Boden halten.

»Wie? Du schreibst?«

»Na ja, ich gehe es an. Habe angefangen. Du weißt schon, die Geschichte in Tettnang, damals. Ich habe auch schon einen Titel: Hopfentod.«

»Nicht schlecht«, meinte Max und nickte seinem Freund zu, »und du willst die Geschichte so erzählen, wie sie tatsächlich passiert ist?«

»Na ja, so richtig vollständig hat Kim den Fall ja nicht geklärt. Ich werde mir was einfallen lassen müssen. Also, dann mache ich mich mal auf den Weg. Vielleicht setze ich mich heute Abend noch hin und mach mal ein Konzept. Würdest du es dir mal durchlesen?«

»Klar«, sagte Max und legte Peter die Hand auf die Schulter, »weißt du, eigentlich habe ich immer drauf gewartet, dass du mal ein Buch anfängst.«

»Echt?«

»Ja, echt. Wenn ich an deine Artikel und Geschichten denke. Da dachte ich beim Lesen immer, eigentlich könnte er auch mal was Längeres schreiben.«

Was Längeres, dachte Peter. Max hat ja recht. Es war ihm immer wieder im Kopf rumgegangen, mal so richtig ein Buch zu schreiben. Einen Stoff zu finden, der für so eine längere Geschichte taugte, dann ein Konzept zu erstellen und sich dranzusetzen. Immer wieder mal ein paar Seiten. Das würde dann schon irgendwann ein Buch werden, hatte er gedacht.

»Vielleicht geht die Geschichte in Tettnang. Immerhin war das ein toller Showdown, das musst du zugeben. Der Täter auf dem Motorrad, die Kommissarin in ihrem Auto hinterher. Der Motorradfahrer hakt an den Spannseilen ein und schießt mit seiner Maschine auf die Kommissarin in ihrem Auto zu. Er schanzt über die Kühlerhaube und fliegt in hohem Bogen in den Hopfen. Dort hängt er dann. Tot.«

Max bestaunte den Freund, der sich richtig in Rage geredet hatte. Er applaudierte.

»Nicht schlecht. Aber meinst du, dass das wirklich ein Stoff ist, den ein Verlag veröffentlichen würde?«

»Warum nicht?«

»Weil das kein klassischer Krimi ist oder höchstens der Schluss, deswegen. Heutzutage geht es doch meistens um viel Blut und Grausamkeiten und irgendwelche durchgeknallten Täter oder Täterinnen. Früher habe ich gerne mal einen Krimi gelesen. Aber jetzt! Finde mal etwas, das noch einigermaßen normal daherkommt. Da kommen dann diese Regio-Krimis ins Spiel. Deiner würde wohl auch so einer werden ...«

»Wird, mein lieber Max, wird.«

»Das wünsche ich dir natürlich. Aber was mich bei diesen Regiokrimis stört, ist dieser vermaledeite Drang, das Verbrechen in die Provinz zu bringen.«

Peter nickte zustimmend.

»Ich weiß schon. Aber gerade, wenn du es von dieser Warte aus betrachtest, ist so ein Fall, wie ihn Kim in Tettnang erlebt hat, mal eine andere Kriminalgeschichte. Keine simple Tat, kein einfaches Motiv und keine zwei oder drei Verdächtige, die auf der Liste der Ermittelnden stehen.«

»Stimmt«, sagte Max, »da gebe ich dir Recht. Dann braucht es aber auch ein Händchen, dies gut und spannend zu Papier zu bringen. Dafür drücke ich dir die Daumen!«

Er hob sein Glas, prostete Peter zu und trank es aus. Inzwischen waren keine Gäste mehr im Lokal. Peter winkte der Bedienung, die verstand und gleich die Rechnung brachte. Max suchte in seiner Jacke nach seinem Portemonnaie.

»Lass mal«, sagte Peter.

»Dank dir«, antwortete Max.

Sie standen auf, nahmen ihre Jacken von ihren Stühlen und gingen zur Tür.

»Einen schönen Abend noch!«, rief ihnen die Bedienung hinterher.

»Ich kann es nicht mehr hören«, sagte Max.

»Was?«

»Dieses schönen-sowieso-Gehabe. Den ganzen Tag hörst du doch nur noch diesen Spruch. Morgens, wenn ich Weckle hole, ›einen schönen Vormittag‹, wenn ich dann nachmittags einkaufe, ›einen schönen Nachmittag‹, dann brauche ich was aus dem Baumarkt und kriege auch noch ›einen schönen Abend‹ gewünscht. Und jetzt das noch!«

Peter lachte, laut, zu laut, denn hinter der Theke wurde man auf sie aufmerksam. Er schob Max durch die Tür und schnaufte dann erstmal durch. Vor der Wirtschaft verabschiedeten sie sich.

»Bis heute«, sagte Max.

»Genau, bis heute«, sagte auch Peter.

Kim Lorenz hatte nachgedacht. Irgendwie kam da eine Situation auf sie zu, die sie nicht so recht ausloten konnte. Was hatte Brettschneider vor? Wieso tauchte er bei der Besprechung nicht auf und ließ sie mit den Kolleginnen und Kollegen einfach sitzen. Macht mal, oder was sollte das heißen? Sie hatte eh schon ihre liebe Mühe mit Vorgesetzten. Aber dieser Neue, der schien dann doch noch den Vogel abzuschießen. Sie hatte mehrmals versucht, ihn telefonisch zu erreichen. Aber der Herr Vorgesetzte war immer nicht available. Und auf Mailbox hatte sie nun wirklich keinen Bock. Es war seine Ermittlungsgruppe und Kim Lorenz die Leiterin, mehr auch nicht. Sie hatte die Schnauze gestrichen voll von irgendwelchen Vorgesetzten, die sich mehr oder weniger im Hintergrund hielten, und dann, wenn der Fall geklärt war, gleich nach vorne schossen und den Ruhm dann für sich einheimsten. Das ist das deutsche Beamtentum, dachte die Kommissarin. Möglichst nicht auffallen, hoch hinaufklettern und mit Verantwortung und Hinstehen nichts zu tun haben wollen. So lief das. Sie wusste um die Vorteile, die sie in ihrer Anstellung als Beamtin hatte. Sie konnte das auch schätzen und genießen. Aber sie versuchte auch, das Beste draus zu machen. Da hatte sie doch den Rücken frei, konnte ihrer Arbeit nachgehen und das, was sie ausmachte, auch ausleben. Das war doch was. Wenn sie mit Max und Peter darüber sprach, gingen die Meinungen eher auseinander. Peter hatte immer wieder darauf gepocht, dass sie halt das so sah und auch machte, andere eben nicht. Max stand ein bisschen dazwischen, weil er zwar ähnliche Verhältnisse wie die staatlichen Lehrer hatte, aber eben kein Beamter war. Es blieb eine Diskussion, die in ihren Kreisen immer wieder mal Wort gewann. Wahrscheinlich würde sie bald mal wieder mit den beiden darüber diskutieren. Nein, dachte sie, wahrscheinlich eher nicht. Das mit Peter war eben das mit Peter.

Aber sie hatte einen Fall, sogar Fälle. Als sie die Uferstraße Richtung Sipplingen fuhr, schaute sie hinüber ans andere Ufer. Die Entfernungen schienen in diesen Fällen eine gewisse Rolle zu spielen. Warum diese drei Mädchen an diesem Ufer des Sees. Warum nicht auch eine Tote am gegenüberliegenden Ufer? Wie ging der Täter vor? Wie konnte er mit seinem Boot ablegen, die Mädchen versenken und unerkannt entkommen? Niemand hatte bisher etwas bemerkt. Sie hatten keinerlei Hinweise. Das musste man als Kriminalkommissarin erstmal verdauen. Das war der Supergau. Drei tote Mädchen und kein Hinweis, nicht das kleinste Fitzelchen. Ein Boot, das gesehen worden wäre, ein Schatten, eine Maske, etwas, irgendetwas gab es doch immer. Aber, hier nicht. Hier gab es rein gar nichts. Soviel hatten ihr Frau Hahn berichtet. Keine Auffälligkeit, nichts Ungewöhnliches, einfach nichts. Was sollte sie nun tun? Die Ermittlungen liefen, die Befragungen waren gemacht und die Presse war, so gut es ging, informiert. Sie überlegte, welche anderen Möglichkeiten noch blieben. Mehr Überwachung, war ein Gedanke, der ihr gleich einfiel. Aber mehr Überwachung bedeutete einerseits mehr Arbeit für die Seepolizei an der Seeseite und andererseits verstärkten Streifendienst an den Ufern.

Sie legte die Beine auf den Schreibtisch. War gar nicht so schlecht, ihr sogenanntes Büro hier in Überlingen. Über den Räumen der örtlichen Polizei war noch etwas frei gewesen. Sie hatte die Sache gleich von Konstanz nach Überlingen verlegt und saß hier nun gut eingerichtet in einem schönen Altbau mit Seeblick. Ermittlungen brauchen auch einen entsprechenden Rahmen, sagte sie sich in solchen Fällen.

Vielleicht würde sie auch bald von Brettschneider hören. Der Druck der Presse nahm zu. Sie war ja insgeheim gespannt, ob Gerster dicht halten würde. Wenn nicht, dann aus und vorbei. Ihre Ansage war klar gewesen.

Es klopfte. Sie rief »Herein!« Christina Hahn stand in der Tür.

»Frau Lorenz, es hat sich eine Bürgerwehr gebildet!«, rief sie.

»Jetzt mal ganz ruhig, das hat es schon gegeben, das ist jetzt noch nichts Schlimmes«, sagte die Kommissarin und bot der Kollegin einen Stuhl an.

Christina Hahn setzte sich. Offensichtlich hatten die Geschehnisse die junge Frau überfordert. Eine Bürgerwehr, hier in Überlingen, dachte Kim Lorenz. Sie konnte sich das in diesem recht beschaulichen Bodenseestädtchen eigentlich gar nicht vorstellen.

»Jetzt erzählen Sie mal, was für eine Bürgerwehr und wo?«

Christina Hahn setzte sich. In ihrem Gesicht stand die Sorge geschrieben. Vielleicht ging ihr das Ganze so nahe, weil sie selbst vom See war, hier in Überlingen aufgewachsen und dann zur Kriminalpolizei. Das war manchmal gar nicht gut, wenn man als Ermittler zu vertraut mit einer Stadt und ihren Menschen war. Kim hatte das bei ihrem letzten Fall selbst auch erlebt. Sie musste lächeln, wenn sie an die Szene dachte, als der gesuchte Triebtäter vor ihren Augen ein Fahrrad geklaut hatte. Sie musste den Fällen gar nicht mehr hinterher, das Verbrechen kam bei ihr einfach so am Wohnwagen vorbei, hatte sie damals gedacht. Aber es war schon ein wenig seltsam gewesen. Vor allem hinterher, als sie begann, darüber nachzudenken. Irgendwie war ein Wohnwagen oder auch eine Wohnung eine Art Rückzugsgebiet, in dem man keine Verbrecher wollte. Das Verbrechen sollte sich dort draußen irgendwo abspielen. Aber zuhause sollte doch bitte frei bleiben. Da ist der Wunsch Vater des Gedankens, dachte die Kommissarin und wandte sich Christina Hahn zu.

»Also?«

»Ich hab das nur so nebenbei mitgekriegt. Mein Bruder ist bei der örtlichen Feuerwehr. Der hat mir das erzählt, dass darüber geredet werde. Man wolle nicht länger der untätigen Polizei zuschauen, bis wieder ein Mädchen im See schwimmt. So richtig organisiert ist die Sache noch nicht. Aber mein Bruder meinte, da seien schon die Richtigen dabei. Die würden sich damit nicht mehr lange Zeit lassen.«

»Was meinte er mit die Richtigen?«

»Die üblichen Wortführer, wenn es um solche Angelegenheiten geht.«

»Angelegenheiten? Nun, ich würde sagen, es sind drei Menschen ums Leben gebracht worden. Das sind für mich keine Angelegenheiten!«

»Entschuldigung, mir ist gerade nur nicht das richtige Wort eingefallen, des passiert mir manchmol, wenn ich Hochdeutsch schwätz«, sagte Christina schnell.

»Schon gut«, meinte Kim Lorenz, »es geht uns allen so.

Das hat mit Ihrem Schwäbisch schwätza sicherlich nichts zu tun. Ich bin übrigens auch Schwäbin, auch wenn mer des bei mir kaum raushört, gell.«

Die beiden Frauen lächelten sich an. Christina Hahn wurde aus dieser jungen Kommissarin nicht recht schlau. Immer wieder tat sich ein neuer Blick auf einen ihrer Charakterzüge auf. Schwäbin ist sie also auch, dachte die Kollegin bei sich. Das konnte im Ländle so seine Vorteile haben. Immerhin hatte Kim schon einiges vorzuweisen für ihre junge Karriere.

»Stimmt es, dass Sie in Horn auf einem Campingplatz in einem Wohnwagen wohnen?«, fragte sie.

Kim Lorenz nickte bestätigend. Sie war diese Frage gewohnt, die kam eigentlich immer in den ersten Tagen einer Ermittlung, wenn die Kollegen sich kennenlernten.

»Ist ja eigentlich eine recht lustige Geschichte. Ich wurde nach Konstanz versetzt und wollte mich eigentlich nicht hier am Bodensee niederlassen. Mein Freund wohnte damals noch in Freiburg. Da habe ich mich an den alten Wohnwagen meines Onkels erinnert. Den hat er schon seit Jahrzehnten drüben in Horn stehen. Nachdem er ihn kaum mehr benutzt, war das für mich eine gute Lösung. So war das. Zufrieden?«

Christina Hahn nickte, aber ihr lag noch eine Frage auf der Zunge. Kim Lorenz sah es ihr an.

»Raus damit«, sagte sie auffordernd.

»Und wie war das mit dem Täter in Ravensburg?«

Kim Lorenz schaute Christina Hahn überrascht an.

»Na ja, das interessiert me halt. Des war doch bisher Ihr größter Erfolg, oder?«

Nun nickte Kim Lorenz wieder. Ihr größter Erfolg, nun ja, eigentlich stimmte das ja. Sie durfte nur nicht jedem erzählen, wie ihr der Täter über den Weg oder vielmehr vor die Nase gelaufen war.

»Stimmt schon, da hast du recht. Oh, tschuldigung. Aber wir könnten uns doch wirklich duzen, was meinen Sie oder du?«

»Gerne«, sagte Christina.

»Gut. Ich denke, wir liegen im Alter nicht weit auseinander, oder? Wie alt bist du denn?«

»Vierundzwanzig, und du?«

»Nur fünf Jahre älter, na also. Hallo Christina!«

Christina Hahn lachte. Sie mochte diese Kim Lorenz, das war so eine ganz nach ihrem Geschmack. Das könnte vielleicht so etwas wie eine gute Freundin werden, dachte Christina Hahn. Dann erinnerte sie sich, warum sie hier war. Aus ihrer Tasche, die sie am Tisch abgestellt hatte, holte sie die Akte. Sie legte sie vor Kim Lorenz hin.

»Das hier ist alles, was wir bisher haben. Bisher waren es verschiedene Ermittlungsgruppen. Erst jetzt, nach dem dritten Fall hat Brettschneider die Ermittlungen zusammengezogen und dann dich geholt.«

Die Hauptkommissarin zog die Akte zu sich her und schlug den Deckel auf. Ohne genau hinzusehen blätterte sie die Seiten durch.

»Danke. Ich werde mir das genau ansehen. Wie sollen wir vorgehen, was denkst du?«

Christina Hahn schaute die Kollegin verdutzt an.

»Ich?«

»Ja, sag doch mal. Du willst doch wahrscheinlich auch mal Hauptkommissarin werden und eine Ermittlung leiten, oder?«

»Schon, aber sollten wir nicht morgen in der Ermittlungsgruppe ...«

»Schon, Christina, schon. Aber merke dir eines. Wir gehen morgen früh in die Ermittlungsgruppe und haben ein klares Ziel, unsere Vorgehensweise durchzubringen. Wir lassen Vorschläge machen, diskutieren Möglichkeiten und sprechen über Ermittlungswege. Dann, wenn alles so richtig durcheinander ist und keiner mehr so richtig weiß, wo ihm der Kopf steht, dann präsentieren wir ein Konzept, eine Struktur. Du wirst sehen, sie werden darauf abfahren!«

Christina staunte nicht schlecht. Sicher, sie hatte der Hauptkommissarin schon einiges zugetraut, aber dass die so verschlagen war, wie man hier im Schwäbischen zu sagen pflegte, das hätte sie nicht gedacht.

»Mein lieber Scholli!«, rief sie aus, »du hast es ja faustdick hinter den Ohren! Wo hast du denn das her?«

»Von meinem Großvater«, antwortete Kim Lorenz.

»War der auch bei den Kriminalern?«

»Nein. Buchhalter. Aber er hat sich in den letzten zwanzig Jahren so ziemlich jeden Krimi angeschaut und auch eine Menge gelesen. Er ist in seinem Ruhestand zu einem echten Hobbykriminaler geworden. Also hilft er mir auch hin und wieder bei meinen Fällen. Ich habe gestern Abend noch mit ihm telefoniert. Übrigens, der Gasthof ist prima. Genau das, was ich wollte. Und einen Sauerbraten machen die da. Erste Sahne!«

Christina Hahn strahlte über das ganze Gesicht. Sie war sich ein wenig unsicher gewesen, ob die eher schlichte Herberge der Hauptkommissarin gefallen würde.

»Also, dann lass uns mal überlegen«, sagte Kim Lorenz und nahm sozusagen als ersten Ansatz schon mal einen Kugelschreiber in die Hand.

Nele war genervt. Immer, wenn Heinz seine Pause hatte, kam er zu ihr. Heute wollten sie doch die Setzlinge pikieren. Beim Hibiskus musste man das sehr vorsichtig machen. Langsam den Wurzelballen aus dem Aussaattopf herauslösen, ein wenig schütteln, damit die alte Erde abfiel und dann vorsichtig in den Topf setzen. Dazu musste sie sich konzentrieren. Sie wusste, das fiel ihr nicht leicht. Nicht so leicht wie den anderen. Ihre Hände konnten das schon, aber ihr Kopf wollte nicht so. Sie spielte dann ihr Spiel, ließ die Hände mit dem Kopf reden, der verstand und machte, dass die Hände das taten, was sie wollte. Aber sie musste sich halt konzentrieren. Da war dann Heinz dazwischen gekommen.

»Ich muss dir endlich was erzählen«, sagte er, noch fast außer Puste, weil er den Weg herüber von der Schreinerei gerannt war.

»Ich will pikieren«, sagte Nele ganz pflichtbewusst.

»Ich weiß, ich weiß. Da willst du auch nicht gestört werden, weil deine Hände mit deinem Kopf reden müssen, oder so ähnlich«, sagte Heinz genervt.

»Nicht so ähnlich, sondern genau so.«

»Also gut. Genau so. Ich bin ja auch gleich wieder weg.«

Nele hob eine Pflanze aus dem Aussaattopf und schüttelte sie. Dann machte sie mit der einen Hand eine kleine Grube im neuen Topf und setzte die Pflanze hinein. Noch etwas Pflanzerde auf den Wurzelballen, dann war sie fertig. Sie schaute auf, Heinz in die Augen.

»Wieso schaust du so?«

»Wie schaue ich denn?«

»Als ob du Angst hast. Was ist das, was du mir erzählen willst?«

»Was ich mache, ich meine, abends, wenn wir nicht zusammen sind. Das will ich dir erzählen.«

»Abends? Wieso?«

»Weil du doch wissen wolltest, was ich so mache, da draußen, eben abends, nach der Arbeit.«

»Ach so. Dann erzähl halt.«

Manchmal wurde Heinz aus Nele wirklich nicht schlau. Er wusste schon, warum sie hier im Bruderwerk lebte und arbeitete. Irgendwie kam sie mit dem da draußen nicht zurecht. Nicht, dass sie hier drinbleiben musste. Aber sie wollte es auch. Sie waren schon ein paar Mal, seit sie sich kannten, in der Stadt gewesen. Aber nach ein paar wenigen Stunden hatte Nele genug gehabt von den vielen Menschen und den Autos. Was er als ganz normal erlebte, das war für Nele eine fast fremde Welt. Eine Welt, die hektisch war, die sie dann in Situationen brachte, mit denen sie nicht zurecht kam. Aber mit ihm ging sie wenigstens hinaus, konnte Freude erleben, wenn sie zusammen über den See fuhren, am Ufer ein Eis aßen oder einfach nur auf einer Bank saßen und auf das Wasser hinausschauten. Auf dieser ersten Bank hatten sie sich dann mal geküsst. Er hatte es genossen. Diese sanften Lippen, diese so feine, warme Berührung. Von einem Zungenkuss hatte er zwar mal gehört irgendwo, aber er traute sich nicht, damals. Neles Augen hatten gestrahlt. Er hatte sie umarmt und ganz fest gehalten. Jetzt habe ich endlich einen Freund, hatte sie leise gesagt, wie zu sich selbst. Ja, hatte er gesagt, jetzt hast du einen Freund. Sie war ein bisschen zusammengezuckt, als er das wiederholt hatte. Aber dann hatte sie gelacht und ihm einen dicken Schmatz auf die Wange gedrückt. So hatte das angefangen damals.

»Was denkst?«, fragte Nele.,

»An damals, auf der Bank. Du weißt schon.«

»War schön.«

»Sehr schön, fand ich.«

»Nur das mit der Zunge, das haben wir beide noch nicht so richtig gewusst, gell.«

Heinz lächelte. Ja, sie hatten es dann irgendwann mal doch probiert. Er wusste nicht mehr, ob es seine oder ihre Zunge gewesen war, die den Vorstoß gemacht hatte. Das war wirklich schön gewesen.

Nele stand auf und wischte die erdigen Finger an ihrem Gärtnerschurz ab. Das war das Zeichen, dass sie nun auch eine Pause machen würde. Heinz ging ihr hinterher, hinein ins Gewächshaus, wo der Tisch mit der Kaffeemaschine stand.

Als er sich gesetzt hatte, ging Nele zum Automaten und ließ zwei Tassen Kaffee einlaufen. Sie achtete darauf, die Becher genau in die Mitte unter die Düse zu stellen. Einmal war ihr ein Missgeschick passiert. Sie hatte auch Kaffee gemacht, wie jetzt, hatte mit Heinz geredet und wollte nebenher die Tasse in den Automaten stellen. Sie hatte nicht aufgepasst, die Hand an der Tasse gelassen und der brühheiße Kaffee war ihr über die Hand gelaufen. Nur, weil Heinz schnell herbeigesprungen war und ihre Hand gleich unter kaltes Wasser gehalten hatte, war nicht viel passiert. Die Hand war nur für ein paar Tage rot gewesen. Keine Blasen.

Sie stellte eine Tasse vor Heinz auf den Tisch.

»Was willst du mir denn erzählen?«

»Von mir. Du willst doch immer so viel wissen von mir.«

»Nur, wenn du auch erzählen willst.«

»Ich will ja. Du weißt doch das von Sabine. Sie ist doch im See.«

»Deine Schwester. Die ist doch ertrunken.«

»Nein. Die ist nicht ertrunken, die ist im See.«

»Wie, im See?«

»Die kommt doch wieder. Die ist doch nur weggegangen. Die kommt doch wieder. Wenn ihr nur viele helfen.«

»Wie helfen?«

»Weil die doch auch in den See gehen. Weil ich mache,

dass sie in den See gehen. Dann kommt Sabine zurück. Ganz sicher!«

»Ich glaube nicht, dass Sabine zurückkommt.«

»Doch, doch. Sie sollen sie suchen. Deswegen leuchte ich ihnen doch hinterher!«

»Wem?«

»Den Mädchen.«

»Welchen Mädchen?«

»Die ich hole und in den See bringe.«

»Was für Mädchen denn? Ich habe gedacht, wir sind zusammen.«

»Sind wir ja auch. Das mit den Mädchen ist was anderes.«

»Ich will nicht, dass du dich da draußen mit anderen Mädchen rumtreibst, verstanden!«

Heinz nickte. Er hatte es eigentlich gewusst. Nele würde das so nicht verstehen, wie er es erzählte. Das konnte kein Mensch verstehen, wie sehr er daran glaubte, dass Sabine zurückkam. Aber das würde er ihnen allen zeigen. Bald würde wieder ein Mädchen nach Sabine suchen.

Er hatte mehr Leute erwartet. Max Schaff stand am Rande der Gruppe der Trauernden. Der Pfarrer hielt sich an seinen Text. Max kannte ihn, den Pfarrer und den Text. Es war nur wenige Monate her, da hatte er auch hier gestanden und denselben Text gehört. Nur ein anderer Name und andere Lebensdaten, eigentlich fast die gleiche Beerdigung, dachte er. Sah man den Menschen, wollte man den Menschen wirklich sehen? Verdient? Was hieß das. Das konnte man bei Alfred schon sagen, über dreißig Jahre war er hier an der Schule gewesen. Ein Freund, im Grunde genommen, dachte Max, so was wie ein Freund. Den sah man fast jeden Tag, sowieso in der Schule und manches Mal auch bei einem Glas Wein bei irgendeiner Veranstaltung. So hatte er ihn auch kennen und schätzen gelernt, den Alfred. Er hatte es nie verstanden, warum der allein geblieben war. Aber die Erfahrung lehrte, darüber besser nicht nachzudenken und auch nicht nachzufragen. Wenn er an sich und Julia dachte, dann wollte er das Wort nicht sprechen. Es war Leben gewesen, die Zeiten mit den Kindern. Stress manchmal, aber auch viel Glück und Freude. Wenn er allerdings an sich dachte, kam er sich im Rückblick wie verloren darin vor. Vielleicht war auch deshalb diese Phase mit Julia gekommen. Konnte schon sein. Sie hatte das alles viel leichter erlebt und diesen Übergang von Familie und nun wieder nur ein Paar zu sein, viel leichter geschafft. Als ob sie nie an sich denken würde und doch war sie dann diejenige, die dann genau wusste, was sie wollte. Er hatte das nicht gewusst.

»... so sagen wir heute Adieu zu einem Lehrer, der in unseren Reihen ein Geachteter war. Wir behalten ihn so in Erinnerung, wie er war und lebte, und ich als Kollege und Freund kann ihm nur posthum hier und jetzt meinen besten Dank für viele gute Schuljahre, für viele schöne gemeinsame Jahre aussprechen. Ruhe in Frieden, Alfred Schmeier.«

Es war Viktor Früh sichtlich schwer gefallen, seine, wie man so sagte, Contenance zu bewahren. Immerhin waren die beiden Freunde gewesen. Das ging einem ans Herz, dachte Max, das war fast etwas zu viel für einen Menschen. Aber Viktor Früh hatte sich bereit erklärt, das zu machen. Er selbst war mehr als überrascht gewesen, als Alfred verhaftet wurde. So etwas sah man im Fernsehen oder las es in der einschlägigen Presse, aber so etwas passierte doch nicht hier am Bodensee, in Gaienhofen. Im ersten Moment hatte er nicht gewusst, was er tun sollte. Er hatte mit Peter lange drüber geredet. Der war damals noch ziemlich neu an der Schule, aber letztendlich genauso überrascht gewesen wie er selbst. Kinderpornographie, schon an sich ein scheußliches Wort. Sie hatten eine Haussuchung gemacht und den Rechner gleich mitsamt Alfred mitgenommen. Peter und er hatten sich nur erstaunt angeschaut. Alfred Schmeier?

Ein bedeutsamer Vorgang, dachte Max heute. Er hatte vor wenigen Wochen mit einem Studienfreund telefoniert und ähnliches zu hören bekommen. Das war diese Tat in Eislingen gewesen, wo zwei junge Männer eine ganze Familie umgebracht hatten. Dabei hatte einer geschossen, Vater, Mutter und zwei Schwestern des Kumpels umgebracht, der andere sollte nur der Nutznießer dieser Tat sein. Der Vater des Täters ist mit mir zusammen aufgewachsen, hatte sein Freund am Telefon gesagt. Ob er sich das vorstellen könne. Max hatte damals verneint. Aber inzwischen konnte er sich wesentlich mehr vorstellen.

»An was denkst du?«, unterbrach ihn eine Stimme.

Max zuckte zusammen. Er mochte Friedhöfe nicht, er mochte keine Beerdigungen und schon gar keine Beerdigungen, bei denen man dann noch so angesprochen wurde. Als er sich umdrehte, stand er vor Peter.

»Ach, du bist es«, sagte er nur.

»Ja.«

»War in Gedanken. Mit Alfred und so. Das ist, glaube ich, etwas vom Wichtigsten in so einer Situation wie hier jetzt auf dem Friedhof. Den Menschen zu sehen, oder? Was denkst du?«

»Fällt mir aber auch schwer, muss ich sagen. Denk doch an so manchen Abend mit ihm. Denk an die Veranstaltungen, wie er sich eingebracht und organisiert hat. Ich komm da nicht dahinter. Da muss irgendwann was verdammt auseinander gelaufen sein, oder?«

Max nickte. Er war dankbar, den Freund hier zu haben, sprechen zu können. Reden über das, was passiert war und hier nun schließlich beerdigt wurde.

»Er war Lehrer«, sagte Max und schaute Peter bedeutsam in die Augen.

»Genau«, antwortete Peter, »das ist etwas, was uns noch mehr als andere nachdenklich und betroffen macht. Ein Lehrer, einer der Kinder erzieht, sie lehrt und versucht, sie gut auf diesen Start ins Leben vorzubereiten. Genau so einer geht abends nachhause und schaut sich, wie soll ich jetzt sagen, Sauereien an?«

»Mir ging es eben erst durch den Kopf, Peter. Wir lesen sowas in der Presse oder sehen einen Bericht im Fernsehen. Wir reden darüber und denken uns unseren Teil. Aber wenn es so nahe geht, dann wird es kritisch. Ich hätte das bei Alfred nie vermutet. Ich habe allerdings auch gar nicht danach gesucht.«

»Genau«, sagte Peter schnell, »genau das ist es ja. Müssen wir irgendwie immer ein wenig was vermuten, weißt du. Was tut sich da auf? Steckt hinter jedem dritten Lehrer so einer wie Alfred?«

»Ich bitte dich, jetzt mal langsam. Wir reden über Alfred.«

»Schon. Aber kommst du damit klar, was der abends an seinem Computer gemacht hat?«

»Nein. Auch nicht. Muss ich zugeben. Da hört meine menschliche Toleranz auf.«

»Das ist es doch. Genau wie du sagst, die menschliche Toleranz hört da wirklich auf. Denn hinter diesen Bildchen und Filmchen stecken Kinder, Menschen, die zu dem, was sie da machen, gezwungen werden.«

Mit etwas Abstand hatten sie sich in die Reihe der Trauernden gestellt. Für Alfred stand niemand am Grab und nahm die Kondolenzwünsche entgegen. Die Menschen vor ihnen gingen ans Grab und schütteten meist nur ein wenig Sand in die Grube. Es hätte mich auch gewundert, wenn da jemand mit Blume aufgetaucht wäre, dachte Max. Er ging zum Grab, schaute hinunter auf den Sarg. Mein lieber Alfred, dachte er für sich, das war nicht gut. Zu einem besseren Gedanken konnte er sich in diesem Moment nicht überreden. Mehr konnte er dem alten Kollegen auch nicht hinterhersagen. Mit einem »Mach's gut« hatte er es als Halbatheist sowieso nicht. Und doch tat es ihm ein bisschen leid, als er den dumpfen Aufprall des Sandes auf dem Sarg hörte. Er ging ein paar Schritte weiter und sah Peter zu, der auch mit einer gewissen Achtung den Sand in die Grube schippte. Das ist gut, dachte Max, es bleibt doch immer der Mensch. Ist es die Welt, sind es wir, die Gesellschaft , die dann so etwas wie bei Alfred geschehen lassen, auslösen, bedingen? Sind es die Verhältnisse, die fehlende Anerkennung, Kindheit und Familie, fehlende Ausgleiche, Korrektive? Fragen. Fragen, die bleiben, dachte Max, über den Menschen hinaus.

Er ging zusammen mit Peter auf den Eingang des Friedhofs zu. Es war eine recht seltsame Stimmung unter den Kollegen gewesen. Zu viel war in den letzten Monaten geschehen in diesem pädagogischen Bereich. Nie hätte er sich vorstellen können, welche Taten da von Pädagogen, also Kollegen, begangen worden waren.

»Fünf Pfennig für deine Gedanken. Das hätte man früher gesagt.«

Max zuckte zusammen. Anscheinend beschäftigte ihn diese Sache mehr, als er es sich selbst zugeben wollte oder konnte. Er lachte.

»Stimmt, da hast du recht. Eigentlich ein komischer Spruch, oder?«

»Man müsste mal rausfinden, wo sowas herkommt.«

»Sowas kommt von sowas her. Welcher Film ist das nochmal, wo das einer immer wieder sagt?«

»Ich glaube, Tadelöser und Wolf, Kempowski.«

»Stimmt. Ist das eigentlich irgendwann wirklich bewiesen worden, dass er abgeschrieben hat, oder die Manuskripte anderer veröffentlicht hat?«

»Soweit ich weiß nicht. Wäre aber schon der Hammer. Schließlich hat der auch noch Schreibseminare gegeben.«

»Wahrscheinlich Abschreibseminare, mein Lieber! Kommst du noch mit auf einen Kaffee?«, fragte Max den Freund.

»Danke für die Einladung. Aber ich bin mit dem Rad da und den Hügel will ich mir heute sparen. Wir sehen uns morgen Abend, bei Leo. Mal sehen, ob Holger diesmal rechtzeitig kommt.«

Max schaute Peter erstaunt an. Dann dämmerte ihm was. Der Skatabend. Seit Wochen versuchten sie, eine stabile Skatrunde zu etablieren. Sie hatten sich erst zwei Mal getroffen, aber jedes Mal war Holger, ein Lehrerkollege, eine halbe Stunde zu spät gekommen.

»Die Skatrunde, richtig!«, sagte Max.

»Eben.«

»Ansonsten halt morgen, in der Pause vielleicht. Hat sich eigentlich Kim gemeldet?«

»Nein.«

»Schade.«

»Stimmt.«

Das Ermittlungsteam hatte sich am frühen Nachmittag getroffen. Die Vorbesprechung mit Christina Hahn hatte schon ihren Sinn gehabt. Kim Lorenz begrüßte die Kollegen und resümierte die bisherigen Ergebnisse und die verschiedenen Ermittlungsansätze.

»Wir haben ermittelt. Sie haben ermittelt. Aber die üblichen Vorgehensweisen scheinen in diesen Fällen nicht zu fruchten. Für den Aufwand, den wir betrieben haben, ist bisher noch recht wenig herausgekommen, würde ich sagen. Offensichtlich haben wir es mit einem Täter zu tun, der es schafft, durch unser Netz zu schlüpfen, ohne irgendwelche brauchbaren Spuren oder Hinweise zu hinterlassen. Ich frage mich, wo könnte unser Netz zu grobmaschig sein, dass uns ein Mann und ein Boot, denn ein solches benutzt er zweifellos, durch die Maschen gehen? Wir haben die Standards überprüft, gemeldete Boote, Liegeplätze, Häfen. Die Seepolizei fährt Streife, wir sind an Land am Ufer verstärkt unterwegs. Aber, kein kleinstes Anzeichen. Die einschlägigen Kandidaten haben wir überprüft und nochmal überprüft …«

Ein allgemeines Gemaule unterbrach die Kommissarin.

»Ich weiß, ich weiß, das war aus Ihrer Sicht doppelte Arbeit. Aber, glauben Sie mir, es lohnt sich. Ich spreche in diesem Fall aus eigener Erfahrung. Ich brauche Ihnen nicht zu sagen, dass der Druck auf unsere Ermittlungsgruppe immer größer wird. Die da oben und die Medien wollen Ergebnisse, Spuren, Verdächtige. Das ist das alte Spiel. Aber das darf uns nicht aus der Ruhe bringen. Wir haben hier eine Reihe von Fällen zu klären. Das ist der Punkt.«

Sie schaute in die Runde. Es waren ganz verschiedene Gesichter, die ihr da gegenübersaßen. Der größte Teil waren erfahrene Ermittler. Wenn sie einer Sonderermittlungsgruppe wie der ihren zugeteilt wurden, dann war das für sie inzwischen Routine. Entsprechend wenig konnte sie als Leiterin von ihnen auch erwarten. Diese Arbeit stumpfte ab, entwickelte sich nicht weiter. Erfahren hatte sie das zwar selbst so noch nicht, denn sie war ja bisher nur einmal in einer solchen Gruppe damals in Ravensburg gewesen. Aber sie konnte sich das lebhaft vorstellen, wie es diesen Leuten ging. Wenn man es genau und ehrlich betrachten wollte, waren das Hilfsarbeiter, die sie, als die Leiterin, hinaus in die Welt schickte, damit sie Informationen überprüften oder sammelten. So ein Arbeitsalltag konnte dann schon verdammt eintönig, frustrierend und enttäuschend verlaufen. Wenn sie damals in Ravensburg aber nicht drangeblieben wären und eben diese Arbeit Tag für Tag gemacht hätten, dann wäre der Täter nicht gefasst worden, davon war sie überzeugt. Dass er ihr dann so einfach über den Weg gelaufen war, das war ein Zufall, den sie sich bis heute nicht erklären konnte. Aber sie hatten die Klinken geputzt und waren schließlich vor dieser einen Tür gestanden. Nur so hatte dieser Zufall überhaupt stattfinden können.

»Frau Lorenz«, unterbrach jemand ihre Gedanken, »müssen wir nicht eigentlich mehr machen?«

Sie kannte Kommissar Reiff. Zusammengearbeitet hatten sie bisher nicht. Aber er war bekannt. Vorweisen konnte der Herr Kommissar noch wenig, obwohl er schon einige Dienstjahre auf dem Buckel hatte. Kim Lorenz schätzte ihn auf Anfang bis Mitte Fünfzig. Das war ein Alter, da sollte Kommissar Hauptkommissar sein. Mindestens eigentlich, dachte die Hauptkommissarin. Sie schaute Reiff direkt ins Gesicht. Warum war dieser Mann immer nur Störenfried und Bremser. Warum rankten sich um ihn so viele Geschichten, die alle Kolleginnen und Kollegen das Kreuz machen ließen, wenn er in der Gruppe war. Sie musste damit offensiv umgehen. Dieser Reiff konnte eine Stimmung in das Team bringen, die sie nun wirklich nicht brauchte.

»Herr Kollege Reiff. Wir können immer mehr machen. Aus meiner Sicht haben wir alles getan, was in unseren Kräften stand und denkbar war. Wenn Sie einen neuen Ansatz haben, gerne.«

Sie ließ den Satz halblaut im Raum stehen. Die Kollegen hatten sich erst auf Reiff konzentriert, dann waren die Blicke in ihre Richtung gegangen. Nun wendeten sie sich wieder Reiff zu. Der hatte demonstrativ die Unterarme breit auf den Tisch gelegt. Eine Haltung, die nach ihren Kenntnissen zweideutig war. Entweder, saß da einer, dem alles so ziemlich egal war, oder wollte dieser Reiff hier den Maxe machen. Sie tippte auf Zweiteres.

»Nun, ich meine, wir sollten, einfach mehr, vielleicht nicht vom Ansatz her, einfach mit mehr Manpower, es muss doch weitergehen …«

»Herr Reiff«, unterbrach ihn nun Christina Hahn, »ich verstehe Ihre Betroffenheit, aber bin da ganz bei der Frau Hauptkommissarin. Wir haben unser Möglichstes getan. Solche Allgemeinplätze, wie Sie sie in den Raum stellen, sind wenig wert und letztendlich kontraproduktiv!«

Christina Hahn war genervt. Und zwar ziemlich deutlich. Kim Lorenz visierte die Kollegin während ihres Redebeitrags an, sah ihren hochroten Kopf und vernahm die deutlichen Worte. Sie musste da mal nachfragen, nahm sie sich vor. Da schien eine Geschichte dahinter zu stecken. Reiff war zwar eine Pfeife, aber keine, über die man sich so aufregen musste.

Ganz offensichtlich war Reiff nicht in der Lage, sich zu wehren. Kim Lorenz hatte eine Gegentirade erwartet, vielleicht ein Aufbrausen, womöglich einen richtigen Streit. Aber der Kommissar schwieg fein still. Seltsam, dachte die Hauptkommissarin. Wie sie so gehört hatte, war das sonst gar nicht seine Art. Vielleicht hatte der wirklich überhaupt keinen Plan, wie es hier weitergehen sollte.

Den hatte sie, dachte sie so bei sich, auch nicht. Wenn nicht bald eine vernünftige Spur daherkam, dann konnte sie sich darauf gefasst machen, den Fall abgeben zu müssen.

Ein allgemeines Gemurmel folgte den Redebeiträgen. Sie musste etwas tun, das war ihr klar.

»Kolleginnen und Kollegen. Ich weiß, das Ganze geht uns allen ziemlich nahe. Den örtlichen Kollegen vielleicht noch mehr als uns, die wir von außen kommen. Aber ich wohne auch am See, weiß um das Wasser und die Gefühle dazu. Vielleicht haben Sie von meinem letzten Fall gehört, da ging es auch um eine junge Frau und das Wasser im Bodensee …«

»Was soll denn das jetzt?«, rief Reiff laut dazwischen, »was hat denn Ihr letzter Fall mit dem hier zu tun? Wasser, Wasser, Wasser. Wir sind hier nun mal am Bodensee. Jetzt schwätzen Sie doch nicht drum rum. Sie wissen doch nicht weiter!«

»Herr Reiff, so geht es nicht!«, sagte Kim Lorenz, ohne auch nur eine kleine Pause verstreichen zu lassen. Sie wollte an diesem Punkt nicht nachdenken. Diesem Stinkstiefel, der in seiner ganzen Laufbahn noch kein richtiges Brot geschmiert hatte, wollte sie auf keinen Fall die Oberhand überlassen.

»Mit ein bisschen Professionalität und Einfühlungsvermögen hätten auch Sie inzwischen erkennen können, dass wir es hier mit einer üblen Serie von Morden zu tun haben. Mit Ihrer Berufserfahrung wissen Sie um die möglichen Schritte und kennen unsere Möglichkeiten. Nach den Standards sind wir noch keinen Schritt weiter. Wir haben noch nicht einmal die Spur eines Ansatzes. Ich sprach vom Wasser und von Gefühlen, von einer Beziehung zu diesem See. Wir sind hier nicht eindimensional unterwegs, Herr Reiff. Für uns hier gibt es noch allerlei Tänze zu tanzen. Weil wir spielen …«

»Spielen?«, schrie Reiff und konnte nun wirklich nicht mehr an sich halten, »Sie sind zum Spielen hierhergekommen? Na dann Prost Mahlzeit.«

Allgemeine Entrüstung in der Runde. Noch wollten keine Gegenstimmen aufkommen. Kim Lorenz spürte die Unsicherheit, was ihre Worte denn bedeuten sollten.

»Herr Reiff. Ich will nicht spielen. Im Moment wirklich nicht. Ich möchte auf eine gewisse andere Art in diesem Fall vorgehen. In diesen Fällen vielmehr. Wenn Sie sich darauf nicht einlassen wollen, dann steht es Ihnen frei zu gehen.«

Reiff packte seine Sachen zusammen. Die Stille im Raum war fragend. Was sollte das nun bedeuten? Die Hauptkommissarin sah dem Kollegen zu. Sollte sie ihn einfach so gehen lassen. Sie musste dann die Fragen beantworten. Dann würde es um ihre Kompetenz gehen, eine solche Gruppe zu leiten. Sie wusste nicht, wie Reiff bei ihren Vorgesetzten gesehen wurde. Das war eines ihrer Mankos. Sie kümmerte sich so wenig um den Klatsch und Tratsch in der Truppe. Sie machte da nicht mit, wenn es um Kollegen ging.

»Ich gehe, Frau Hauptkommissarin Lorenz. Ich gehe, weil ich so nicht arbeiten kann. Ich bin nun schon so lange in diesem Beruf, habe dabei allerlei mitgemacht. Aber wenn ich Sie reden höre, dann merke ich, lassen Sie mich das ruhig so einfach sagen, dass ich da nicht mitkann. Ich habe kein Gefühl für den See und das Wasser. Für mich spielt das keine Rolle. Ich habe immer nur Ermittlungen erlebt. Und, das sage ich nicht leicht in diese Runde, ich habe auch den Eindruck, dass ich hier dann wirklich fehl am Platze bin. Deshalb gehe ich. Und bitte, keine Gedanken, dass das was nach sich zieht. Wir werden schon einen Weg finden, dass ich ohne Aufhebens aus dieser Gruppe ausscheiden kann. Ich wünsche euch viel Erfolg.«

Kommissar Reiff stand auf, nahm seine Tasche und ging

mit leichtem Gruß hinaus. Es folgten ein paar Minuten Stille. Dann hatte sich auch Kim Lorenz wieder gefasst. Sie wunderte sich. So einfach hatte sie sich das nicht vorgestellt. Ging der da hinaus und sagte quasi, er kann das nicht. Gab damit zu, dass seine Weisheit nun am Ende war. So ähnlich werden es auch die anderen erlebt haben, dachte die Kommissarin. Wie sollte sie das jetzt angehen? Tschüss Kollegen, also, machen wir weiter. So sicherlich nicht.

»Großartig«, sagte Christina Hahn.

Die Runde schwieg.

»Wie meinst du das?«, fragte die Kommissarin.

»Weil ich ihm das wirklich nicht zugetraut hätte, gerade ihm.«

»Wieso?«

»Das weißt du nicht?«

»Nein.«

Christina Hahn machte der Kommissarin ein Zeichen. Wie es in manchen Sportarten üblich war, stellte sie beide Handflächen senkrecht aneinander. Auszeit, hieß das üblicherweise.

Kim Lorenz beendete das Treffen und setzte für den nächsten Morgen einen neuen Termin an. Ihre Mitarbeiter packten ihre Sachen zusammen. Es war ziemlich still, dachte die Kommissarin. Vielleicht etwas zu still. Das war immer ein interessanter Moment, wenn die Besprechung beendet war. Sie blieb immer wieder gerne noch ein paar Minuten sitzen und schaute zu, wie die Kolleginnen und Kollegen den Raum verließen. Selten wurden dabei Gespräche geführt. Die begannen erst draußen, auf dem Korridor oder vielleicht sogar erst vor dem Gebäude. Meistens jedenfalls. Gut war es, wenn im Raum schon gesprochen wurde. Das war ein gutes Zeichen für die Offenheit in der Gruppe. Natürlich spielte auch der Stand der Ermittlungen eine wichtige Rolle. Der Stand hier und heute war so bescheiden, dass sie die Stille nicht wunderte. Es war fast so schlimm wie damals in Ravensburg. Keine Anhaltspunkte, alle Routinen durchgespielt und nochmal überprüft. Die Ermittlungsgruppe war kurz vor der Auflösung gewesen. Dann hatte sie mit ihrem Kollegen vor einer Tür gestanden. Eigentlich nur eine weiter Überprüfung der Überprüfung. Aber mit Erfolg. So war das. Vielleicht eine Frage zu wenig gestellt. Vielleicht keine richtige Lust mehr gehabt, vielleicht den Mut verloren. Wer konnte das sagen. Auch sie hier in Überlingen brauchten einen solchen Zufall. Sie dachte mit Schrecken an die Möglichkeit einer weiteren toten jungen Frau. Dann würden sie alle über sie herfallen. Die Ehre, eine solche Ermittlungsgruppe zu leiten, die war schnell verflogen. Denn sie brauchten einen Sündenbock. Für sich selbst und für die Medien. Aber darüber wollte sie sich im Augenblick nicht den Kopf zerbrechen. Sie würde an diesen Punkt nicht kommen, sagte sie sich. Obwohl sie sich nicht sicher war, ob sie die Weichen in dieser Ermittlung richtig gestellt hatte. Sie konnten nur stochern, suchen und stochern. Und hoffen, dass sich irgendwo eine Spur fand, etwas Merkwürdiges passierte oder ihr vielleicht wie im Fall Ravensburg, der Täter sozusagen vor die Füße fiel. Kim Lorenz stand auf, nahm ihre Tasche und ging hinaus auf den Korridor. Sie war gespannt, was Christina ihr zu erzählen hatte.

Heute würden viele zum Essen kommen. Schon reichte die Schlange der Hungrigen bis fast zur Eingangstür. Wenn nicht bald Sven mit der Kasse kam, dann wäre wieder Stau und das Gemaule ginge wieder los. Wie am Dienstag. Kam der doch glatt eine Viertelstunde zu spät. Am liebsten wäre sie ihm ins Gesicht gesprungen. Sie konnte nicht mit Sven. Das war so ein ganz Lockerer, à la, was will mir das Leben, ich bin ich. Dann auch noch dieses süffisante Lächeln. Noch jetzt stieg ein wenig Restwut in ihr auf.

Amelie Dreher arbeitete seit drei Monaten im Bruderwerk. Nach dem Abi, das sie mehr recht als schlecht hinter sich gebracht hatte, war ihr nichts eingefallen. Einen Beruf, hatte sie sich gefragt und sich gleich auch selbst geantwortet, den hast du noch nicht im Sinn. Irgendwie hatte sie immer vieles interessiert. Menschen, ja, Menschen auf jeden Fall. Sie hatte viele Jahre in ihrem Heimatort im CVJM mitgearbeitet. Eine tolle Sache war das gewesen. Am Anfang war sie in die Jungschargruppe gegangen, dann zu den Jugendgruppen und den Freizeiten. Was ihr besonders gefallen hatte, war dieser leichte Umgang mit dem Glauben, der spielte zwar eine gewisse Rolle, stand aber nicht unbedingt im Vordergrund. Mit Gott hatte sie es nicht so. Nach der Konfirmation hatte sie ihrem Vater erklärt, dass sie nicht an Gott glaube. Der, Kirchengemeinderat am Ort, hatte gelächelt und genickt. Sie war ihm etwas perplex gegenübergesessen. Er hatte einen Schluck von seinem Bier genommen. Sie hatte ihn vorwurfsvoll angeschaut. Immer musste er ein Bier trinken. Sie konnte damit einfach nicht umgehen. Dass er dann auch noch rauchte, das war für sie das Allerletzte. »Das mit dem Glauben, Tochter, das ist so eine Sache«, hatte er begonnen, »auch ich glaube nicht an einen alten Mann, der dort droben im Himmel wohnt. Vielleicht glauben sehr viele Menschen nicht an einen solchen Gott, wer weiß. Es geht beim Glauben aber nicht um Gott, so sehe ich das, sondern eher um das Glauben an sich. Den Glauben an eine menschliche Gemeinschaft, daran, dass andere Menschen auch an die glauben und mit dir christlich zusammenleben wollen. Das ist wichtig.«

Damals hatte sie nur den Kopf geschüttelt. Sie hatte ihn nicht verstanden. Hatte nur das Bierglas und die anstehende Zigarette im Sinn gehabt. Heute dachte sie, dass sie es sich wirklich etwas einfach gemacht hatte. Dahinter hatte doch nur die kleine Angst gesteckt, es nicht zu wissen. Sie konnte damals mit der Frage nach Gott nicht umgehen. Sie hatte lange gebraucht, bis sie überhaupt fähig war, ihrem Vater diese Zweifel zu sagen.

»Geht es jetzt weiter?«, unterbrach eine barsche Stimme ihre Gedanken.

Amelie zuckte zusammen und war sofort wieder an der Ausgabetheke. Die Schöpfkelle hielt sie noch in der Hand. Nachdem sie heute unterbesetzt waren, musste sie mit der Kelle die Nudeln auf einen Teller schöpfen und dann die Tomatensoße mit einer anderen Kelle darübergießen. Diese Routine machte ihr Spaß. Sie schaute sich zuerst ihr Gegenüber an, taxierte den Hunger anhand von Kriterien wie Größe, Alter oder Blick. Dann griff sie, ohne den Blick abzuwenden, mit der rechten Hand nach hinten zum Tellerwagen, brachte den Teller nach vorne und übergab ihn der linken Hand. Währenddessen hatte die rechte Hand schon die Kelle für die Nudeln gegriffen und schöpfte. Dann ließ sie die Schöpfkelle los, nahm den Teller wieder in die rechte Hand, um dann mit der linken die Soße auf die Spaghetti zu gießen. Es folgte der Satz: Käse gibt es weiter vorne, Salat ist dabei. Nachtisch extra. So lief das ab. Jedenfalls bei Spaghetti Bolognese. Sie schaute nach vorne zur Kasse und fing ein Lächeln von Sven ein. Irgendwie wollte der was von ihr. Das war ihr nicht angenehm. Sie hatte ihm in keinster Weise Hoffnungen gemacht. In der Mitarbeitergruppe waren sie nur zu siebt. Dazu kamen die Gruppenleiter und das Leitungsteam und natürlich die Frauen in der Küche, die, soweit sie wusste, als 450-Euro-Jobber eingestellt waren. Die Mitarbeiter, sozusagen Nachfolger der

Zivis, wurden zwei Mal in der Woche für die Ausgabe eingeteilt. Sie waren eine bunte Truppe. Drei Frauen in ihrem Alter kamen wie sie aus dem Schwäbischen. Zwei aus Ulm und eine aus Sigmaringen. Sie selbst aus Pfullingen. Eine hatte es von Hamburg hier runter an den Bodensee verschlagen. Die wollte mal so richtig raus, aber mit Wasser. Eine lustige Person, die Wiebke, und abgesehen von ihrem hamburgerischen Hochdeutsch, echt okay. Die drei Männer waren nun ganz verschiedene Typen. Da war dieser Sven, ein Hesse, groß, schlank, blond. Lebemann, würde sie sagen. Ganz anders Boris. Wenn für Sven dieses soziale Jahr eine Notlösung gewesen war, dann verstand man das, wenn man ihn kannte. Mit seiner Einstellung konnte man kein Studium anfangen oder sich, wie man so sagte, auf den Lebensweg machen. Ganz anders Boris, der wusste schon ganz genau, dass die Physik seine Leidenschaft war und bleiben sollte. Sie hatte noch nie jemand getroffen, der ein Einser-Abitur gemacht hatte, Boris war der Erste gewesen. Sie mochte ihn. Obwohl der nun wirklich fit genug war, gleich an die Uni zu gehen und seiner Leidenschaft nachzugehen, hatte der eine Pause eingelegt und widmete sich hier im Bruderwerk Menschen. Den Menschen wolle er sich widmen, hatte er am Anfang gesagt, bevor er sich in die Forschung stürze. Amelie konnte sich das vorstellen. Boris war jemand mit Konzept, mit einem Willen, aber auch mit sozialer Kompetenz. Dann gab es noch Fritz, von dem keiner so richtig wusste, was er hier wollte. Fritz hatte mit Müh und Not die Fachhochschulreife geschafft. Dann hatte er nicht weiter gewusst. So erzählte er das jedenfalls. Aber hier im Bruderwerk war er überfordert. Sie wusste nicht, wie er sich das vorgestellt hatte, aber mit nur Rumhängen und eine leichte Kugel schieben hatte ihre Arbeit nichts zu tun.

»Na, Amelie, immer in Gedanken?«

Das war Andreas. Der Leiter des Bruderwerks, die gute Seele, ein Freund, konnte sie heute stolz zu sich sagen. Was wäre das Bruderwerk ohne ihn. Sie hatte noch nie einen solchen Menschen kennengelernt. Freundlich, gebildet, immer hellwach. Wenn Gott, sollte es ihn geben, sich einen Menschen vorgestellt hatte, als er ihn schuf, dann Andreas. Sie musste innerlich lächeln. So leicht konnte sie dann wieder mit Gott denken. Schon seltsam.

»Hallo Andreas. Na, Hunger?«

»Leg mal noch ne Schippe drauf! Ich kann es heute brauchen«, kam die prompte Antwort.

Sie gab ihm eine Extrakelle Nudeln und reichlich Soße dazu. Er lächelte sie mit seinem ganz eigenen Lächeln an. Sie lächelte zurück. Er ging mit seinem Tablett zur Kasse, dann weiter zu einem freien Platz. Dort saß Heinz. Warum setzte sich Andreas nun ausgerechnet zu Heinz, fragte sich Amelie.

Es würde der Herbst kommen und dann wieder Winter werden. Das wusste er. Vielleicht würde der See wieder mal zufrieren. Er hatte das nur einmal in seiner Kinderzeit erlebt. Sie waren an einem Sonntag zusammen zu einem Spaziergang über den See aufgebrochen. Mutter hatte sich ein wenig Sorgen gemacht, mit dem Eis und so. Aber Vater war festen Schrittes vorangegangen und der Rest der Familie hinterher. Die Erinnerungen waren noch in seinem Kopf. Immer wieder, wenn er etwas Bestimmtes sah oder fühlte, kamen sie hoch. Dann sah er seinen Vater, wie er ihm seinen ersten Roller geschenkt hatte. Mit einem »Heinz, jetzt du!«, hatte er ihn draufgestellt und angeschubst. Sabine hatte gelacht. Sie fuhr damals schon Fahrrad. Sein Vater hatte ihn immer gefordert. Wollte immer einen Mann aus ihm machen. Er selbst hatte so richtig nicht gewusst, wie denn ein Mann nun sein sollte. Wer ist denn ein Mann, hatte er sich gefragt. Etwa seine Lehrer, der Pfarrer oder die wechselnden Chefs seines Vaters? Aber er wollte natürlich ein Mann sein oder werden. Er hatte sich angestrengt, sich bemüht, dem Vater alles recht zu machen. Das hatte irgendwie nicht geklappt. Als er soweit war, vielleicht mal was richtig zu machen, war der Vater weg. Da hatte Mutter zum ersten Mal geweint. Er sah sie heute noch am Küchentisch sitzen. Das Abendessen auf dem Herd, damals aßen sie abends noch warm. Es dampfte aus drei Töpfen. Die Küche war voll von Wasserdampf. In diesem Dampf saß seine Mutter und heulte wie ein Schlosshund. Sie heulte sich ihre Seele aus dem Leib, hatte er damals gedacht. Da war das mit Sabine noch nicht passiert. Da wusste er noch nicht, dass es schlimmer kommen konnte. Er hatte sich einen Stuhl genommen, sich neben seine Mutter gesetzt und ihr den Arm um die Schulter gelegt. »Das schaffen wir schon«, hatte er als Elfjähriger gesagt, obwohl er genau wusste, dass sie es nicht schaffen konnten. Die Mutter hatte genickt. Sie trocknete ihre Tränen und wischte sich die Nase. Dann stand sie forsch auf und ging zum Herd. Sie rief Sabine und deckte den Tisch. Er sah ihr erstaunt zu. Da war keine Träne mehr. Nun war wieder Alltag, dachte er und staunte. Setzte sich trotzdem brav an den Tisch. Sie brachte die Schüsseln. Sabine kam. Die Tochter schaute der Mutter nur kurz in die Augen, senkte dann den Blick. Sabine setzte sich. Das »heute gibt's was Gutes« fand er noch in seiner Erinnerung. Aber es hatte einen Beigeschmack, einen leisen Gedanken von wegen damals fing das an. Er wusste noch, dass er »guten Appetit« gesagt hatte. Hörte auch noch das Lachen von Sabine. Dann hatte seine Mutter wieder geweint.

So konnte er stundenlang liegen und sich in Gedanken verlieren. Sein Blick ging an die Decke, ohne irgendetwas Besonderes anzuschauen. Er sah nur die mehr oder weniger weiße Decke. Das war seine Ruhe. Da war er ganz bei sich. »Da sag ich dann Du zu mir«, hatte er Nele mal erklärt. Sie hatte den Kopf geschüttelt und gelacht.

Sie hatten sich heute in der Kantine getroffen. Er kam damit noch nicht so zurecht. Die anderen tuschelten immer. Er hatte auch das Gefühl, alle schauten immer nur auf Nele und ihn. Andererseits wunderte ihn das nicht. Schließlich hatte auch er das schon miterlebt. Sie waren eine kleine Gemeinschaft. Zu den zweiundvierzig Insassen, so nannte man das hier, kamen einundzwanzig Betreuer oder Hilfskräfte. Diese Hilfskräfte arbeiteten in der Küche oder draußen im Gartenbau. Zum Essen waren sie dann meistens um die dreißig Leute. Da fiel das schon auf, wenn mal ein Mädchen bei einem Jungen sitzen wollte. Es wunderte ihn auch nicht. Die Jugendlichen waren zwischen siebzehn und zwanzig Jahre alt. Was sollte er denn sagen, jetzt, so mit Nele. Damals hatte er dem Ganzen halt zugeschaut. Männlein und Weiblein, hatte er gedacht. Aha. Die andern hatten gelacht und die jeweiligen Pärchen aufgezogen. Er hatte sich eher gefreut. Als er Nele das einmal erzählte, hatte sie ihn erstaunt angeschaut.

Manchmal machte er sich Sorgen um sich. Er saß hier in der Kantine. Nele saß ihm gegenüber. Sie schaute ihn gerade jetzt, in diesem Moment, auch oder wieder erstaunt an. Konnte er das alles nicht mehr auseinanderhalten? Wieso konnten seine Gedanken so fliegen, so flugs irgendwo anders sein und dann gleich wieder zurück? Was sollten diese Erinnerungen an seine Familie? Was war ihm denn vom Vater geblieben? Diesen Fragen und Gedanken konnte er sich jetzt nicht hingeben. Nele schaute ihn immer noch an. Ein Wundern lag in ihrem Blick. Jetzt würde sie sicherlich gleich wissen wollen, an was er gedacht hatte. Was sollte er denn dann sagen?

»Einen kleinen Cent für deine Gedanken«, sagte sie.

Er sah sie an, zögerte, denn er wusste, zu schnell durfte die Antwort nicht kommen. Er wollte aber auch nicht überlegen. Seine Ehrlichkeit war ihm wichtig.

»Ich war ganz weit weg«, antwortete er.

»Wie weit?«

»Bis damals und in alle Ewigkeit!«

»Ach komm. Das sagst du dann doch immer. Jetzt red doch. Was treibt dich um?«

Was trieb ihn denn um? Konnte er ihr das sagen. Hier doch nicht, mit Messer und Gabel in der Hand. Sie hatte ihm doch schon mal nicht zugehört. Er konnte ihr das auch nicht richtig erklären. Wenn sie über den See fuhren mit seinem Boot, dann wollte er, dass endlich sein Boot ihr seine Geschichte erzählte. Warum er immer wieder rausfuhr, warum die Mädchen Sabine suchen sollten. Wie sollte er ihr erzählen, von Sabine, davon, wie sie gegangen war. Er schaute durchs Fenster hinaus auf das Wasser. So schön, jetzt, in der Mittagssonne. Wie glitzernde Funken spiegelten leichte Wellen das Sonnenlicht. Wie ein kleines Feuerwerk beblitzte das Wasser ihren Alltag. Dort, in diesem Wasser, war irgendwo Sabine. Sie sollten sie suchen, das war alles, was er wollte.

»Nimm doch noch Kartoffelbrei«, unterbrach ihn Nele. Sie hatte schon die Kelle in der Hand.

Er schob ihr seinen Teller hinüber. Schwungvoll klatschte sie den Brei drauf. Er machte mit dem Löffel eine kleine Kuhle und schöpfte sich noch Soße. Nele sah ihm zu. Sie sah ihm immer zu. Er machte einen Ausgang für die Soße, ließ sie langsam zum Sauerkraut fließen. Es musste alles irgendwie zusammenkommen. Sonst ging das nicht. Sonst ging das überhaupt nicht. Er schaute Nele an.

In ihre Augen. Er wollte froh sein. Konnte es nicht. Aber Nele wollte er froh sehen. Nele sollte Freude haben. Mit ihm, am Leben. Das wollte er. Er wusste nicht, was tun, mit sich. Irgendwo war er so allein. Warum? Nele saß ihm gegenüber, seine Nele. Dann war ja auch noch seine Mutter. Aber, die weinte.

Langsam wurde es hektisch. Christina Hahn versuchte verzweifelt, ein wenig Ruhe in die Truppe zu bringen. Die allgemeine Unzufriedenheit machte sich langsam bemerkbar. Kein Wunder, dachte die junge Kommissarin, schließlich schickten sie laufend Leute hinaus mit Aufträgen, die meist wenig Aussicht auf Erfolg hatten. Nachdem ihre Chefin, Kim Lorenz, dauernd irgendwie unterwegs war, blieb es an ihr hängen, die Kollegen im Büro zu empfangen. Sie versuchte, nicht allzu viel Erwartung auszustrahlen. Aber, auch wenn ihr das gelang, blieb den Ermittlern eben doch der Frust, wieder nichts liefern zu können. Sie selbst hatte keine Idee mehr, wo man denn noch suchen könnte, wo vielleicht ein neuer Ansatz wäre, diesem Täter mal zumindest auf die Spur zu kommen. Für den Abend hatte Hauptkommissarin Lorenz ein Meeting angesetzt. Noch wusste sie nicht, was die Chefin dem Ermittlerteam dann sagen wollte. Der Vorfall mit Reiff hatte seine Spuren hinterlassen. Sie selbst hatte so etwas in ihrer jungen Karriere noch nicht erlebt, und selbst Kim Lorenz hatte ihr gegenüber zugegeben, dass es für sie auch neu gewesen war. Reiffs Ausscheiden hatten die Medien kaum zur Kenntnis genommen. Er zählte eher zu den weniger bekannten Kommissaren. Wer im Ermittlungsteam Dienst tat, das interessierte die Medien höchstens in der Hinsicht, dass sie abcheckten, wer vielleicht am ehesten bereit war, etwas zu erzählen. Bisher hatte das aber sehr gut geklappt. Sie alle wussten, dass etwas vom Schlimmsten, was in ihrer Situation passieren konnte, war, wenn jemand Informationen nach außen gab. Gut, dachte Christina, viel hatten sie nicht nach draußen zu geben. Aber allein, wenn jemand von der Stimmung im Team und ihrer ergebnislosen Suche etwas erzählen würde, wäre medienmäßig schon wieder mehr Dampf im Kessel.

Christina Hahn stand vor dem Flipchart im Besprechungsraum. Sie ging die Ermittlungswege nochmal durch. Die Seeseite war eigentlich abgedeckt. Sie hatten alle Boote am Überlinger Ufer und auch gegenüber überprüft. Die Zusammenarbeit mit der Seepolizei klappte gut. Die fuhren verstärkt Streife, vor allem in den frühen Abendstunden. Die Anlegestellen oder Häfen waren nicht nur überprüft worden, sondern standen in Kontakt mit der Ermittlungsgruppe. Sobald irgendetwas Außergewöhnliches geschah, würden die Meldung machen.

Die einschlägig Vorbestraften hatten die Kollegen abgeklappert. Kein Ergebnis. Das hatte aber auch niemand erwartet. Die meisten meinten, das sei doch ein Klischee. Als dann aber die Chefin von dem Fall in Ravensburg erzählt hatte, waren doch einige wieder wach geworden. Christina erwartete in dieser Hinsicht keine neuen Erkenntnisse. Schließlich liefen hier am beschaulichen Bodensee die Triebtäter nicht in Scharen herum. In Scharen kamen da schon eher die Schweizer, die seit der Abkopplung des Franken vom Euro die deutsche Seite wohl für ihr Einkaufsparadies hielten. Christina musste lächeln, denn sie konnte sich nicht vorstellen, wie das weitergehen sollte. Auf der Schweizer Seite machten die Läden dicht und auf ihrer Seite fühlte man sich schon fast in der Schweiz, wenn man durch die Ladenstraßen ging. Ehrlicherweise musste sie zugeben, das alles so richtig nicht zu verstehen. Was brachte das den Schweizern, ihren Franken vom Euro abzukoppeln? Ihre eigene Wirtschaft hatte darunter zu leiden, die Kaufkraft geht über die Grenze und die Attraktivität, in der Schweiz zu arbeiten und in Deutschland zu wohnen, war noch mehr gewachsen. Sie schüttelte den Kopf.

Viel mehr war auf dem Flipchart nicht zu lesen. Neben einer bundesweiten allgemeinen Suchanfrage und einer ebensolchen bei den Anliegerstaaten Schweiz und Österreich war nichts passiert. Das war in solchen Fällen üblich. Aber auch aus dieser Richtung kamen keinerlei Informationen.

Es blieb für sie die Frage, warum die Mädchen betäubt im See versenkt worden waren. Das war für sie der entscheidende Punkt. Die Suche nach Triebtätern war eigentlich gegenstandslos, denn die Mädchen waren nicht missbraucht worden. Was aber geschah in einem Täter, der junge Mädchen bewusstlos machte und dann im See versenkte? Diese Frage ging ihr nicht mehr aus dem Kopf. Wenn all die Fakten, die wenigen, die sie schon hatten, so waren, wie sie waren, dann hatten sie es mit einem sehr kranken Menschen, einem Psychopathen, zu tun. Hier gab es keine einfachen Wege zum Täter. Offensichtlich war der ein sehr unauffälliger Mensch, kam auf rätselhafte Weise an ein Boot und kannte auch Stellen, wo er seine Opfer treffen und überwältigen konnte.

Die Tür ging auf. Tanja Steffen und Rüdiger Bluhm kamen herein. Ziemlich geschafft, knallten sie ihre Taschen auf einen der Tische und setzten sich.

»Hallo, ihr beiden!«

Christina hatte sich vorgenommen, nicht gleich nachzufragen, ob sie etwas herausgefunden hatten. Sie wartete ab.

»Hallo Christina«, kam es von beiden zurück.

Rüdiger ging zur Kaffeemaschine und füllte zwei Tassen. Dann ging er zurück zum Tisch und stellte Tanja eine Tasse hin. Christina schaute ihm ganz ruhig zu.

»Wir waren am See«, begann Tanja.

»Ich weiß.«

»Wir hatten die Privaten. Kannst du dir vorstellen, wie schwierig das ist, da irgendwas herauszubekommen?«, sagte Rüdiger leicht genervt.

Christina nickte nur.

»Wenn du es genau wissen willst. Da kommen wir nicht weiter. Wann jemand mit was für einem Boot auch immer ablegt, wird nicht festgehalten. Wenn, dann gibt es jemand, der für die Anlegestellen zuständig ist. Aber der ist nicht immer dort unten am Wasser und sieht, wer wann rausfährt.« Tanja war richtig zornig.

Christina kannte die junge Ermittlerin erst ein paar Wochen. Das war ihr erster richtiger Fall, und wahrscheinlich hatte sie sich die Ermittlungsarbeit ganz anders vorgestellt. Sie ja eigentlich auch, musste sie denken. Da hatte ihr Kim Lorenz schon ganz deutlich den Alltag in einer solchen Ermittlung klar gemacht. Aber seltsamerweise hatte sie sich umso mehr dafür interessiert, hatte sich reingehängt und versucht, den richtigen Weg zu finden. Sie konnte es selbst nicht richtig glauben. Verlor man so Illusionen? Diese Arbeit bei der Kriminalpolizei war eben nicht, oder oft nicht, die spannende Entlarvung des Täters. Diese Arbeit bestand zu einem sehr großen Teil darin, das Umfeld zu klären, Zeugen zu finden, Verdächtige zu ermitteln und Spuren zu finden. Und das alles immer mit der entsprechenden Dokumentation. Da konnte so ein Fall wie der in Ravensburg, so hatte ihr Kollegin Lorenz erzählt, schon mal an die dreihundert Leitzordner umfassen.

»Versteh ich schon, Tanja«, sagte Christina Hahn beschwichtigend, »ihr müsst euch das nicht so nahe gehen lassen. Ich weiß, das sagt sich leicht, aber es ist wirklich was dran. Glaubt mir das. Es hilft nichts, immer diese toten Mädchen vor Augen zu haben. Uns geht es doch um den Täter! Unsere Arbeit soll dahin führen, eben diesen Täter zu fassen. Deshalb diese viele Kleinarbeit, die einfach notwendig ist. Jedenfalls haben wir jetzt das Seeufer nochmal gecheckt. Gut. Bleibt die Frage, wie die Mädchen in den See gekommen sind und warum keiner etwas gesehen hat?«

»Ich kann mir nicht vorstellen, dass jemand von unserem Ufer aus das alles gemacht haben soll und nicht gesehen wurde«, sagte Rüdiger.

Tanja nickte nur.

»Aber mehr, als ihr jetzt zusammen mit den anderen am Seeufer gemacht habt, kann man nicht machen«, sagte Christina. Sie wollte die beiden erstmal beruhigen. Denn ihr war klar, irgendwas, irgendein Boot hatten sie noch nicht ausfindig gemacht. Dieser Täter konnte doch schließlich nicht über das Wasser gehen.

Die beiden jungen Kollegen standen auf und verabschiedeten sich. Die haben ihren Feierabend heute wirklich verdient, dachte Christina Hahn. Sie schaute auf ihre Uhr, fast sieben. Auch sie hätte heute mal einen Feierabend verdient. Rüdiger und Tanja waren das letzte Team gewesen. Kim Lorenz würde wohl inzwischen in ihrem Gasthof vor einem Sauerbraten sitzen, dann konnte sie auch Schluss machen. Sie knipste die Lampe an ihrem Schreibtisch aus, nahm ihre Tasche unter den Arm und ging hinaus auf den Korridor. Es war mucksmäuschenstill, anscheinend war niemand mehr im Gebäude unterwegs. Fast war es Christina ein wenig unheimlich auf dem dunklen Gang. Dann fand sie den Lichtschalter. Die Helligkeit brachte auch gleich ein wenig Sicherheit. Sie ging zum Treppenhaus und machte sich auf den Weg nach unten. Sie dachte an die Bürgerwehr. Wie ernst würde das ihre Chefin nehmen? Die würden das machen, das hatte ihr Bruder nochmal versichert. Seine Ansage war ganz klar gewesen, wenn der und der dabei sind, dann machen die das. Sie selbst konnte das nicht richtig einschätzen. Eigentlich war es gut, wenn Bürger Anteil nahmen an einem solchen Fall. Vielleicht war es auch gut, dass eine patrouillierende Bürgerwehr einen Täter abschreckte. Aber sie wusste auch um die vielen Möglichkeiten, wo eine solche Aktion nach hinten losgehen konnte. Da waren schließlich Leute auf der Suche nach einem Mörder. Die fingen dann an, Gespenster zu sehen, manchmal. Das konnte dann böse ausgehen. Sie würde heute Abend noch ihren Bruder anrufen, um zu erfahren, wie die Sache stand. Man musste auf dem Laufenden bleiben, dachte die Kommissarin.

Es gab keine Witwe. Sie hatten im Kollegium nicht gewusst, was zu tun war. Eigentlich saß man bei solch traurigen Anlässen nach der Beerdigung noch in einem Gasthof zusammen, trank einen Kaffee, aß einen Hefezopf. Den meisten Kolleginnen und Kollegen war die ganze Angelegenheit mehr als peinlich. Sie konnten ihre eigene Wirklichkeit, ihr Lehrerleben mit Alfred, dem Alfred, und diesem Mann am Computer, dieser Fiktion, die es doch nur dort draußen gab, nicht aushalten. Weil es in ihren Köpfen einfach nicht zueinanderpasste. Weil es so etwas im Leben nicht geben konnte. Weil man darüber zwar diskutieren konnte, wenn es irgendwo dort draußen passierte, aber in keinem Moment realisieren wollte, dass eben so etwas auch hier, in ihrer Schule, geschehen konnte.

Max gab wenig auf die Gedanken der Kollegen. Die allgemeine Betroffenheit spielte in diesem Fall ein schlimmes Spiel. Es war eine Gratwanderung, das wusste er schon. Wenn er ehrlich zu sich selbst war, dann konnte auch er diese beiden Lebensebenen nicht aushalten. Er hatte Alfred gemocht. Alfred war ein Freund, ein guter Freund gewesen. Vielleicht mit einem kleinen kritischen Zögern, dachte Max. Da war bei ihm schon manchmal so ein Gedanke aufgetaucht. War das Lebensgefühl oder auch Erfahrung? Er konnte es nicht beschreiben. Aber irgendwie war dieser Alfred in manchen Situationen so perfekt dahergekommen. Der ruhte immer so sehr in sich, dachte Max, das war, wie er sich erinnerte, ein paar Mal richtig aufgefallen. Auch anderen. Erst vor wenigen Wochen hatte er mit Peter darüber geredet. Der hatte das nicht so empfunden. Vielleicht auch einfach nicht aufgepasst. Er hatte schließlich nicht die vielen Jahre, die Max mit Alfred hier in Gaienhofen gearbeitet hatte.

»Ich hab's dir nicht glauben wollen«, sagte Peter.

»Verdammt, du hast mal wieder meine Gedanken erraten.«

»Das war nun wirklich nicht schwer. Wir sitzen hier zusammen. Die meisten sind übrigens nicht mitgekommen. War zu erwarten, oder? Also, über was würdest du hier und jetzt wohl nachdenken. Über Alfred, versteht sich. Und über unser Gespräch vor vier oder fünf Wochen. Ja, du hattest recht. Wenn ich zurückblicke, dann muss ich mir eingestehen, so einiges hinsichtlich Alfred übersehen zu haben.«

»Du hast ihn nicht so lange gekannt wie ich. Du hast auch nicht diese vielen Jahre mit ihm zusammengearbeitet und ihn jeden Tag in der Schule getroffen und mit ihm gesprochen. Das schlägt einem richtig ins Gesicht! Das hat so einen Geruch von Mitschuld. Das hat vor allem immer die Frage: Wieso, oder Wie, oder Warum?«

Peter nickte. Er hatte sich gedacht, dass Max das sehr nahe gehen würde. Ihm ging es ja auch nahe. Aber er hatte halt Alfred nur so gekannt. Ihn ein paar Mal getroffen, beruflich wenig mit ihm zu tun gehabt. Er blickte nicht wie Max auf mehr als zehn Jahre gemeinsamer Arbeit und dem Leben hier in Gaienhofen am See zurück. Denn aus Erzählungen von Max kannte Peter diesen Alfred schon. Dieser lustige, tiefsinnige und so kraftgeladene Lehrer war in den Geschichten von Max über ihn immer größer geworden. Vielleicht hätte er selbst mit ein wenig mehr Gespür und ein bisschen weniger Begeisterung den Alfred oder die Frage hinter Alfred entdecken können. Vielleicht.

»Stimmt«, sagte Peter.

Max schaute ihn an. Da war keine Frage in seinem Blick. Peter kannte diese Augen, wenn sie ihn so anblickten. Dann war Max an seinen Grenzen. Er, der viel einstecken konnte, aber immer der Welt einen Schritt voraus sein wollte. Er wusste dann nicht mehr weiter, verstand diese Welt nicht mehr und scheute sich vor allem davor, diese kleine Niederlage auch so ganz einfach zuzugeben. So war Max halt.

Sie saßen auf der Terrasse des Seehörnle. Inzwischen war es fast fünf Uhr geworden. Die Sonne stand schon tief im Westen und leuchtete lang über den Untersee. Für Peter immer noch ein grandioses Schauspiel, denn der See wirkte durch die lange hellblitzende Glitzerspur so viel länger. Die Kollegen, die noch auf einen Kaffee mitgegangen waren, verabschiedeten sich einer nach dem anderen. Immerhin, dachte er, hatte es doch fast die Hälfte des Kollegiums doch noch gepackt, dem Vorschlag von Max zu folgen, hier noch zusammenzusitzen. Das war auch gut so gewesen.

Sie saßen nun als kläglicher Rest auf der Terrasse am Seeufer. Max legte die Beine auf die Balken des Holzgeländers. Jetzt war ihm wohler. Jetzt waren endlich die anderen Kollegen fort. Er war ein wenig unehrlich zu sich selbst gewesen. Das wurmte ihn. Denn im Grunde genommen hatte er genau das, was er dann getan hatte, nicht tun wollen. Diesen Anstoß dazu geben, dass man noch hier runter ins Seehörnle gehen könnte. Er wusste wirklich selbst nicht, was ihn da geritten hatte. Wahrscheinlich die Angst, dass es sonst niemand vorschlagen und man dann so leicht und locker auseinander gehen würde. Vielleicht, könnte sein, dachte er.

»Was denkst?«, sagte er fragend in Richtung Peter, der nun auch gemütlich die Beine auf die Balken legte.

»Ich denke, wir genehmigen uns jetzt ein frühes Abendessen und ein kühles Weizenbier. Und dann werde ich dir erzählen, wie ich das mit Kim wieder ins Lot bringen werde. Und dann werden wir noch ein Weizenbier bestellen, und es wird Abend werden. Und irgendwann, wenn diese Sonne schon längst einen ganz anderen Teil dieser Welt bescheint, werden wir vielleicht nach Hause gehen. Was denkst du?«

»So machen wir's«, sagte Max, froh, den Freund hier zu wissen. Froh, einen zu haben, der nicht nur an ihn, Max, sondern auch weiterdachte.

»Ich hab' heut schon an Kim gedacht. Vielleicht könnten wir sie ja mal besuchen, dort in Überlingen. Ich hätte auch einen ganz passablen Vorwand. Meine Lieblingsnichte macht dort im Bruderwerk ein Praktisches Jahr. Wär doch was. Jetzt am kommenden Wochenende. Na?«

Peter nickte. Er wusste zwar nicht so richtig warum, aber er nickte. Zu Kim, immer, dachte er.

»Diese Nichte war aber nicht bei uns auf der Schule, oder?«

»Nein. Die Familie meiner Schwester lebt in Pfullingen. Dort ist sie auch aufs Gymnasium gegangen.«

»Fällt dir eigentlich was auf. Dieses Praktische oder auch

Soziale Jahr macht so langsam Schule, im wahrsten Sinne des Wortes. Mit diesem G8 haben sie den Kindern ein Jahr geklaut und faszinierender Weise, muss man sagen, begreifen diese Kids, dass das alles zu schnell geht, dass sie keine Zeit haben, zu werden, zu überlegen, nachzudenken und zu probieren. Oder?«

»Hast einen Punkt. Geht mir auch schon länger im Kopf herum. Dadurch, dass wir als Privatschule bei G9 bleiben konnten, fällt es den meisten nicht auf. Aber was hierzulande als Bildungspolitik verkauft wird, ist im Grunde genommen eine Schande. Ich bin kritisch, und ich war immer kritisch, was die Politik angeht. Ich habe Fragen gestellt, Themen diskutiert und so manchen Kontrahenten getroffen. Ich bin links und ich bleibe links. Ich glaube nicht den Herrschenden.«

»Genau«, Peter konnte Max hier nur bestätigen. So hatte er ihn kennengelernt und so hatte er ihn auch erlebt.

»Eben. Aber das, was uns hier als Bildungspolitik verkauft wird ist ein Geseiere der besseren Art. Wenn du dir die letzten zwanzig Jahre anschaust, dann haben wir uns grade mal im Kreis gedreht. Eine Oberstufenreform jagte die nächste, und am Schluss war alles fast wie vorher. Und jetzt meinen die da oben, denkt man europäisch, will sich angleichen, kürzere Schulzeiten, andere Studiengänge. Dieser Bachelorabschluss, ich könnte schreien!«

Die Nachmittage waren oft lang. Sie war heute bei den Botanikern eingeteilt. Zumindest war das Wetter spätherbstlich so, dass man sich keinen Schnupfen holte. Vor allem im Frühjahr und im Herbst war diese Arbeit wohl ziemlich ätzend. Dann musste man auch bei kaltem Wetter raus und die Beete umgraben. Aber heute, mit dieser warmen Herbstsonne und vielleicht zwanzig Grad, ließ sich das schon aushalten. Amelie zog sich ihre grüne Schürze an und steckte ihre Gartenhandschuhe in die Tasche. Treffpunkt war vor den Gewächshäusern um halb drei. Sie schaute auf ihre Uhr. Es würde ihr noch genug Zeit für den Weg dorthin bleiben.

Sie ging um das Hauptgebäude herum, hinein in den kleinen Park mit den alten Bäumen. Sie freute sich schon darauf, diesen Park nun noch fast ein Jahr lang beobachten zu dürfen. Nachdem sie im Herbst angefangen hatte, fehlte ihr noch der Winter, der Frühling und der Sommer. Dann würde sie Abschied nehmen müssen. Vielleicht nicht für lange, dachte sie so bei sich. Vielleicht hatte sie hier etwas gefunden, das ihr richtig Spaß am Leben machte. Vielleicht. Sicher war sie sich noch nicht. Aber es war herrlich. Jeden Morgen freute sie sich auf den Tag und darauf, was er wohl so bringen würde. Freilich gab es Arbeiten, um die riss sie sich nicht, aber andererseits gab es so viel Spaß und Freude in der Arbeit mit den Jugendlichen, dass dies alles überwog.

Sie schaute auf. Da hinten ging doch Heinz, der Freund von Nele. Der schlich hier immer rum. Sie wurde nicht recht schlau aus diesem Typen. Das mit Nele hatte sie nur zufällig mitbekommen. Sie hatte die beiden bei einer ihrer Kaffeepausen überrascht. Nele war ganz aufgeregt gewesen und hatte ihr richtiggehend einen Eid abverlangt, ja nichts den anderen zu sagen. Amelie musste lächeln. Damals hatte Nele von einem Freund erzählt, den sie bald heiraten wolle, aber nun durfte nicht bekannt werden, wer dieser Freund denn war. So waren sie eben, die Bruderwerker. So nannte man ihre Insassen drunten in der Stadt. Es war manchmal nicht einfach, mit den Jugendlichen in diese Stadt zu gehen. Solche Menschen, wie sie sie hier betreuten, die sollten doch besser droben im Bruderwerk bleiben. Dafür war das schließlich da. Inklusion hieß das aktuelle Zauberwort, hatte Amelie gelesen. Wie in Kindergärten und Schulen sollten auch in Einrichtungen wie dem Bruderwerk Menschen mit einer Delle mit Menschen ohne Delle zusammen lernen, leben und arbeiten können. Das traf jetzt zwar auf sie hier im Bruderwerk eher begrenzt zu, aber es betraf ganz sicher ihren Gang in die Stadt und die Blicke dabei. Warum will der Mensch nicht akzeptieren, dass es einfach alles gibt, fragte sich Amelie, als sie auf den Eingang der Gewächshäuser zuging. Erst wenn man selbst betroffen war, dann nahm man Behinderungen einer Idylle wahr.

Gleich hinter der Eingangstür wartete die Gartentruppe. Nele war auch dabei. Kaum hatte sie Amelie gesehen, kam sie auch schon auf sie zu. Wie immer zu schnell, zu hektisch, aber mit einem so freudigen Gesichtsausdruck, dass Amelie sich vornahm, zu der hektischen Art nichts zu sagen.

»Hallo Amelie!«

»Na, Nele, wieder bei den Gartenarbeitern?«

Nele nickte. Amelie wusste, in dieser Gruppe fühlte sich Nele am wohlsten. Sie wusste nicht genau, woran das lag. Noch nicht, denn sie kannte die wenigsten so gut wie Nele. Das lag einfach daran, dass Nele auf die Menschen zuging. So auch bei Amelie. Nele war die Erste gewesen, die Amelie angesprochen hatte. Hallo, ich bin die Nele, und ich wohne hier, hatte sie gesagt und Amelie mit leuchtenden Augen angestrahlt. Amelie hatte gedacht, sie sei nun in einer anderen Welt. Diese freudig strahlenden Augen, diese Neugier auf Menschen, das hatte sie schlicht und ergreifend umgehauen. Denn wo fand man denn das dort drunten in der Stadt mit ihrem Alltag noch? Bei den Verkäuferinnen, die mühsam lächelnd ihre Produkte anboten. Nicht in dieser Direktheit und Ehrlichkeit, ganz bestimmt nicht.

Amelie legte Nele den Arm über die Schulter und schob sie sanft wieder hinüber zu der Arbeitsgruppe. Sie schaute sich um, suchte nach Heinz, aber der war anscheinend heute mal ausnahmsweise nicht zusammen mit Nele eingeteilt worden. Amelie hatte mit Andreas darüber schon gesprochen, denn wenn die beiden in einer Gruppe waren und dann auch noch nebeneinander arbeiteten, war das fast nicht auszuhalten. Amelie wunderte sich, dass Nele hier noch irgendwas geheim halten wollte, denn wenn man die beiden bei der Arbeit erlebte, dann wusste man, was Sache war.

»Hast du schon gehört, sie haben wieder ein Mädchen aus dem See geholt«, wisperte ihr Nele im Gehen zu.

»Ja, ja«, antwortete Amelie, »den werden sie schon bald fassen, glaub mir.«

Sie selbst glaubte das so einfach nicht. Drei Mädchen hatten sie in den letzten Wochen aus dem See gezogen. Wie sie gelesen hatte, waren zwei davon nur durch Zufälle an die Wasseroberfläche gekommen. Musste man, also sie, jetzt Angst haben? Sie war ja kaum am See. Gut, dienstags, wenn sie in die Stadt zum Badminton ging. Das Training fand in der Seehalle statt. Vielleicht würde sie besser nicht den Weg am See nehmen. Sie konnte ja auch die Seegasse nehmen, das war dann immerhin weg vom See.

»Wie?«, unterbrach Nele ihre Gedanken.

»Was meinst du?«

»Halt, wie sie den fassen wollen?«

»Die Polizei ist doch unterwegs. Die suchen doch nach ihm. Schließlich kann der sich ja nicht in Luft auflösen, oder?«

»Ach so«, sagte Nele, wenig überzeugt.

Amelie wandte sich von Nele ab. Nun würde der Obergärtner gleich die Einteilung bekannt geben. Das war in den Übergangszeiten wichtig. Denn im Frühling und im Herbst ging es darum, wer in den Gewächshäusern oder draußen Dienst tun sollte. Jetzt im Herbst mussten im Freiland die abgeernteten Stauden und Büsche gerodet oder zurückgeschnitten werden. Sie mussten sich also die Daumen drücken. In den Gewächshäusern war es mit der späten Herbstsonne wohlig warm, draußen war es nicht nur kälter, dort ging auch ein ziemlich ätzender Wind. Aber sie musste aufpassen. Wenn Heinz nach draußen ging, dann würde Nele unweigerlich auch nach draußen wollen. Verpasste sie diesen Moment der Entscheidung, dann konnte sie vielleicht Nele noch hinterherrennen, aber das hatte in der Regel wenig Wert. Denn wenn Nele bei Heinz war, dann war Nele bei Heinz, und sie kriegte sie da nicht wieder weg. Sie verstand Nele nicht. Oder vielleicht doch. Sie wusste es nicht. Natürlich war es für diese junge Frau toll, jemanden zu finden und zu mögen. Aber dieser Heinz war ihr einfach unsympathisch. Das war so ein zurückgezogener, heimlicher Typ. Keiner wusste so richtig was über den. Sonst erzählten die meisten mal hier was, mal dort was, und das trug sich dann zusammen. Irgendwo konnte man diese Informationen dann abzapfen und war rundum informiert über sie oder ihn. So lief das hier normalerweise. Bei Heinz war das anders. Er war so wortkarg und verschlossen, dass die Sache eher andersherum funktionierte. Jeder fragte den anderen, ob er denn was über Heinz wisse. Bei ihr dominierte ein ungutes Gefühl diesem Heinz gegenüber. Eigentlich hatte sie keinen Anlass, kritisch ihm gegenüber zu sein. Was Nele erzählte, klang gut, sogar sehr gut. Die beiden schienen miteinander wirklich klasse klar zu kommen. Das freute sie natürlich. Sie wusste aber auch nicht, ob sie da nicht zu kritisch war und die Sorge um Nele sie in dieser Hinsicht sehr parteiisch machte. Aber was sollte sie tun? Diese Frage kam in diesen

Situationen mit Heinz immer wieder auf. Es freute sie für Nele. Sie war unsicher bei Heinz. Sollte sie sich fragen, wo das mit den beiden hingehen sollte? Das auch nicht, dachte sie. Es musste auch ein gutes Leben für Menschen dieser Art geben. Sie dachte vorsichtig. Seit sie hier im Bruderwerk arbeitete, hatte sie ihre Sprache und ihr Denken geändert. Die Insassen waren Menschen wie andere auch. Andreas hatte das bei der Begrüßungsbesprechung mehrmals gesagt. Es gebe keinen Unterschied, es sollte keinen geben, das war die Aufgabe, die sie alle hatten. Menschen für voll nehmen. Sie spürte diesen Anspruch in sich. Sie spürte auch, dass Nele in Sachen Intelligenz der Welt hinterher war, aber ihr selbst in Sachen Gefühl und Spüren meilenweit voraus. Die konnte auf Menschen zugehen, die hatte eine Offenheit, die sie sich bei sich oft wünschen würde.

»Amelie, kommst du? Wir sind im Gewächshaus!«, rief Nele ihr zu.

»Ich komme«, rief Amelie zurück. Na prima, dann rein ins Warme, auch wenn wahrscheinlich dieser Heinz dabei war.

Der Hochzeitssaal war gut gefüllt. Herbert Gerster hatte sich in die letzte Reihe hinten an der Wand gesetzt. Jetzt war er mal gespannt, wie sich eine Überlinger Bürgerwehr bilden würde. Er war die Presse hier am Ort, und er würde berichten. Es war schon eine spannende Sache, diese drei Morde an sich schon, und dann auch noch diese Veranstaltung heute Abend. Er kannte viele dieser Gesichter. Bei manchen war er überrascht, bei manchen nickte er nur wissend, wenn er sie sah.

Die Reihen füllten sich. Wie immer setzten sich nur wenige nach vorne. Die meisten suchten sich in den hinteren Reihen einen Platz. Es war interessant, wer sich da zu wem gesellte, dachte Gerster. Fast wie in der Kirche saßen die Männer, denn nur solche waren anwesend, genau so zusammen, wie sie sich kannten, soweit er wusste. Dort die Leute aus dem Arbeiterviertel, daneben die vom Handels- und Gewerbeverein und schließlich, in der zweiten Reihe, die etwas wichtigeren Personen, oder die, die sich dafür hielten. Vorne, auf der Bühne stand ein kleiner Tisch, an dem sich drei Männer mit ihren Stühlen einen Platz suchten. Gerster dachte, das geht doch so nicht. Das erkannten auch die drei Männer. Einer scherte aus und setzte sich an die Stirnseite, aber mit Blickrichtung zum Saal. Der Journalist schaute auf die Uhr. Jetzt müsste es eigentlich losgehen. Acht Uhr war längst vorbei. Sie sollten so langsam anfangen. Kaum hatte er diesen Gedanken gehabt, klopfte es ans Mikrofon. Ein Vorgang, der ihm vertraut war. Dieses Klopfen würde ihn verfolgen, verfolgte ihn schon jetzt. Er freute sich bei Veranstaltungen, wenn jemand mutig einfach ins Mikrofon sprach. Dieses Klopfen konnte er nicht leiden. Aber immer wieder, gerade bei solchen Anlässen wie heute Abend, da wurde geklopft. Es schien also, dass der selbsternannte Vorsitzende das Wort ergreifen würde. Fritz Dapf stand auf.

»Sehr verehrte Mitbürger. Wir haben uns heute hier versammelt, um dem Verbrechen Einhalt zu gebieten. Ich freue mich, dass so viele gekommen sind. Euch allen ist klar, wie ernst der Anlass unseres Treffens ist. Wir sind die Bürger von Überlingen. Deshalb sind wir betroffen von einem Mörder, der in unserem See junge Mädchen ums Leben bringt. Die Polizei hat nach drei Morden weder eine Spur noch einen Verdächtigen. Ich denke, wir alle sind heute hier, um dieser Polizei durch unsere Mithilfe auf die

Sprünge zu helfen. Wir werden diesen Verbrecher fassen, da bin ich mir sicher. Georg Kleinhans sitzt mit mir zusammen an diesem Podium. Er hat einen Plan ausgearbeitet, wie wir uns hier schützen können. Georg bitte!«

Georg Kleinhans erhob sich. Er hielt ein paar Blätter Papier in den Händen, war aber offensichtlich so nervös, dass er mit Mühe und Not die Blätter halten, aber nicht davon ablesen konnte. Er war keiner vom See. Sein Weg hatte von der Schwäbischen Alb hierher geführt. Das merkte man ihm nun in seiner Nervosität an.

»Ja, also«, begann er, »mir hend denkt, dass mer halt am See entlang ganget. Mir fanget a oma fenfe, wenns donkel wird. Weil der kommt jo emmer, wenns donkel wird, denk i. Mir machet Zwoiergruppa, no kann koim ebbes passiere, dasser alloi wär. Soweit klar? Dui Rond goht dann zwoi Schtond, dann gibt's a Ablesung. Treffpunkt isch am Plätzle bei d'r Tourischtinfo. Dort am Eigang. Dass mer koiner am Bronna wartet, gell. I lass jetzt glei dui Lischte durchganga. Des gilt jetzt ab morga für de näschte acht Tag.«

»Ond was machet mer, wenn mern hend?«, fragte einer aus dem Saal.

Mit dieser Frage war Georg Kleinhans sichtlich überfordert. Aber er sah sich dort stehen, musste nun Antwort geben, ob er wollte oder nicht.

»No hebet ihrn fescht. Aber richtig!«, sagte er spontan, laut und deutlich. Ein allgemeines Gemurmel folgte.

Im Hintergrund, in der Ecke des Saals, standen Christina Hahn und ihr Bruder. Sie hatte ihn zur Sicherheit mitgenommen zu dieser seltsamen Versammlung. Er wüsste schon, wie das abläuft, hatte er erst gesagt. Aber sie hatte ihn dann doch überredet, musste allerdings den dienstlichen Auftrag betonen. Nun standen sie hier hinten und hörten Georgs Vortrag zu. Christina musste innerlich lächeln. So war Provinz, aber so richtig. Sie hatte eigentlich schon so etwas Ähnliches erwartet. Da sollten also in den nächsten Tagen diese Bürgerwehrler paarweise am See entlang patrouillieren.

»Was soll denn des bringe?«, fragte sie ihren Bruder leise.

»Die wellit was mache. Die hend Angscht. Deshalb.«

Inzwischen hatten sich die Zweiergruppen gebildet. Sie trugen sich vorne am Rednerpult bei Georg in die Listen ein. Christina war froh, dass keine Bewaffnung vorgesehen war. Aber sie würde zur Sicherheit Kim Lorenz vorschlagen, diese Bürgerwehren zu überprüfen. Wer weiß, dachte sie, auf welche Gedanken die Männer kommen würden, wenn sie dann allein hinaus in die dunkle Nacht mussten. Die Männer gingen, nachdem sie sich eingetragen hatten, hinüber in den Gastraum. Eine solche Aktion musste natürlich entsprechend begossen werden. Sie würden noch auf ein paar Biere zusammensitzen und sich gegenseitig auf die Schultern klopfen, von wegen ihrer mutigen Aktion. Christina und ihr Bruder machten sich auf den Heimweg. An der Tür stand Herbert Gerster. Er hatte ein paar Bilder gemacht und sich die Sache angehört. Was sollte er jetzt schreiben? Das war so ein Fall, da war Fingerspitzengefühl gefragt. Wenn er jetzt positiv von dieser Bürgerwehrversammlung berichtete, dann fand die womöglich noch mehr Zulauf. Wollte er das? Er wusste noch nicht so recht, wie er das finden sollte, dass Bürger sich selbst um ihre Sicherheit kümmerten. Natürlich verstand er die Sorge der Männer, die eben auch Väter waren. Stellte er diese Sache aber kritisch dar, dann hörte er schon die Stimmen, die sich über die Presse beklagten, die wieder mal an der Volksseele vorbeischrieb. Im Hinausgehen wurde er mit sich einig. Er würde einen kurzen Text schreiben und auf ein Bild verzichten. Das war sowieso besser, dann konnte ihm hinterher keiner kommen und sich beschweren, dass ausgerechnet er auf dem Bild in der Zeitung war. Als er in der

Tiefgarage in seinen Wagen stieg, fand er seine Lösung der Situation eine gute Lösung. Wenn er das Problem auf diese Art löste, dann konnte sich keiner beklagen, nicht einmal sein Chefredakteur. Aber er sollte vielleicht selbst auch mal einen abendlichen Spaziergang am See machen. Er wollte diese Patrouillen dann auch mal im Einsatz sehen. Christina Hahn würde der Kommissarin schon mitteilen, was hier heute Abend abgegangen war. Damit musste er sich nicht weiter beschäftigen. Eigentlich müsste er das alles spannend finden, dachte er. Ein gefundenes Fressen für die Presse, würden die anderen sagen. Aber diese Presse war er nicht. Am Seeufer trieb ein Wahnsinniger sein Unwesen. Das war der Punkt. Den galt es zu finden und dingfest zu machen. Dazu wollte er beitragen, aber wie?

Als Kim Lorenz die Augen aufschlug, dachte sie, sie hätte verschlafen. Aber die helle Sonne eines klaren Herbsttages hatte sie nur getäuscht. Auf ihrem Wecker war es erst kurz nach halb acht. Zeit genug, ins Bad zu gehen und dann zu frühstücken. Es reichte, wenn sie gegen neun Uhr im Büro sein würde. Obwohl, gestern Abend hatte sie sich vorgenommen, mal einen genaueren Blick in dieses Überlingen zu tun. Sich reinfühlen nannte sie das, ein Gespür für eine Stadt und ihre Menschen bekommen. Als sie ins Bad ging, sah sie durchs Fenster auf den See. Dort fand sie ihre Toten. Verdammt, warum musste ihr das jetzt durch den Kopf gehen? Warum war so vieles, was eigentlich schön war, bei ihr von Verbrechen belegt? Sie erinnerte sich an den Fall in Gaienhofen. Als sie mit Peter am See gesessen hatte. Sie wusste noch genau, was sie gesagt hatte. Auch Peters Antwort war ihr noch gut im Gedächtnis. Sie hatte den See gehasst, damals, dieses Wasser, das Leben kostete. Aber das stimmte natürlich nicht. Es war nicht das Wasser, das verantwortlich war, es waren die Menschen. Peter hatte das gleich zurechtgerückt. Sie hörte noch seine Stimme: Der See kann nichts dafür. Vielleicht konnten sie beide nichts dafür, dass ihre Beziehung in diesen Stillstand gekommen war. Denn als Stillstand empfand sie diese Situation. Peter war nicht da, nicht mehr da, sagte es in ihr. Es fehlte was, ihr Kopf bemühte sich zwar, dies wegzudenken. Was brauchte ihr Kopf? Peter, sagte sich ihr Kopf. Das Gehirn war ein fabelhaftes Organ. Immer in der Lage, eine Situation anders zu interpretieren, als es Körper und Geist vielleicht wollten. Diese Zerrissenheit, dachte sie, dieses Wechselspiel von Gefühlen und ihren Gedanken. Was wollte dieser Kopf? Wohin vor allem, das war doch die wirkliche Frage, wohin sollte ihr Leben denn gehen ohne Peter? Sie war froh, sich diese Fragen stellen zu können. Sie wollte ehrlich zu sich sein. Das war manchmal schwierig, tat ihr insgesamt aber gut. Vielleicht war dadurch nicht soviel Drive in ihrem Leben, so nannte man das wohl neudeutsch, aber sie war sich sicher, näher an sich dran zu sein.

Das Wasser. Dort draußen kräuselten sich feine Wellen. Es zog wohl ein leichter Wind über den See. Natürlich konnte der See nie etwas dafür. Aber er war da. Er war wie ein Spiegel des Lebens. Für die einen Badespaß, sportliche Attraktion und einfach Fun, für andere die Lebensgrundlage. Wie für den Fischer damals, in Gaienhofen. Sie sollte dort mal anrufen. Mal fragen, wie es ging und wie sie diese Sache überstanden hatten. Diese Sache! Sie wollte nicht immer von diesem Tod sprechen. Es war ein Tod gewesen, damals in Gaienhofen. Den hatte sie nicht vergessen. Nicht vergessen können. Wahrscheinlich. Unglückliche Umstände hieß das dann landläufig. In diesem Fall nicht. Es war ihr eine gewisse Genugtuung, dass die wirklich Schuldigen doch noch vor einen Richter gekommen waren. Die flotten Jungs auf dem Motorboot hatten ihre Strafe bekommen. Sie waren zwar nicht direkt Schuld, aber ihre Handlungen hatten zum Tod des Mädchens geführt. Sie hatte die jeweils hundert Sozialstunden für angemessen gehalten. Das war für diese Bubis genau das Richtige. Da mussten sie mal ihre Sonnenbrillen ablegen und raus aus dem Cabrio.

Sie wollte das nicht denken. Immer wieder kamen mit den Gedanken diese vermeintlich alten Geschichten hoch. Weil es sie halt immer noch beschäftigte. Weil Peter sie verdammt noch mal eben auch beschäftigte. Und weil sie auch von ihrem Job sich wegdenken wollte, der drei tote junge Frauen für sie zur Aufgabe machte. Ihr Job! Sollte sie Peter anrufen und ihm sagen, dass ihr Job für sie nicht wichtig war? Nicht wirklich wichtig? Konnte sie das? Sah sie sich als Mutter? Konnte sie sich das überhaupt im Entferntesten vorstellen, eine Mutter zu sein. Wie war das, Mutter? Was kam da eigentlich auf sie zu. Vielmehr, was würde auf sie zukommen? Wenn sie ehrlich war, dann war das genau die Unsicherheit, die sie umtrieb, die sie schlecht schlafen ließ. Aber warum? Sie stellte sich immer diese Fragen und hatte keine Antworten für sich. Warum? Sie wusste es doch. Sie musste sich entscheiden. Sie musste einen Weg gehen. Und sie sah keinen Weg ohne Peter. Wenn sie in sich kramte, dann fand sie nichts, das eine Alternative für sie wäre. Sich von Peter trennen. Wo weiter? Gleich wieder Frage. Also. Mit Peter. Sie schob diese Gedanken zur Seite und versuchte, sich wieder auf ihren Fall zu konzentrieren. Sie hatte sich mit Christina Hahn um neun Uhr im Büro verabredet. Die allgemeine Besprechung war für zehn Uhr angesetzt. Sie wollte mit Christina diese Besprechung vorbereiten. Die Stimmung im Team war der Hauptkommissarin sehr wichtig. Ihre Erfahrungen in Ravensburg konnte sie hier nun umsetzen. Die Situation damals war zwar mit der hiesigen nicht zu vergleichen. Aber auch jetzt stocherten sie im Nebel und hatten bisher nichts in der Hand außer ein paar vagen Augenzeugen, deren Aussagen sich auch noch widersprachen.

Ihr karges Frühstück bestand aus einer Tasse Tee und einem dünn mit Frischkäse bestrichenen Knäckebrot. Sie hatte sich die örtliche Zeitung von der Theke geholt. Um diese Jahreszeit waren nur wenige Feriengäste hier am See unterwegs. Die Tische im Frühstückszimmer waren nur spärlich besetzt. Kim Lorenz blätterte die Seiten durch. Noch waren sie mit ihrem Fall nicht auf der Titelseite. Aber das würde nicht mehr lange dauern. Noch hatte sie keine Pressekonferenz abgehalten. Sie wollte abwarten, bis Brettschneider auf sie zukommen würde. Es war seltsam, dass sie von ihrem Vorgesetzten noch nichts gehört hatte. Normalerweise genügte der Druck der Medien, um dann auch die Herren in der Leitung unter Druck zu setzen. Den galt es dann nach unten weiterzugeben. Deshalb wunderte es die Hauptkommissarin, dass Brettschneider anscheinend ruhig blieb. Sie konnte dieses Zeichen allerdings nicht so richtig deuten. Über das Treffen der Bürgerwehr standen nur wenige Zeilen in der Zeitung. Ziemlich unauffällig, ohne eine fette Überschrift. Es las sich fast wie eine Polizeimeldung. Immerhin hatte der Journalist hier Fingerspitzengefühl bewiesen. Ob es wohl dieser Herbert Gerster gewesen war, fragte sich die Hauptkommissarin.

Den Wagen konnte sie im Hof hinter dem Gebäude parken. Christinas Golf stand schon auf dem Parkplatz. Prima, dachte Kim Lorenz, dann können wir gleich anfangen. Sie schaute auf ihre Uhr, es war fünf vor neun.

Das Einkaufen machte ihr längst keinen Spaß mehr. Früher, ganz viel früher, hatte sie es genossen, mit dem Einkaufswagen durch die Regale im Supermarkt zu fahren und mal hier, mal dort anzuhalten. Sie hatte sich die Produkte angeschaut. Wenn sie etwas mochte oder interessierte, legte sie es in den Wagen. Das hatte sich längst geändert. Mit dem wenigen Geld, das ihr für die Einkäufe des alltäglichen Bedarfs blieb, musste sie sich auf das Allernotwendigste beschränken. Zwar fuhr sie immer noch mit dem Einkaufswagen durch den Supermarkt, aber ihre Strecke war eine ganz andere geworden. Sie begann mit dem Notwendigsten: Brot, Milch, Butter, vielleicht ein wenig Käse und ein wenig Wurst. Die Getränke waren schnell erledigt. In der Regel kaufte sie einen Sechserpack der 1,5-Liter-Flaschen, medium. Aber manchmal auch nicht, wenn das Geld nicht mehr reichte. Dann tranken sie Wasser aus der Leitung.

Als sie um die Ecke am Ende des Regals bog, stand sie plötzlich einer recht korpulenten Frau gegenüber, die einen vollgepackten Einkaufwagen vor sich herschob. Fast wären sie gegeneinandergestoßen. Sie wollte ausweichen, schaute auf die Räder des Wagens, um an dem anderen Wagen vorbeizukommen. Als sie wieder aufsah, erkannte sie das Gesicht der Frau. Die grinste über beide dicke Backen.

»Ja sowas, die Frau Herder!«

»Guten Tag Frau Rothelm. Wie geht's?«, sagte sie.

»Gut geht es. Richtig gut. Unser Frieder studiert jetzt noch ein Jahr, dann wird er Rechtsanwalt. Er studiert ja in Basel, wissen Sie!«

Sollte sie jetzt was über Heinz sagen, fragte sie sich. Über die beiden Kinder hatten sie sich kennengelernt. Na ja, man war sich begegnet. Diese Frau Rothelm war die Einzige gewesen, die sich in der Krabbelgruppe auch mal an sie gewandt hatte. Sie hatten sich ein paar Mal auf dem Spielplatz getroffen, als die Kinder größer waren. Heinz und

Frieder waren auch noch zusammen in die Grundschule hier am Ort gegangen. Aber dann ging Frieder aufs Gymnasium und Heinz machte die Hauptschule. Mit Ach und Krach. Seither hatte sie Frau Rothelm vielleicht alle paar Jahre mal in der Stadt getroffen. Das letzte Mal lag sogar bestimmt schon zwei Jahre zurück. Sie wusste nicht so recht, was sie von dieser Frau halten sollte. Einerseits fand sie es sympathisch, dass eine Frau aus besseren Kreisen, immerhin die Gattin eines Richters am hiesigen Gericht, sich mit ihr abgab. Sie schaute auf die beiden Einkaufswagen. Genau so, wie diese Wagen aussahen, so waren die Verhältnisse zwischen einer Frau Herder und einer Frau Rothelm. Die wenigen Sachen in ihrem Wagen und daneben der gut gefüllte Wagen der anderen Frau. Auch Frau Rothelm schien sich die beiden Wagen anzuschauen. Ihre Blicke trafen sich. Sie wunderte sich. Da war keine Häme, keine Ironie, nichts, was ihr hätte klar machen sollen, wer sie war.

»Mir scheint, Sie kommen mit dem Einkaufen nicht mehr so zurecht. Lassen Sie mich Ihnen helfen. Frau Rothelm ließ ihren Wagen stehen, schnappte sich den ihren und schob ihn forsch voran.

»So, nun lassen Sie uns mal überlegen, was Sie so alles brauchen. Wie geht es denn dem Heinzchen?«

Sie hatte ihn immer das Heinzchen genannt. Er konnte sich heute noch unheimlich darüber aufregen. Inzwischen erzählte sie ihm gar nicht mehr, wenn sie Frau Rothelm getroffen hatte. Sie ging dem Wagen hinterher. Der wirkte in den kräftigen Händen der korpulenten Dame wie ein Spielzeug. Was hatte diese Frau denn vor?

»Ich denke, wir fangen mit dem Fleisch an, gehen dann bei den Milchprodukten vorbei, dann ein paar leckere Getränke, ein Glas Wein darf sein, Frau Herder, doch, doch. Soll sogar gesund sein und das Leben verlängern. Und das wollen wir doch alle, nicht wahr!«

Sie war sich da nicht so sicher. Seit er gegangen und Sabine tot war, konnte sie manchmal nicht mehr. Dann saß sie in ihren Sessel, schaute auf den Fernseher und hatte Angst.

Frau Rothelm lud ein paar Koteletts in den Wagen, dazu eine Packung mit zwei dicken Rostbraten.

»So, das Fleisch hätten wir. Haben Sie noch Platz in Ihrer Gefriertruhe?«

Sie hatte keine Gefriertruhe. Nickte nur.

»Dann nehmen wir auch noch die Schnitzel mit. Das Heinzchen wohnt doch noch bei Ihnen?«

Sie nickte. Die Schnitzelpackung landete im Wagen. Sie folgte der Frau zur Wursttheke. Hier musste sie eingreifen. Frau Rothelm wollte sie wohl für die nächsten Monate mit Wurst eindecken. Nachdem sie das geklärt hatte, schob Frau Rothelm den Wagen weiter. Knabberzeug und Süßigkeiten fielen in den Wagen. Bei den Milchprodukten kamen verschiedene Käsesorten hinzu. Am Getränkeregal griff Frau Rothelm nach oben, wo die teuren Weine standen, außerdem stellte sie ein paar Flaschen Bier – »fürs Heinzchen« – und zwei Sechserpackungen Mineralwasser in den Wagen.

»Fehlt noch was?«, fragte Frau Rothelm.

Sie schüttelte den Kopf. Konnte nichts sagen. Was passierte hier mit ihr? War das ein Wunder, oder was? Sie konnte nichts sagen. Was hätte sie auch sagen sollen. Frau Rothelm überprüfte den Inhalt des Wagens.

»Ich denke, das Meiste haben wir. Falls nicht, hier, bitte.« Sie hielt ihr einen 50-Euro-Schein hin. Sie nahm ihn, einfach so. Dachte sich nichts dabei. Konnte das nicht verstehen. Dann konnte sie ihr Misstrauen plötzlich überwinden. Lächelte dankbar Frau Rothelm an.

»Na also«, sagte die, »und jetzt gehen wir eine schöne Tasse Kaffee trinken. Dazu vielleicht ein Stückchen Torte und zum Abschluss ein Glas kühlen Prosecco. Da können wir mal so richtig reden, Frau Herder. Ich fahr Sie dann heim.«

Sie nickte, glaubte ihren Mund offen vor Staunen. Frau Rothelm steuerte die Kasse an. Die Frau stellte den beladenen Wagen ab, drehte sich um und ging ihren Wagen holen. Sie legte derweilen die Sachen aus ihrem Wagen auf das Band. Das waren bestimmt an die hundertfünfzig Euro, dachte sie. Aber sie machte weiter. Frau Rothelm kam mit ihrem Wagen. Sie war fast fertig mit dem Auflegen und wollte eins dieser Plastikteile nehmen und dazwischen stellen. Sie wusste nicht, wie man das nannte.

»Lassen Sie mal. Das zahle ich zusammen. Kein Problem.«

Frau Rothelm sagte das in einem Ton, der sie nachdenklich machte. Das war keine Überheblichkeit, das war kein Befehlston, das kam einfach ganz normal, eher so à la: das ist doch ganz selbstverständlich. Sie konnte es noch nicht richtig begreifen. Das war eben nicht selbstverständlich. So etwas las man vielleicht in einem Buch oder sah es in einem Film. Aber so etwas konnte ihr doch nicht hier und jetzt passieren. Sie ging Frau Rothelm hinterher. Ohne Probleme verstauten sie die Einkaufstüten in dem großen Auto auf dem Parkplatz neben dem Supermarkt.

»Also dann. Lassen Sie uns mal überlegen. Wohin könnten wir denn gehen?«

Sie hatte keine Ahnung. Wenn sie überlegen würde, wann sie das letzte Mal in Überlingen einen Kaffee getrunken und ein Stück Kuchen dazu gegessen hatte, dann müsste sie sich eingestehen, dass sie so etwas noch nie gemacht hatte. Zumindest hier in Überlingen.

Die beiden Frauen gingen in Richtung Innenstadt. Frau Rothelm hatte sich an ein nettes neues Café am Marktplatz erinnert. Bei diesem milden Herbstwetter nahmen sie sogar einen Tisch im Freien. Frau Rothelm bestellte zwei Kännchen, ließ sich die Kuchen und Torten ansagen und wählte für sie beide. Sie war dankbar dafür, denn schon dieses Hiersitzen und der Einkauf waren zuviel für sie gewesen. Sie schaute Frau Rothelm zu. Der Kaffee war gebracht worden. Die Frau nippte an ihrer Kaffeetasse, tupfte sich die Lippen mit einer Serviette ab.

»Frau Herder«, sagte sie mit ernstem Gesichtsausdruck, »haben Sie das auch gehört oder gelesen, von diesen drei toten Mädchen? So etwas Furchtbares!«

Wo hätte sie es denn lesen sollen? Eine Zeitung konnte sie sich schon seit Jahren nicht mehr leisten. Und im Fernsehen war davon nichts gekommen, das hätte sie gewusst.

»Das muss man sich mal vorstellen. Da versenkt einer junge Frauen im See! Mein Mann sagt ja, das muss, das kann nur ein Verrückter sein. Das denke ich auch, oder, was meinen Sie?«

Sie nickte. Versuchte, einen betroffenen Gesichtsausdruck zustande zu bringen. Frau Rothelm erwartete anscheinend keine Antwort. Sie beschäftigte sich wieder mit ihrem Stück Torte.

»Ich denke, wir gehen dann ein wenig Shoppen, Frau Herder. Es gibt ja doch ganz nette Lädchen hier in Überlingen. Da werden wir doch was Passendes finden. Hätten Sie denn Lust?«

Ob sie Lust hätte. Lust? Was war das, fragte sie sich. Mit Lust oder so etwas Ähnlichem aß sie ihr Stück Torte und trank ihren Kaffee. Lust? Damals vielleicht, am Anfang, als er noch da war, manchmal auch Lust, vielleicht. Aber seither.

»Sie meinen, was kaufen?«, fragte sie vorsichtig nach.

»Frau Herder, lassen Sie mich mal machen. Das wird ein schöner Tag. Ich freue mich, Sie gerade heute getroffen zu haben. Frieder ist aus dem Haus, meinen Mann sehe ich kaum. Lassen Sie mich Ihnen einfach einen schönen Tag machen!«

»Danke«, sagte sie. Staunen war das Einzige, was sie in sich fand. Nur staunen. Sie wollte sich nicht fragen, ob sie das annehmen durfte. Überhaupt nicht. Keine Fragen. Selbst wenn diese Frau ein wenig Plemplem war, dann war ihr das auch egal. Sie hatte schon im Supermarkt ein gutes Gefühl in sich hochkommen gespürt. Wie ein Lottogewinn vielleicht. Einfach so einkaufen, ohne groß drauf zu achten, was das alles kostete. Jetzt Kaffee und Torte. Der Sekt würde wohl auch bald kommen. Dann würde alles noch leichter. Sie war Alkohol nicht gewohnt. Das konnte sie sich nicht leisten. Aber jetzt noch ein Glas prickelnden Sekt, dann konnte sie für nichts mehr garantieren.

»Gerne. Dann gehen wir mal so richtig Shoppen!«

Sie hörte sich das sagen. Wie eine andere Frau wirkte das auf sie. Wer war da so freudig, wollte sie sich fragen. Ließ aber die Frage nicht zu. Das wollte sie jetzt, egal, wie Frau Rothelm auf diese Idee gekommen war. Leben. So war Leben. Etwas, das so leicht verlorenging, dachte sie.

»Na also. Prima. Ich denke, wenn wir dann geschoppt haben, nehmen wir noch ein kleines Mittagessen, dann fahre ich sie heim. Braucht Heinzchen grade was? Ich kaufe so gerne Herrensachen ein. Ach was, da werden wir schon was finden. Was meinen Sie, Frau Herder. Aber eigentlich«, der Prosecco kam. Frau Rothelm nahm ihr Glas und hob es ihr entgegen. »Eigentlich könnten wir doch Du sagen. Ich bin die Frieda.«

Frau Rothelm hob ihr Glas und stieß mit ihr an. Sie schaute der Frau in die Augen. Es erfrischte, diese Ehrlichkeit zu sehen. Diese Frau wollte sie nicht auf den Arm nehmen, die spielte kein Spiel mit ihr. Das war alles ernst und ehrlich. Spaß. Sie hätte so etwas nicht für möglich gehalten. Ihr wurde so warm ums Herz herum. Sie fühlte sich auf ein Mal so leicht. Da war ein Mensch, der ihr Gutes tun wollte. Eine Frau, die sie vielleicht mochte, oder sich auf jeden Fall um sie kümmern wollte. Und das konnte sie verdammt noch mal so gut brauchen.

»Ich heiße Marie«, sagte sie.

»Freut mich, Marie. Dann gehen die Frieda und die Marie jetzt mal so richtig schoppen! Und mach dir mal keine Gedanken von wegen Geld. So ein Richter bringt schon richtig was heim, das kann ich dir versichern. Und weißt du was, wir treffen uns jetzt jede Woche so wie heute. Kaufen zusammen ein, trinken einen Kaffee und gehen ein wenig Bummeln, oder? Du glaubst nicht, was für eine Freude mir das macht!«

Ihr, der Frau Rothelm, vielmehr der Frieda, machte das Freude. Sie hatte Freude, hier und jetzt. Sie spürte etwas in sich hochkommen wie Freude. Das war wie ein Aha-Erlebnis. Das war also Freude. So fühlte sich das an.

Kim Lorenz und Christina saßen mit Doktor Martin noch im Besprechungszimmer zusammen. Die Hauptkommissarin kannte ihn schon seit ihrem ersten Fall hier am Bodensee, in Tettnang. Seitdem waren sie sich ein paar Mal über den Weg gelaufen. Kim Lorenz mochte den ruhigen Gerichtsmediziner. Mit seinem feinen Gespür für die notwendigen Maßnahmen war er ihr auch bei diesem Fall eine willkommene Unterstützung.

»Da haben Sie drei wirklich schwierige Fälle. Das Ergebnis meiner Untersuchungen habe ich Ihnen in der Besprechung vorgetragen. Was wissenschaftliche Genauigkeit angeht, kann ich Ihnen nicht mehr bieten, Frau Lorenz.

Wenn es allerdings nach meinem Bauchgefühl geht, dann hätte ich noch ein paar Vermutungen für Sie.«

Kim Lorenz und Christina Hahn schauten überrascht auf. Sie waren der Meinung gewesen, Doktor Martin hätte bei der Besprechung alles gesagt. Er konnte den jeweiligen Todeszeitpunkt der drei Mädchenleichen nur sehr vage eingrenzen. So war die erste Tote wahrscheinlich vor etwa fünf Wochen gestorben. Doktor Martin hatte Wetter und Wassertemperatur in seine Untersuchungen mit einbezogen. Etwa zwei Wochen später war das zweite Mädchen umgebracht worden. Die dritte Tote, die sie erst vor drei Tagen aus dem Wasser des Bodensees gezogen hatten, war vermutlich, so der Doktor, erst seit einer Woche im Wasser gewesen. Die Todesart war bei allen dreien die gleiche. Sie waren bis zur Bewusstlosigkeit gewürgt worden. Als sie ins Wasser geworfen wurden, hatten sie noch gelebt. Tod durch Ertrinken, hatte der Doktor festgestellt. Und jetzt wollte er ihnen von seinem Bauchgefühl erzählen.

»Na, dann schießen Sie mal los!«, sagte die Hauptkommissarin auffordernd.

»Wenn ich Bauchgefühl gesagt habe, dann deshalb, weil es nicht unbedingt nur medizinische Schlüsse sind, die ich jetzt ziehe. Zuerst die Todeszeitpunkte. Ich kann zwar bei keiner der Leichen eine genaue Angabe machen, denke aber, dass wir von der dritten Toten aus vielleicht zurückrechnen können. Wenn wir den Tod des dritten Mädchens, der sich durch die Wetterverhältnisse und die relativ niedrigen Temperaturen in den letzten Tagen am ehesten eingrenzen lässt, wenn wir diesen Todeszeitpunkt mal theoretisch in die letzte Woche legen und dann noch annehmen, dass meine Angabe mit etwa einer Woche im Wasser stimmt, dann könnten wir den Dienstag der letzten Woche als Tatzeit annehmen.«

Kim Lorenz und Christina Hahn hatten dem Mediziner aufmerksam zugehört.

»Und?«, fragten beiden Frauen fast gleichzeitig.

»Also, dann hätten wir den Dienstag letzter Woche als einen Zeitpunkt. Die Abstände zwischen den Morden würde ich vorsichtig mit etwa zwei bis drei Wochen ansetzen. Nun könnten wir annehmen, dass der Täter vielleicht immer am gleichen Tag seine Taten begeht. Das wäre, wenn wir von der letzten Tat zurückschließen würden, ein Dienstag. Ich weiß, das ist eine ganz unsichere Rechnung, aber was soll's, durchspielen können wir es doch mal.«

»Das würde bedeuten, dass wir vom letzten Dienstag, dem sechzehnten September, zwei Wochen zurückrechnen müssen bis zu einem Dienstag«, sagte Christina und schlug ihren Taschenkalender auf. Das tat nun auch die Hauptkommissarin.

»Das wäre der zweite September«, kam ihnen der Doktor zuvor, »und wieder zwei oder drei Wochen, dann ist es, jetzt wird es ungenau, vielleicht ein Dienstag etwa Anfang oder Mitte August, also der zwölfte oder der neunzehnte August. Wie gesagt, es ist nur ein Versuch. Die Abstände kann ich nur schätzen. Aber Sie hätten ein Muster, vielleicht.«

Kim Lorenz schaute Jens Martin anerkennend an. Das schätzte sie so an ihm, dieses Unkonventionelle, dieses Mitdenken. Wenn der Doktor da auf der richtigen Spur war, dann hatten sie vielleicht einen Ansatz. Einen ungewöhnlichen zwar, aber sie hatten einen.

»Das hieße, wir würden versuchen zu ermitteln, wer an diesen Tagen unsere Mädchen gesehen hat, oder wem an diesen Dienstagen irgendetwas Besonderes aufgefallen ist. Noch haben wir die Bilder der Toten nicht veröffentlicht. Natürlich müssen wir damit rechnen, dass über die Angehörigen bald das eine oder andere Bild in die Medien kommt. Aber wir konnten bisher ja nur vage Angaben zur Tatzeit machen. Wenn Sie recht haben, Herr Doktor, dann haben wir da vielleicht was!«

Zufrieden über diese Zustimmung lehnte sich Jens Martin in seinem Stuhl zurück.

»Allerdings ergibt sich daraus natürlich auch die Möglichkeit, nach vorne zu rechnen. Wenn meine Theorie stimmt, dann könnte an einem der nächsten Dienstage ein vierter Mord geschehen!«

Die beiden Frauen sahen sich mit ernstem Blick an. Jens Martin war klar gewesen, was diese Überlegungen bei den beiden Kriminalpolizistinnen auslösen würden. Wenn das wirklich so stimmen sollte, dann kamen sie nun unter einen mächtigen Druck. Sie hatten dann vielleicht die richtige Tatzeit, diesen Dienstag, aber mehr nicht.

»Das heißt, wir haben nur den Dienstag?«, Christina Hahn blätterte.

»Mehr kann man beim besten Willen nicht aus meinen Ermittlungen ableiten. Die Abstände sind eben nicht genau festzumachen. Es bleibt bei dienstags«, sagte Jens Martin.

Sie hatte alles so schön angerichtet. Die Uhr zeigte fünf. Es würde noch eine gute Stunde dauern, bis er nach Hause kam. Der Vespertisch war heute reichlich gedeckt. In der Mitte standen eine Wurstplatte und ein Brett mit den Käsespezialitäten. Dazu hatte sie Gewürzgurken in ein Schälchen gefüllt. Sie hatte nicht gewusst, was Mixed Pickles waren. Jetzt wusste sie es. Sie hatte das Glas auf den Tisch gestellt, denn sie wusste nicht, ob er das mögen würde. Die Krönung war der geräucherte Lachs, den sie auf einer kleinen Glasplatte von ihrer Mutter angerichtet hatte. Es sah so schön aus. Zusammen mit den zwei verschiedenen Brotsorten, dem echten Butter und der Flasche Wein war das ein richtig gutes Abendessen, wie sie es noch nie gehabt hatten. Sie war ganz aufgeregt. Zur Beruhigung hatte sie sich schon mal ein kleines Glas von dem Wein eingeschenkt. Herrlich, wie dieses Tröpfchen über den Gaumen ging. Sie fühlte sich wie neugeboren. So etwas hatte sie vorher noch nie erlebt gehabt. Der Nachmittag war für sie ein Fest gewesen. Nicht nur, weil sie zusammen mit Frieda so vieles eingekauft hatte und als neu eingekleidete Frau nach Hause kam. Nicht deshalb. Es war der Gang in diese Geschäfte gewesen, die sie bisher kaum wahrgenommen hatte, weil sie Auslagen nicht interessierten, die sie sich sowieso nie würde leisten können. Sie war hinter Frieda in die Geschäfte getreten. Ja, getreten. Frieda war als willkommene Kundin begrüßt worden, dann kam sie. Sie hatte diese Blicke erwartet. So jemand wie sie kaufte in solchen Geschäften nicht ein. So jemand wie sie durfte vielleicht noch von draußen einen Blick ins Schaufenster werfen. Dann aber schnell weg vor der schönen Auslage.

Es war ganz verschieden gewesen, wie die Verkäuferinnen in den Läden sie begrüßt und bedient hatten. Ein paar schafften es, sehr schnell mit der Situation umzugehen. Bei anderen fiel der Groschen zu langsam. Die nahm sich dann Frieda vor. Sie musste immer wieder eingreifen und besänftigen, sonst hätte Frieda einen Feldzug gegen die Vorurteile des örtlichen Einzelhandels gestartet.

Als Frieda sie vor ihrem Haus absetzte, wusste sie kaum etwas zu sagen. Danke, das war, soweit sie sich überhaupt erinnerte, das Einzige. Frieda hatte sie umarmt, war in ihren Wagen gestiegen und hatte ihr aus dem Cabrio heraus noch zugewinkt. Sie hatten sich für die nächste Woche verabredet. Frieda wollte mit ihr auch mal ins Theater und ins Konzert nach Konstanz gehen. »Da lassen wir den ›Alten‹ zuhause und machen uns einen schönen Abend«, hatte sie gesagt. Da war sie längst schon nicht mehr fähig, einen klaren Gedanken zu fassen. Zu vieles war an diesem Tag schon mit ihr geschehen. Da war sie morgens mit gerade mal zwölf Euro aus dem Haus gegangen. Im Gehen hatte sie sich noch überlegt, was sie sich für ihr Geld kaufen konnte. Und dann traf sie mit ihrem Einkaufswagen auf Frieda. Konnte es sowas geben? War so etwas möglich? Sie hatte schon einen Viertelstunde gebraucht, all die Sachen irgendwie einzuräumen. Sie würden in den nächsten Tagen abends warm essen, vor allem Fleisch. Das gaben die Haltbarkeitsaufdrucke ihnen vor. Die Schnitzel wollte sie gleich morgen Abend machen. Für den Sonntag hatte sie die Rostbraten vorgesehen. Sie schenkte sich noch ein Glas von diesem herrlichen Wein ein. Sehr süffig. Der würde Augen machen, wenn er dann bald zur Tür hereinkam. So einen Abendbrottisch hatte der in seinem ganzen Leben nicht gesehen. Sie ja auch nicht.

Der Stammtisch im Gasthof Adler war an diesem Abend gut besetzt. Hier trafen sich die alten Überlinger oder junge Überlinger, die alte Überlinger werden wollten. Der Wirt, Karl Latus, war wirklich ein alter Überlinger. Seine Familie betrieb den Gasthof Adler nun schon in der fünften Generation. Genau betrachtet ging die Geschichte des Gasthofes noch ein gutes Stück weiter zurück, bis in die Zeiten der alten Reichsstadt. Der Gasthof hatte diese historische Atmosphäre bewahrt. Die dunkle Holztäfelung an den Wänden könnte sicherlich so manche Geschichte erzählen. Herbert Gerster saß am Nebentisch und hatte die Speisekarte vor sich liegen. Der Adler mochte von außen betrachtet nicht mehr viel hermachen, aber seine Küche war für ihn immer noch die beste und vor allem die echteste in ganz Überlingen. Nachdem er keine Familie hatte, gönnte er sich hin und wieder ein Abendessen in den historischen Räumen. Wer weiß, dachte er, vielleicht sind hier auch schon die Ratsherren des Stadtrates der alten Reichsstadt nach ihren Sitzungen immer eingekehrt. Womöglich hatten sie auf eben dieser Holzbank gesessen, auf der er gerade saß. Der moderne Mensch war so etwas nicht mehr gewohnt, dass etwas über mindestens zwei Jahrhunderte schon so war und hoffentlich noch weitere Jahre so bleiben würde. Er holte seine Brille aus dem Jackett und studierte die Speisekarte. Er hatte sich heute aus einem bestimmten Grund zu einem Abendessen im Adler entschieden. Er war sich sicher, dass es am Stammtisch heute Abend nur ein Thema geben würde: die Bürgerwehr. Er wollte mal ein wenig reinhören, wie es der Volksseele so ging. Er schaute hinüber und sah die zu erwartenden Gesichter. Das waren auch die Lautesten am gestrigen Abend gewesen. Eigentlich zum größten Teil mehr oder weniger moderat konservative, natürlich sehr besorgte Mitbürger. Fast alle waren sie in einem Alter, in dem man, wenn man hatte, dann Töchter in dem gefährlichen Alter. Das machte sie noch überzeugter in ihrem Einsatz für die Bürgerwehr. Gerster legte die Karte beiseite und winkte der Bedienung. Die junge Frau kam auch gleich an seinen Tisch.

»Ham se was gfunde?«, fragte sie lächelnd.

Gerster schaute auf. Eine hübsche junge Frau mit schönen blonden Haaren. Lockig auch noch, dachte der Journalist, pass mal auf dich auf, Mädchen. Er bestellte einen Wurstsalat und ein Apfelschorle. Eigentlich trank er dazu gerne mal ein Glas Bier. Aber er wollte einen absolut klaren Kopf behalten. Als die Bedienung gegangen war, holte er seinen Laptop aus der Tasche. Von den Leuten am Stammtisch unbemerkt, schob er sein Diktiergerät hinter der Vase auf dem Tisch in Stellung. Auf diese Weise konnte er sich hinterher in aller Ruhe das anhören, was da am Nebentisch gesprochen worden war. Er machte sich an einen Artikel über eine Vernissage am vorgestrigen Abend. Den hatte er schon eine Weile vor sich hergeschoben. Mittelmäßiger Künstler und mäßiger Besuch. Das gab in der Regel nicht viel her, verlangte aber vom Journalisten, den feinen Mittelweg zu finden.

Dienstbesprechungen waren langweilig. Die zwölf Mitarbeiter des Bruderwerks saßen um den großen runden Tisch im Teamraum herum. Bis jeder einen Kaffee oder einen Tee vor sich stehen hatte, dauerte das schon auch mal fünf Minuten. Amelie schaute ihren Kollegen zu, wie sie in aller Ruhe Milch oder Zucker suchten und in ihre Tassen schütteten. Dieser Heinz war auch da. Natürlich, dachte Amelie, schließlich war er auch ein Mitarbeiter, wenn auch ausschließlich im Arbeitsbereich. Die Pädagogen saßen an einem Ende des Tisches, die Arbeiter am anderen. Dazwischen saßen sie, die Hilfskräfte, die Sozis. Eigentlich war es nur Andreas, der sie mit ihrem einjährigen Einsatz richtig ernst nahm. Die anderen, ob Pädagogen oder Arbeiter, betrachteten sie eher als Aushilfen, die man zu irgendwelchen Diensten verdonnern konnte. Sie war froh, dass sie mit Andreas gut klar kam. Der kümmerte sich schon darum, dass die Sozis hier nicht verheizt wurden. Klar, der dachte halt auch weiter. Schließlich konnte es schon sein, dass sich die eine oder der andere überlegte, einen Beruf zu ergreifen, der vielleicht wieder zurück ins Bruderwerk führen würde. Also ging es Andreas darum, die Arbeit hier attraktiv und interessant zu machen. Oft zum Leidwesen der anderen Hauptamtlichen, die sich darum wenig kümmerten. Sie wollten die Sozis einsetzen, arbeiten lassen, mehr nicht.

»Guten Morgen alle zusammen!«, begrüßte Andreas die Runde. Amelie wusste was nun kommen würde. Der Wochenplan würde besprochen. Dann würde Andreas fragen, ob es irgendwelche Fragen oder Probleme gab. Schließlich war dann eine gute halbe Stunde vorbei, und alle gingen wieder an ihre Arbeit. Aber heute war das anders. Amelie hatte in sich versunken auf ihrem Stuhl gesessen und mehr oder weniger zugehört, was besprochen wurde. Eine laute Frage riss sie aus ihrer Lethargie.

»Und was machen wir mit dem Mädchenmörder?«

Amelie schreckte auf. Sie hatte heute schon einmal an diesen Mörder gedacht. Im ersten Moment hatte sie die Stimme nicht erkannt. Als sie aufschaute, erkannte sie, wer diese Frage gestellt hatte. Dieser Heinz saß mit hochrotem Kopf am Tisch auf ihrer linken Seite. Ihm fast genau gegenüber saß Andreas. Die meisten schauten nun in seine Richtung. Nur wenige senkten den Blick. Amelie sah auch Andreas an. Sie war gespannt, was er nun sagen würde.

»Gut, Heinz, dass du das angesprochen hast. Du bist mir da zuvorgekommen. Wir müssen das ernst nehmen, keine Frage. Also geht es darum, wo und wann wir unsere Menschen eventuell in Gefahr bringen. Dieser Täter ist am Seeufer unterwegs. Soweit ich weiß war der letzte Fall hier bei uns in Überlingen. Offensichtlich spielt der See eine zentrale Rolle. Das heißt, wir vermeiden Ausflüge an den See, also ans Seeufer. Das ist jetzt in der Herbstzeit doch eigentlich kein Problem. Wichtiger wird es sein, unsere Menschen darauf einzuschwören, bei ihren Stadtgängen das Seeufer zu meiden. Ich würde vorschlagen, wir gehen in den nächsten Tagen, sagen wir bis Ende der nächsten

Woche vielleicht, nur in Gruppen in die Stadt. Von uns gehen immer zwei Leute mit. Und, was noch wichtiger ist, wir beenden diese Stadtgänge um vier Uhr. Lieber gehen wir früher als sonst los. Also nicht um halb drei Uhr, sondern vielleicht gleich um halb zwei, nach dem Mittagessen. Was meint ihr?

Andreas war ganz ruhig geblieben. Amelie fand, er hatte die richtigen Antworten und Vorschläge parat gehabt. Wenn es um die Insassen des Bruderwerks ging, dann sprach er immer von unseren Menschen. Sie fand das gut. Das machte klar, wie das Miteinander und die Zuständigkeiten waren. Die Sorge für Menschen, das stand hier im Bruderwerk im Vordergrund. Aber, dass ausgerechnet Heinz diese Frage gestellt hatte, überraschte Amelie. Der hatte sich doch sonst noch nie in der Besprechung zu Wort gemeldet. Dem hätte sie eine solche Sorge um ihre Menschen gar nicht zugetraut. Oder ging es ihm etwa um Nele, fragte sie sich. Das war interessant. Sie hatte in seine Augen gesehen, als er die Frage gestellt hatte. Das war keine ehrliche Betroffenheit, kein sorgenvoller Blick gewesen. Wie auch in seiner Stimme ein Vorwurf mitgeschwungen hatte, drückten dies auch seine Augen aus. Sie wusste nicht so recht, wie sie das deuten sollte. Am ehesten, dachte sie, war das mit einem kleinen Kind vergleichbar, dem im Sandkasten jemand zu nahe kam und sein Spiel störte. Ein Spiel, fragte sie sich, war es für ihn nur ein Spiel? Vermisste sie die Ernsthaftigkeit hinter seinen Worten und seinem Blick? Nein, sie wollte nicht urteilen. Sie mochte Heinz nicht. Das konnte ihr Urteilsvermögen durchaus beeinträchtigen.

Es gab ein allgemeines Gemurmel. Niemand wollte auf Andreas' Vorschläge weiter eingehen. Die meisten nickten, gaben damit ihre Zustimmung. Alles Weitere würde in den Wohngruppen abgesprochen werden. Das war gut so, denn da waren die Arbeiter nicht dabei, also auch nicht Heinz.

Der herbstliche See hatte etwas Ehrliches. Durch die kahlen Äste lag er frei. Man erhaschte Blicke, die im warmen, beblätterten Halbjahr nicht zu sehen waren. Und es war ruhig. Ruhig lag der See, und er schwieg. Das war ihm recht. Er brauchte keine Ansprache. Deshalb hatte er sich an diesen Spaziergang gemacht. Irgendwie verlangte sein Kopf danach. Ruhe. Gehen und denken und schauen. Er war froh, diesem inneren Impuls gefolgt zu sein. Genoss die ausladenden Schritte seiner Beine. Die kühle Herbstluft tat gut. Ganz bewusst atmete er immer wieder tief durch. War froh, wenig Widerstand in den Lungen zu spüren, obwohl er mit Max hin und wieder eine oder mehrere rauchte. Was soll's, dachte er. Es gab eben Momente, da musste das sein. Da gehörte das dazu. Er schaute hinaus auf den See. Irgendwo da drüben war Kim zugange. Die suchte ihren Mörder. Sie hatten die dritte Leiche aus dem Wasser gefischt. Soweit er wusste, kamen die Ermittlungen nicht voran. Zumindest war in der Zeitung noch nichts davon zu lesen gewesen. Sie würde unter Druck kommen, die Hauptkommissarin, seine Kim. Seine Kim? Noch? Er wusste es nicht. Spürte es auch nicht. War sich so unsicher. Sollte er sie anrufen? Einfach den ersten Schritt machen. Es war im Leben immer besser, spontan seinen Gefühlen nachzugeben, keine Gedanken zuzulassen. Hinein ins Leben, nannte das Max. Nun ja, das hatte der bei der vorübergehenden Trennung von Julia auch anders gesehen. Da war viel Kopf im Spiel gewesen. Er wollte sie anrufen, das wurde ihm immer klarer. Es gab kein Gesicht zu verlieren und wenn, dann verlor er das gerne. Wenn es nur wieder einen Anfang, einen neuen Anfang geben würde. Wieso hatte er erst so spät diesen Gedanken gehabt, zu schreiben. Richtig zu schreiben. Hätte das vielleicht ihnen beiden gut getan? Hinter dem Ganzen steckte doch ihr schlechtes Gewissen. Da war er sich sicher. Sie hatte doch genau erkannt, dass ein Beruf wie der ihre ein normales Leben mehr als schwierig machte. Er konnte sich doch vorstellen, was ihr durch den Kopf ging. Mutter werden, wie lange sein dürfen und dann wieder gehen. Das konnte er nachempfinden. Aber musste das unbedingt so sein? Er konnte sich vorstellen, wie ein gutes Leben aussehen könnte. Womöglich würde sogar Vater Staat dabei mitmachen. Ob eine halbe Stelle bei einer Kriminalhauptkommissarin vorgesehen war, wusste er nicht. Aber man konnte, wenn man wollte.

Er kickte einen Stein ins Wasser. Er konnte nicht ohne sie. Wollte auch nicht. War trotzig. Zu intellektuell dann, sagte Max. Der hatte ihm von seiner Nichte in Überlingen erzählt, die dort ihr soziales Jahr machte. Eigentlich in einem ganz anderen Zusammenhang. Es war darum gegangen, was die Jugendlichen nach der Schule so machten und vorhatten. Max hatte von Amelie erzählt. Die sich noch Zeit lassen wollte, einen Weg einzuschlagen. Dann war sie froh gewesen, diese Möglichkeit im Bruderwerk zu bekommen. Als sie darüber redeten, hatte Peter an irgendeinem Punkt gemerkt, wie sie beide sich Gedanken machten. Junge Frau, in Überlingen. Der Tottaucher, so hatten sie ihn in der Presse tituliert. Es war unglaublich. Wie eine Bedrohung war dieser Mensch, der inzwischen drei junge Frauen ermordet hatte. Peter selbst stellte sich da noch andere Fragen. Seit er an diesem Hopfentod schrieb, begriff er viel mehr, als er damals begriffen hatte. Dieses Denken, sozusagen einmal um den Kopf herum, das war es, was ein kriminalistisches Gehirn wie das von Kim ausmachte. Niemandem glauben, alle Möglichkeiten in Betracht ziehen und vorsichtig Schlüsse ziehen. Nur so konnte man offen und doch zielgerichtet an die Lösung eines Falles gehen. Das war so. Beim Hopfentod waren die Motive versteckt, die Taten selbst kaum zu beweisen und die Täter dann auch noch mehr oder weniger tot. Der Tottaucher stellte Kim vor eine echte Aufgabe, das wusste er.

Jetzt war er erst beim Gundholzener Strandbad. Seinem Gefühl nach hatte er den See mindestens einmal umrundet. Im Sommer waren sie oft hier. Nette Wirtsleute und eine gute bodenständige Karte, dazu Weizenbier vom Fass. Für ihn und Max immer eine Adresse. Sie fuhren gerne mal am Abend mit den Fahrrädern rüber. Was gab es Schöneres, als bei heißem Sommerwetter die Abendsonne durch ein Glas Kristallweizen scheinen zu lassen. Das würden sie nächsten Sommer sicherlich auch wieder machen. Wenn er dann noch hier war. Denn seine Entscheidung war getroffen. Wenn Kim von ihm Mobilität verlangen sollte, dann war er hier weg. Er konnte immer was finden. Schließlich langte ihr Gehalt locker für sie beide. Dann würde er eben der Flexible sein. Sie sollte das machen können, was sie wirklich wollte.

Er wusste später nicht, warum ihm das rausgerutscht war. Er hätte sich in den Arsch beißen können. Wie konnte ausgerechnet er diese Frage stellen. Er, der sich noch in keiner Besprechung zu Wort gemeldet hatte, der Diskussionen in der Regel aus dem Weg ging, weil ihm meist keine Argumente einfielen. Warum, fragte er sich. War da irgend so etwas wie ein Schuldgefühl in ihm hochgekommen? Hatte er für einen kleinen Moment begriffen, was er getan hatte? Er konnte die Angst in den Augen der Anderen erkennen. Er wusste, dass das, was er tat, die Menschen am Bodensee störte. Es war nicht einfach für sie, damit zu leben, dass er tat, was er tat. Wenn er durch die Stadt am frühen Abend nach Hause ging, dann benutzte er meist die engen Gassen hinter der Uferpromenade. Die Menschen gingen anders. Manche hielten sich näher an den Häuserwänden, Paare gingen enger beieinander. Wieder andere eilten mit übertrieben schnellen Schritten durch die Stadt, um möglichst schnell und unbeschadet die sichere Wohnung zu erreichen. Der See war unsicher geworden, vor allem das Seeufer und das, was dahinter lag. Niemand wusste bisher, wo er seine Mädchen gefunden hatte. Er wunderte sich, dass die Polizei immer noch im Dunkeln tappte. Zumindest hatten Zeitung, Radio und Fernsehen, soweit er wusste noch nichts von irgendwelchen Spuren und erfolgreichen Ermittlungen gebracht. Vielleicht hatte er einfach nur viel Glück gehabt bisher. Bisher, das konnte sich auch ändern. Was würde er tun, wenn sie ihm auf die Schliche kämen, fragte er sich. Fliehen war zwar eine Möglichkeit, aber er rechnete sich keine wirkliche Chance aus. Er könnte zwar mit dem Boot in die Schweiz hinüberrudern, aber was sollte er in der Schweiz denn tun? Er hatte kein Geld, und er kannte niemanden in der Schweiz, bei dem er sich hätte verstecken können. Also würde er bleiben und warten. Warten bis jemand käme und ihn holte. Aber noch schien das eher unwahrscheinlich. Noch hatte die Polizei wohl noch keinen einzigen Anhaltspunkt. Er hatte von der Bürgerwehr gehört. Einer von der Schreinerei, der bei der Feuerwehr war, hatte es ihm erzählt. Die würden ab heute Abend patrouillieren. Er würde aufpassen müssen.

Nele klopfte gegen die Scheibe. Er hatte nur ein paar Arbeitshandschuhe holen wollen und war hier ganz in Gedanken auf einen Stuhl gesessen und hatte nachgedacht. Er nickte Nele zu und ging zu ihr nach draußen.

»Komme schon«, sagte er schnell.

»Schon ist gut. Ich musste dich holen. Was hast du denn da drin gemacht?«

Nele war neugierig. Immer. Vor allem bei ihm. Sie wollte immer alles wissen. Was er am Abend gemacht hatte, was er am Morgen gemacht hatte, wenn er nicht mit ihr zusammen gewesen war. Das konnte nerven. Aber er wollte jetzt nicht, dass sie sich aufregte. Da kam meistens nur dabei raus, dass sie heulend davonlief. Er konnte sie dann wieder suchen und zur Gruppe zurückbringen. Das war ihm immer peinlich, denn die anderen schmunzelten nur oder lachten hinter vorgehaltener Hand.

»Ach, ich habe die Handschuhe nicht gleich gefunden, und dann war das erste Paar auch noch kaputt«, versuchte er eine Erklärung.

Sie schaute ihn kritisch an. Er wusste, das hatte mehr als krumm geklungen. Aber seltsamerweise ging Nele nicht weiter darauf ein. Sie lächelte ihn sogar an.

»Gehst du heute am späten Nachmittag, wenn wir fertig sind, mit mir in die Stadt? Du hast doch gesagt, dass es vielleicht gefährlich sein kann für junge Frauen in der Stadt. Und ich möchte so gerne ein Eis essen und mit dir auf der Promenade spazierengehen.«

Das konnte er ihr jetzt natürlich nicht abschlagen. Schließlich hatte er sich das selbst eingebrockt.

»Gut, ich gehe mit. Wo sollen wir uns treffen? Also ich muss nachher auf jeden Fall noch duschen. War eine verdammt dreckige Arbeit heute.«

»Am besten, wir treffen uns um halb fünf am Ausgang. Oder?«

»Okay. Dann machen wir mal weiter, damit wir auch rechtzeitig fertig werden.«

Sie gingen zur Gruppe zurück. Etwa zwei Drittel der Gemüsebeete war schon gerupft und umgegraben. Nun kamen noch die Bohnen- und Tomatensträucher dran. Das müsste schnell gehen, dachte er, denn viele der Pflanzen hatten sie nach der Ernte schon zusammengeschnitten und auf den Kompost geworfen. Gärtnermeister Brehm sah das zwar nicht gerne, aber was sollte er machen. Er wollte immer genau wissen, was da auf seinem Komposthaufen landete, denn er wollte einen guten Kompost. Ihnen war das aber meist egal. Schließlich konnten sie sich auf diese Art und Weise eine Menge Arbeit im Herbst sparen. Er räumte die Gartengeräte auf, stellte die Harke an ihren Platz, hängte den Rechen auf und legte seine Arbeitshandschuhe in sein Fach. Wieso hatte er Nele angelogen? Weil ihn das so umgetrieben hatte, dass er das gesagt hatte mit den Mädchen? Wahrscheinlich. Er spürte immer wieder diese Unsicherheit in sich, dieses Hin und Her von Gedanken und Gefühlen. Er musste doch nach Sabine suchen, das spürte er. Sein Kopf sagte ihm, dass das nicht ginge, aber er glaubte ihm nicht. Er ging in den Umkleideraum, öffnete seinen Spind und begann sich auszuziehen. Er würde eine lange heiße Dusche nehmen. Dann würde es ihm wieder besser gehen. In die Stadt mit Nele, dachte er, warum nicht. Aber sie musste doch keine Angst haben. Das wollte er ihr dann sagen. Vielleicht würde sie diesmal verstehen, wie er das meinte.

Sie war viel zu früh dran, aber das störte sie nicht. Heinz würde heute Abend erst gegen halb acht kommen. Das war freitags oft so. Da traf er sich noch mit einer Freundin nach der Arbeit. Gingen dann wohl in die Stadt die jungen Menschen. Einen Kaffee trinken oder ein Eis essen. Sie hatte auch Schilder mit dieser Happy Hour gesehen. Da gab es dann so Drinks aus ganz hohen Gläsern. Ob Heinz wohl so etwas auch trank? Sie wusste es nicht.

Eigentlich trank er nur hin und wieder eine Flasche Bier. Zumindest hier bei ihr zuhause rührte er nichts anderes an. Aber vielleicht war der draußen ganz anders. Musste er wohl sein, denn woher sollten sonst die dauernd wechselnden Freundinnen kommen. Sie konnte sich Heinz so gar nicht vorstellen, so mit Mädchen. Da konnte er doch nicht so still dasitzen wie bei ihr hier. Kriegte doch den Mund nicht auf, der Junge. Immer musste sie fragen: Wie war der Tag, was habt ihr gemacht, was gab es zu essen und all das. Immer diese Fragen. Und immer wieder die gleichen Antworten. Nur die Arbeiten und die Speisen änderten sich. Sonst war immer alles gut gewesen. Nur gut. Mehr nicht. Sie hatte sich immer damit zufrieden gegeben. Wollte nicht nachfragen, nicht neugierig sein. Aber jetzt war da was anders in ihr. Sie wollte, dass auch er ein wenig Freude hatte und diese auch zeigen konnte. So wie sie das jetzt gerade konnte. Wie lange, das wusste sie nicht. Sie würde Frieda morgen Nachmittag wieder treffen.

»Da müssen wir mal so richtig reden. Morgen soll es schönes Wetter geben. Da sitzen wir in ein Café an der Promenade und schwätzen mal so richtig, was meinst du?«

Sie hatte nur genickt, dann zu laut »Ja« gesagt, wie sie meinte. Aber sie hatte sich gefreut, dass Frieda das vorgeschlagen hatte.

Sie betrachtete den reich gedeckten Tisch. Man fühlte sich gut, wenn man sich bald an so einen Tisch setzen durfte. Im Geiste richtete sie schon die ersten Köstlichkeiten auf ihrem Teller an. Sie würde Heinz zuerst den Lachs reichen, dazu dann den üppigen Brotkorb. Er würde die gesalzene Butter dazu nehmen, da war sie sich sicher. Er mochte es würzig. Sie konnte kochen was sie wollte, immer nahm er noch eine Prise Salz und Pfeffer. Bei der Suppe durfte das Maggi nicht fehlen. Bestimmt würde er auch sein Lachsbrot noch salzen, trotz der gesalzenen Butter.

Wie immer würde er reichlich Butter aufs Brot streichen und den Lachs dann, wie sonst die Wurstscheiben, fest dagegen drücken. Dann würde er das Brot mit dem Aufstrich nach unten in den Händen halten und abbeißen. Sie wusste nicht, warum er das machte. Aber er machte das, seit er ein kleiner Junge war, eigentlich seit er sein Brot alleine halten konnte. Oft schon hatte sie sich Gedanken gemacht, woher das wohl kam. Vielleicht wollte er nicht sehen, was da auf seinem Brot war. Vielleicht wollte er sich überraschen lassen, überließ seinen Geschmacksnerven die Aufgabe, ihm zu sagen, was er da aß. Sie konnte es sich nicht erklären. Unten ging die Tür. Hatte sie so lange hier in Gedanken gesessen? Sie schaute auf die Uhr über dem Buffet. Kurz nach halb acht. Sie hatte tatsächlich über eine Stunde hier gesessen. Sie hörte, wie er die Jacke an den Haken hängte. Wieso war er heute so spät. War wahrscheinlich wieder mal in Gedanken gewesen, der Junge. Dann polterten die schweren Arbeitsschuhe auf den Boden. Wie immer suchte er jetzt seine Pantoffeln auf dem Boden, nur um dann festzustellen, dass sie aufgeräumt im Regal lagen. Sie hatte sein Kopfschütteln vor Augen. Er schüttelte dann immer nur den Kopf. Immer, wenn etwas von ihr gut aufgeräumt worden war, schüttelte er den Kopf. Sagte aber nichts.

Er kam die Treppe herauf. Die Stufe quietschte heute sehr laut. Ob man da etwas machen konnte, ging es ihr durch den Kopf. Sie könnte ja den Jungen mal fragen, ob man da was machen kann. Die Tür ging auf. Bevor sie noch guten Abend sagen konnte, sah er den gedeckten Tisch.

»Was isch denn hier los?«, sagte er mit unsicherer Stimme. Er war überrascht. Sehr überrascht, das sah sie ihm an.

»Heut isch Fescht!«, rief sie, ging auf ihn zu und umarmte ihn.

Mit einem: »Lass das doch«, machte er sich von ihr los.

Er schloss die Tür hinter sich. Sah immer noch auf den Tisch. Seine Augen begannen schon zu essen, aber sie merkte ihm an, dass er jetzt gleich fragen würde.

»Woher hasch denn des alles?«

»Ich hab beim Eikaufe die Frieda Rothelm troffe. Die hot uns des alles gschenkt!«

»Frau Rothelm? Die Mutter vom Frieder?«

»Ja, die. Schtell dir vor, ihr Frieder schtudiert, ond ihr Ma schafft doch so viel. Da isch sie immer allei, weisch.«

»Und deshalb zahlt se des elles?«

»Ja«, sagte sie nur. Wollte nicht mehr sagen. Konnte auch nicht mehr sagen. Viel weniger noch erklären, was da heute mit ihr passiert war.

»Und no waret mir Mittagessa ond no shoppa ond no Kaffeetrenka. Ond dann hat se me heimgfahre", sagte sie schnell. Er sollte ruhig wissen, wie gut es ihr gegangen war. Auch wenn sie sich das alles noch überhaupt nicht erklären konnte, wollte sie doch, dass er wusste wie sie sich freute. Über den gedeckten Tisch, die neuen Kleider und über das Gespräch mit Frieda.

Er setzte sich an seinen Platz. Nachdem er einmal tief durchgeschnauft hatte, schüttelte er den Kopf. Dann sah er sie an. Glaubte er ihr nicht, was dachte er jetzt wohl? Dass sie sich einen Spaß mit ihm machte? Ein teurer Spaß wäre das. Einen solchen Spaß könnten sie sich doch gar nicht leisten. Er schüttelte nochmal den Kopf, konnte nicht begreifen.

Sie reichte ihm den Lachs. Er nahm die Gabel, legte sich zwei Scheiben auf den Teller und griff dann nach der gesalzenen Butter. Sie schob den Brotkorb zu ihm hin. Er betrachtete für einen Moment den Brotkorb, griff dann nach einer ganz bestimmten Scheibe. Dick strich er sich Butter auf die Brotscheibe. Dann legte er den Lachs aufs Brot. Mit dem Messer drückte er die Scheiben fest auf die Butter.

Dann drehte er das Brot um. Als er hineinbiss, schaute er auf und sah ihr in die Augen. Es würde vielleicht doch alles noch gut werden, dachte sie.

Ein gutes Lokal«, sagte Kim Lorenz und schob sich das letzte Stück ihres Sauerbratens in den Mund. Sie mochte es gut bürgerlich, und das hier war ausgezeichnet bürgerlich. Christina Hahn hatte den richtigen Riecher gehabt, ein gemeinsames Abendessen in diesem Lokal vorzuschlagen. Der Gasthof Jehle lag etwas außerhalb von Überlingen in einem Ortsteil. Sie hatten sich eine ruhige Ecke im Nebenzimmer ausgesucht. Während des Essens war seltsamerweise kein Wort gefallen. Sie schienen beide in Gedanken versunken.

»Dir geht auch nur eines durch den Kopf, stimmt's?«, fragte sie die Kollegin.

Christina Hahn nickte. Sie nahm einen Schluck von ihrem Apfelschorle, stellte dann das Glas ab.

»Ja, ich weiß nicht so recht, was ich von dieser Theorie halten soll, wenn ich ehrlich bin. Aber mir fehlt auch die Erfahrung, um das einschätzen zu können. Was denkst du denn?«

»So viel Erfahrung habe ich nun auch nicht gerade«, sagte Kim Lorenz, »ich halte das auch für verdammt weit hergeholt. Andererseits haben wir nicht viel, oder vielmehr gar nichts. Da bin ich für jeden Gedanken dankbar, auch wenn es ein so gewagter ist, wie der des Doktors.«

»Das stimmt natürlich, aber wie sollen wir anfangen?«

Genau das war die zentrale Frage, die der Hauptkommissarin schon den ganzen Nachmittag, seit der Doktor ihnen seine Theorie erklärt hatte, durch den Kopf ging. Sie konnten, ja sie mussten sogar dieser Theorie nachgehen. Vielleicht stimmte das ja mit diesem Dienstag. Aber dann? Wie sollten sie das Wo und das Wann herausfinden? Die Verortung der anderen Taten war zu unsicher. Freilich waren die Toten den Orten zugeordnet worden, an denen die Leichen gefunden worden waren: Sipplingen und Überlingen. Aber bei den Ermittlungen hatte sich deutlich gezeigt, wie unsicher diese Angaben waren. Die drei Mädchen waren aus diesen Orten gewesen. Zwei hatten in Überlingen, eine in Sipplingen gelebt. Das machte die Sache nicht einfacher.

»Wir können doch nicht mal sagen, wo die drei bisherigen Taten begangen worden sind.«

»Genau das ging mir auch gerade durch den Kopf. Und wir können nicht das ganze Seeufer an diesen Dienstagen von unseren Leuten überwachen lassen.«

»Eben. Also?«

»Du bist gut, eben, also. Die Frage geht an dich zurück. Was machen wir mit des Doktors Theorie?«

Was damit machen. Kim Lorenz schaute mit stierem Blick in ihr Glas. Was damit machen. Sie mussten es schaffen herauszufinden, was an diesem Dienstag, vielleicht am nächsten Dienstag passierte, das mit den drei toten Mädchen zu tun hatte. Das hieß, alle regelmäßigen Veranstaltungen an denen junge Frauen teilnahmen, zu erfassen, vom Kirchenchor bis zur VHS-Gruppe. Und das in allen Orten an dieser Seeseite, von Ludwigshafen bis mindestens nach Uhldingen. Damit würden sie aber immer noch Gefahr laufen, dass der Täter an einer ganz anderen Stelle zuschlug. Aber so sehr sie sich auch den Kopf zerbrach. Sie mussten sich auf die Gegend um Überlingen konzentrieren. Immerhin könnte man die Kollegen der anderen Orte an diesem Teil des Sees um Mitarbeit und erhöhte Wachsamkeit bitten, dachte die Hauptkommissarin. Sie erklärte Christina ihren Ansatz.

»Das ist gut. Das ist sogar ziemlich gut«, sagte Christina mit ein wenig mehr Hoffnung im Blick, »dann können wir gleich morgen früh die Kollegen informieren, Pläne erstellen, Arbeiten einteilen. Wir können endlich was tun. Wir stochern nicht mehr nur im Nebel!«

»Ich denke, wir sollten uns morgen früh vor der Morgenbesprechung treffen und die verschiedenen Ermittlungsrichtungen festlegen. Wie viele Leute haben wir?«

Christina zählte im Geiste durch.

»Zusammen mit den uniformierten Kollegen einundzwanzig.«

»Das reicht nicht. Ich werde gleich morgen früh mit Brettschneider telefonieren. Hat mich eh schon gewundert, dass der sich noch nicht nach dem Stand der Ermittlungen erkundigt hat.«

»Stimmt.«

Sie tranken ihre Gläser leer. Kim Lorenz übernahm großzügig die Rechnung. Christina bedankte sich. Die beiden Frauen waren in sichtlich besserer Stimmung. Als sie auf den Parkplatz hinausgingen, schauten beide in Richtung See. Die Eisenbahnlinie verdeckte zwar den Blick hinüber, aber sie dachten beide das Gleiche. Irgendwo dort drüben würde in ein paar Tagen vielleicht wieder ein Verbrechen geschehen. Wenn sie es nicht verhindern konnten.

Ich sag dir eins, wenn I den verwisch, den mach ich kalt.«

Das war die Stimme von Hans Drechsler, dem Malermeister. Herbert Gerster hatte die Kopfhörer auf und machte sich Notizen. Bisher war noch nichts Besonderes zu hören gewesen. Die Männer waren sich einig, mit ihrer Bürgerwehr den Täter zu fassen. Die Möglichkeiten, was sie mit ihm dann anstellen würden, waren zahlreich. Die wenigsten sprachen davon, den Täter der Polizei zu übergeben. Dabei war das bei der Versammlung mehrmals ganz deutlich betont worden.

»Do misset mirn erscht amal habe«, meinte Fritz Dapf, Hausmeister der Realschule. Er war eher ein ruhigerer Charakter und wirkte immer wieder mäßigend auf die Gruppe ein. Es war ihm auch anzumerken, dass er deutlich weniger intus hatte als die anderen am Stammtisch.

»Am beschte wärs, wenn mir Pfeife hettet. Wenn einer was sieht oder hert, no kann er de andere herhole!« Dieser Vorschlag kam von Helmut Groß, der im Sommer bei der Bootsvermietung arbeitete und sich im Winter mit Hilfsarbeiten über Wasser hielt. Sein Vorschlag fand allgemeine Zustimmung. Er wurde beauftragt, am nächsten Tag zwanzig Trillerpfeifen zu besorgen.

»Und wer zahlt des dann?«, fragte Groß.

»Do leget mir halt zsamme«, antwortete Dapf. Geld klimperte auf den Tisch, Geldscheine raschelten.

»Des langt«, sagte Groß zufrieden, der wohl Bedenken gehabt hatte, die Pfeifen aus der eigenen Tasche zu zahlen.

»Ond, was nemme mer mit?« Diese Frage kam von Christian Fleig, der am Ort eine kleine Autowerkstatt betrieb.

»A Veschper ond a Bier«, sagte einer. Gerster konnte die Stimme nicht erkennen. Allgemeines Gelächter am Tisch. Man prostete sich zu.

»Noi, echt. I mein, wie sind mir bewaffnet? Der isch doch gfährlich!«, sagte nochmal Fleig.

Allgemeines Gemurmel.

»Also I nimm den Baseball-Schläger von meim Jonge mit«, sagte Dapf.

»Irgendin Prügl wär scho it schlecht«, sagte ein anderer.

»I kennt jo mei Luftgwehr mitnemme«, meinte Groß.

»Keine Waffe«, sagte Dapf mit Überzeugung in der Stimme, »mir waret ons geschtern Obend einig, keine Waffa!«

Gerster musste fast lächeln. Es wäre auch sehr komisch gewesen, wäre der Anlass nicht ein so ernster.

»Vor allem gute Taschenlampen«, warf nun Gottfried Mielke ein. Gerster war überrascht, dass ausgerechnet dieser Mielke am Stammtisch saß. Er wusste nicht so recht, ob er positiv überrascht sein sollte. Mielke war nach dem Mauerfall mit seiner Familie hier in Überlingen aufgetaucht. Ein entfernter Vetter von ihm betrieb hier am Ort eine kleine Pension. Der Vetter war so gar nicht erfreut gewesen, die Verwandtschaft aus dem Osten plötzlich vor der Tür stehen zu sehen. Aber die Mielkes waren geblieben. Gottfried Mielke arbeitete als Lagerist, seine Frau half in der Pension. Aber obwohl nun schon einige Jahre, ja bald Jahrzehnte vergangen waren. Sein sächsischer Dialekt und sein Nachname hatten Gottfried Mielke die Integration in Überlingen nicht gerade leicht gemacht. Immerhin durfte er nun am Stammtisch Platz nehmen, dachte Gerster. Um hier am Bodensee dazuzugehören, da brauchte es mehr, als einfach hier eine lange Zeit zu wohnen. Da musste man einer vom See werden, einer von ihnen eben. Wie lange das dauern konnte, das sah man an Gottfried Mielke. Gerster machte sich eine kurze Notiz. Irgendwann würde er darüber mal was schreiben. Er mochte die Überlinger, aber da er selbst auch nicht von hier war, kannte er die Schwierigkeiten, im Ort akzeptiert zu werden. Das wäre wirklich mal ein Thema, dachte der Journalist. Er notierte: Mielke, Integration, Artikel. Das würde genügen. Der Rest fiel ihm dann schon wieder ein.

»Taschalampe, natirlich. Ond schtarke fei, gell«, sagte Dapf.

Nun musste Gerster wirklich lächeln. Das hörte sich an wie eine Pfadfindergruppe bei der Vorbereitung zum Geländespiel, abgesehen von den Waffen vielleicht.

»Auf jeden Fall isch em Ochse die Zentrale«, sagte der Drechslers Hans, wie er allgemein genannt wurde. Er war bei der Versammlung zu einem der Leiter gewählt worden. Die Vorstellung, bei einem guten Vesper und einem frischen Glas Bier im Ochsen zu sitzen und die Zentrale zu machen, gefiel ihm anscheinend.

»Des habet mir ausgmacht«, schob er betonend nach. Allgemeines Gemurmel.

»Also dann, I zahl jetzt. S geht auf zwelfe«, fuhr Drechsler fort, »mir sehet ons morge om halber fünfe em Ochsa.«

Anscheinend war er aufgestanden. Gerster hörte nur das Klopfen seiner Fingerknöchel auf die Tischplatte. Die anderen klopften dann auch. Mehr war zum Abschied nicht zu sagen. Zahlen würde der Drechsler an der Theke bei der Bedienung. Das machten alle vom Stammtisch so. Man posaunte ungern die Zahl seiner Biere über den Tisch. Das erledigte man ganz diskret bei der Annegret. Mit ein bisschen Glück sprang noch ein Schnaps vom Wirt heraus. Der ließ sich da nicht lumpen. Gerster konnte sich die Szene gut vorstellen. Einer nach dem anderen würde aufstehen, abklopfen und gehen. Das war bisher an jedem seiner Abende im Ochsen so gewesen.

Gerster schaute auf seine Notizen. Eigentlich hätte er das auch vor der Abhöraktion so hinschreiben können. Vielleicht wäre ihm das mit dem Luftgewehr nicht eingefallen. Aber sonst waren die Aussagen genau so, wie er sich das vorgestellt hätte. Aber was sollte er daraus jetzt machen. Wenn er jetzt bei der Blödzeitung wäre, dann hätte er schon eine Schlagzeile finden können: Mit Luftgewehr und Baseballschläger – die Jagd nach dem Tottaucher. Aber hier in Überlingen, bei seiner Zeitung, war so etwas natürlich nicht drin. Er würde nicht einmal davon schreiben, dass sich die Bürgerwehr bewaffnete. Das mit den Taschenlampen konnte er schreiben und auch, dass sie immer zu zweit unterwegs sein würden. Von siebzehn Uhr bis zwei Uhr in der Früh. In vier Gruppen, die verschiedene Uferabschnitte und die Straßen und die Wege dahinter abdecken würden. Nach zwei Uhr würden dann Polizeistreifen für die nächtliche Sicherheit sorgen. Aber es würde sowieso niemand mehr unterwegs sein. Zu Fuß schon gar nicht, da war sich der Journalist sicher.

Er war froh, dass der Abend vorbei war. Nach dem Abendessen hatte er sich mit einem Kopfnicken verabschiedet und war auf sein Zimmer gegangen. Der Fleischsalat lag ihm schwer im Magen. Das war er nicht mehr gewohnt. Im Bruderwerk wurde gesund gekocht. Zuhause hatte es sowieso nur leichte Kost gegeben. Am Monatsende billiges Knäckebrot aus dem Supermarkt mit Butter, vielleicht mit ein bisschen Salz. Er putzte sich nachdenklich die Zähne. Das bleiche Gesicht im Spiegel schaute ihn fragend an. Was war da passiert, fragte es. Wieso konnte seiner Mutter so etwas passieren? Traf diese Frieda Rothelm, kaufte ein, ließ es sich gut gehen und konnte plötzlich richtig glücklich sein. Und Sabine, fragte er sich, was war mit

Sabine? Wie konnte seine Mutter fast einen ganzen Tag lang einfach so dahinleben und glücklich sein wollen, ohne an Sabine zu denken. Sabine war doch ihrer beider Leben. Die Sabine, die er im See suchen ließ, wenn er die Mädchen nach unten ins Wasser schickte. Das musste sie doch wissen, dass sie trauern musste, weinen sollte, damit Sabine endlich wieder gefunden wurde, wiederkommen konnte. Er schlug die Bettdecken zurück und setzte sich auf sein Bett. Ein klarer Herbstmond schickte seine Strahlen durch das kleine Zimmer. Wenn er sich ganz in die Ecke stellte, dann konnte er sogar ein Stück See sehen. Den See, in dem Sabine war. Warum konnte sie nicht mit ihm warten, bis er Sabine gefunden hatte. Dann konnte man wieder glücklich sein. Dann durfte sie wieder lachen. Erst dann. Wie konnte diese Frieda Rothelm ihre Ruhe so stören. Kam daher und lud sie ein, zahlte den Einkauf, ging mit ihr in Läden. Womöglich würde sie noch Ausflüge mit ihr machen, weg vom See, weg von Sabine, ins Hinterland, nach Ravensburg oder Tettnang. Das konnte er sich lebhaft vorstellen. Sie auf dem Beifahrersitz in einem Cabrio zwischen den Hopfengärten in der Frühlingssonne. Dann würde sie Sabine vergessen. Das durfte nicht passieren. Aber er konnte erstmal nichts machen. Er wusste genau, dass er jetzt noch nichts machen konnte. Wenn sie Sabine vergessen wollte, dann bitte. Er nicht. Er würde bald wieder am Abend an den See ins Bootshaus gehen. Sie würde wieder eine Locke auf ihrem Nachttisch finden, an Sabine denken. Und weinen.

Diese Fragen nach seinen Freundinnen, die er doch einmal vorstellen sollte. Lächerlich. Sie begriff nichts. Dennoch weinte sie. Er hatte immer geglaubt, sie würde Sabine nie vergessen. Zuerst hatte er damals gedacht, sie wolle ohne Sabine nicht mehr weiterleben. Erst war er gegangen, dann Sabine. Sie waren plötzlich zu zweit allein gewesen. Aber sie hatte dann getrauert. Sie hatte seitdem getrauert und keinen Weg ins Leben mehr gefunden. Er auch nicht. Wenn das Bruderwerk nicht wäre, dann wüsste er nicht. Was würde er wohl tun? In einer Gärtnerei oder Schreinerei arbeiten? Vielleicht, wenn sie ihn überhaupt nehmen würden. Die würden ihn sicherlich nicht nehmen. Ihn doch nicht, den Heinz Herder, den Sohn vom Tünnes. Das war der Vater geblieben, seit ihn einer zu Anfang so nannte. Es hatte ihn aus Köln an den See verschlagen. Über den Rhein war er mit irgendeinem Schiff mitgefahren und ausgestiegen. An Land gegangen, sagte man wohl. Dieser Landgang hatte ihn dann irgendwie weiter nach Überlingen gebracht. Warum, das wusste er nicht. Jedenfalls hatte der Vater hier festgemacht, wie er immer erzählt hatte. Sie hatte er in einer Kneipe kennengelernt, in der sie bediente. Die Marie Koslowski. Eigentlich hieß sie Strohmaier. Ihre Mutter hatte Koslowski geheißen. Ganz weit aus Polen, hatte der Vater immer gesagt, erinnerte er sich. Sie war dann immer rot geworden, weil das halt in seinen Augen nicht viel wert war, wenn man polnische Wurzeln hatte. Weil Frau halt dann nicht viel wert war. Das hatte er sie immer spüren lassen. Wahrscheinlich, dachte er, weil die anderen ihn den Tünnes nannten. Nach Tünnes und Scheel, den beiden Witzfiguren in Köln. So war er also der Sohn des Tünnes gewesen. Der Tünnes, der es schaffte, ohne viel Arbeit zu leben. Aber auch zu trinken, das auch. Er konnte viel trinken, der Tünnes, sein Vater. Deshalb war er dann auch gegangen. Weil sie es nicht mehr ertragen konnte, dass er so trank. Obwohl, eigentlich war alles anders geworden, als Sabine ging. Da hatte er keine Miene verzogen. Keinen Mucks, keinen Arm um sie gelegt oder so. Keine Trauer und kein Trost. Sie hatte gesagt, dass er selbst schon tot sei. Mit seiner Sauferei und dem allem. Auch da hatte er keine Regung gezeigt. Aber er war dann aufgestanden und hinausgegangen. Der Tünnes war nie mehr wiedergekommen. Sie hatte nicht gewartet. Er schon. Er konnte sich damals mit seinen zwölf Jahren nicht vorstellen, dass ein Vater einfach so ging. Sie hatte nur geweint. Um Sabine. Bei der Beerdigung und auch danach. Als sie am Grab stand, mit verheulten Augen, wollte er sie in den Arm nehmen, ihr sagen, dass er doch auch noch da war. Für ihn war noch nichts passiert. Der Vater war gegangen, aber als er damals auf dem Friedhof stand, wusste er schon, dass da keine Sabine im Sarg lag. Das konnte nicht sein. Das durfte auch nicht sein. Er wollte es der Mutter und dem Pfarrer sagen. Behielt es aber für sich. Erst im Sommer, als es ihr immer schlechter gegangen war, hatte er sich was überlegt. Er wollte nicht mehr auf Sabine warten. Die Mutter brauchte Sabine, das war ihm dann klar geworden. Er konnte Sabine nicht ersetzen. Deshalb war er dann darauf gekommen. Er würde Mädchen in den See schicken, die ihre Sabine suchen sollten. Das würde ihr gefallen, hatte er gedacht. Es brauchte eine lange Zeit, bis er sich das alles zurechtgedacht hatte. Jede Nacht hatte er gelegen und sich überlegt, wie er die Sabine suchen könnte. Wer könnte denn die Sabine suchen, hatte er sich immer und immer wieder gefragt. Er selbst konnte nicht tauchen. So gut konnte eigentlich keiner tauchen, hatte er sich gesagt. Eines Morgens war er aufgewacht und hatte es gewusst. Nur, wenn er Mädchen wie Sabine fand, die er auf die Suche nach ihr schickte, konnte er sie finden. War das ein Traum gewesen, der ihn das erkennen ließ?

Dann war ihm der alte Bootsschuppen vom Großvater eingefallen. Er war eines Abends runtergegangen. Den Schlüssel hatte er gleich gefunden. Er hatte das Boot untersucht. Die folgenden Wochen hatte er es immer wieder am Abend, so gut es eben ging, repariert. Schon damals hatte er gewusst, dass er aufpassen musste. Niemand sollte etwas ahnen von seinem Schuppen und dem Boot. Dann war der

Herbst gekommen. Langsam zwar, aber die Nächte wurden kälter. Er fürchtete nicht mehr fertig zu werden in diesem Jahr. Bei seiner ersten Fahrt hinaus auf den See war er unsicher gewesen, ob das Boot halten würde. Die erste hatte er in der Nähe von Sipplingen nach unten geschickt. Möglichst weit weg von Überlingen, hatte er gedacht. Aber das machte ja eigentlich nichts. Die Mädchen würden lange suchen, hatte er gedacht. Was er nicht bedacht hatte, war, dass die Gewichte vielleicht nicht schwer genug sein würden, oder der See nicht so tief, oder die Strömung zu stark. Er wusste nicht, was der Grund war, warum sie alle drei so früh wieder aufgetaucht waren. Er musste wieder eine nach unten schicken. Er würde ihr dann wieder eine Locke auf ihren Nachttisch legen. Die Schleife konnte er immer besser. Dann würde Mama wieder weinen.

Kriminalrat Brettschneider schaute auf die Uhr. Zehn nach acht. Nun ja, dachte er, wollen wir mal nicht so sein. Schließlich ist man Akademiker, da kann man, cum tempore, schon mal ein paar Minuten warten. Er war ganz stolz auf sich. Es war das erste Mal gewesen. Aber man konnte den Kaffee, den er sich mit ein wenig Mühe gemacht hatte, tatsächlich trinken. So ging das also. Eigentlich eine Schande. Aber zuhause machte seine Frau den Kaffee, da durfte er nicht einmal in die Nähe der Maschine, und im Büro war das das Privileg seiner Sekretärin. Die hätte schön geschaut, wenn er sich selbst ans Kaffeekochen gemacht hätte. Rollenverteilung, dachte er, da ließ sich so manches eben halt auch nicht so leicht ändern. Er hörte Schritte auf der Treppe. Das war sicherlich die Hauptkommissarin. An einem Samstagmorgen war hier sonst niemand zu erwarten. Freilich, der Hausmeister war schon dagewesen, als er eingetroffen war. Er musste jetzt noch über die Begrüßung schmunzeln.

»Was wellet Sie?«, war er schroff gefragt geworden. Etwas perplex hatte er nur seinen Namen genannt.

»Ond?«, war es prompt zurückgekommen.

»Wie, und?«, hatte er gefragt.

»So hoißt mer halt au«, sagte der gute Mann. Brettschneider hatte nichts verstanden.

»Kriminalrat«, hatte er nachgeschoben.

»Tja dann. Oi Trepp nauf, no lenks«, war alles, was er an Wegbeschreibung bekommen hatte.

Die Tür wurde geöffnet. Kim Lorenz hastete herein. Sie gab Brettschneider die Hand. Nachdem sie ihre Tasche unter dem Tisch abgestellt hatte, setzte sie sich.

»Nun, Frau Hauptkommissarin, wie läuft es?«, fragte Brettschneider.

Kim Lorenz verstand die Welt nicht mehr. Da kam sie gut eine Viertelstunde zu spät zu ihrem Termin und der Kriminalrat saß ruhig am Tisch mit einer Tasse Kaffee vor sich.

»Entschuldigung«, sagte der Kriminalrat. Er stand auf, holte eine Tasse und schenkte Kaffee ein.

»Milch, Zucker?«

»Nein, schwarz, vielen Dank«, sagte Kim Lorenz.

Der Kriminalrat stellte die Tasse auf dem Tisch vor seiner Kollegin ab.

»Also, nun erzählen Sie mal, wie weit wir sind«, begann Brettschneider das Gespräch. »Ich muss Ihnen sagen, es war eine ganz schöne Arbeit Ihnen und Ihrem Team die Medien einigermaßen vom Hals zu halten. Die ganzen Tage ging das Telefon. Aber, ich glaube, wir haben das ganz gut hingekriegt.

»Ich habe mich schon gewundert, warum es so ruhig geblieben ist«, sagte die Hauptkommissarin.

Brettschneider nickte. Er hatte das als junger Kommissar selbst mal bei einer Ermittlung erlebt. Da war im Grunde genommen deshalb wenig nach vorne gegangen, weil die halbe Truppe damit beschäftigt war, die Medien in Schach zu halten. Erst eine Nachrichtensperre hatte damals für Ruhe gesorgt. Prompt hatten sich die ersten Ermittlungserfolge eingestellt. Daraus hatte er seine Lehren gezogen. Nie wieder, hatte er sich geschworen, würde er sich von außen unter Druck setzen lassen. Das hatte er im Falle dieser Ermittlungsgruppe konsequent durchgezogen. Immerhin ging das schon ein wenig leichter mit den Medienvertretern, wenn sich ein Kriminalrat um diese Arbeit kümmerte. Das zog, denn er konnte deutlicher werden als seine Kommissare.

»Was haben wir?«, fragte er.

»Drei Tote, wenn Sie mich so fragen, Herr Brettschneider. Wir haben drei tote Mädchen, eine am Sipplinger Ufer, zwei hier in Überlingen aufgefunden. Tatort unbekannt. Alle drei sind identifiziert. Spuren aufgrund des Wassers und der langen Zeit unter Wasser so gut wie keine. Wir haben die Seile, wir haben die Kleidung.«

»Was sagt die Spurensicherung?«

»Genau das. Aufgrund der langen Zeit im Wasser können sie nichts sagen.«

»Verständlich«, sagte der Kriminalrat nickend, »das ist das Leidige an Wasserleichen. Keine Spuren und sehr ungenaue Angaben zum Tatzeitpunkt. Damit müssen wir uns abfinden.«

Kim Lorenz schaute den Kriminalrat erstaunt an. Sie hatte auf dem Weg hier her innerlich alle Vorbereitungen getroffen, um auf einen Frontalangriff gefasst zu sein. Aber was sie hier nun hörte, das verschlug ihr fast die Sprache.

»Sie haben natürlich das Umfeld der Toten, Familie, Freunde und so weiter recherchieren lassen.«

»Ja. Keine uns aufgefallenen Gemeinsamkeiten. Alle drei stammten aus Überlingen oder aus einer der Teilgemeinden. Sie waren etwa gleich alt, alle drei um die zwanzig. Aber das gibt natürlich nicht sehr viel her. Vor allem, weil wir weder Todeszeitpunkt noch den Tatort konkret bestimmen können.«

»Verstehe«, sagte Brettschneider bloß, »sonst noch was?«

»Nun ja. Ebbes hätte ich noch ...«, begann die Kommissarin.

»Ebbes? Ebbes Wichtigs?«, fragte Kriminalrat Brettschneider lächelnd.

Kim Lorenz kam aus dem Staunen nicht mehr raus. Hatte der Mann was genommen, war der irgendwie heute nicht von dieser Welt oder was war los?

»Scho ebbes Wichtigs. Also der Doktor Martin ...«, setzte Kim Lorenz an.

»Der Gerichtsmediziner aus Konstanz?«, unterbrach Brettschneider.

»Genau der, also ...«

»Guter Mann«, sagte Brettschneider anerkennend.

»Ja, eben. Also der hat eine Theorie, ich betone, Theorie aufgestellt, die uns vielleicht weiterbringen könnte. Aufgrund der Untersuchungsergebnisse der letzten Leiche, versucht er die Todeszeitpunkte der anderen beiden Leichen sozusagen zurückzurechnen. Wenn sein Ansatz stimmt, dann könnten alle drei Morde an jeweils einem bestimmten Dienstag begangen worden sein. Aber, wie gesagt, erstmal reine Theorie.«

»Hört sich aber interessant an. Wäre mal was ganz anderes. So eine Art umgekehrte Ermittlung. Man schließt vom jüngsten Fall auf die vorherigen. Sehr interessant und vor allem ungewöhnlich. Ich denke, einen Versuch ist das allemal wert, oder, was meinen Sie, Frau Hauptkommissarin?«

Brettschneider schien von dieser Idee ganz begeistert zu sein. Mit einem auffällig hoffnungsvollen Blick schaute er die Hauptkommissarin an.

»Ja, natürlich. Ich habe mit der Kollegin Hahn alles schon vorbereitet. Das heißt, wir treffen uns gleich anschließend und bereiten dann vor. Die Kollegen kommen gegen zehn. Dann geht es los.«

»Prima. Gute Arbeit, Frau Kollegin. Lassen Sie es mich wissen, wenn brauchbare Ergebnisse vorliegen. Wir sollten den Medien bald was geben können. Sie wissen, sonst spekulieren die nur in der Gegend herum. Das wollen wir doch nicht. Also, machen Sie da weiter. Meine Unterstützung haben Sie. Dann schaffen Sie's mal gut«, sagte Brettschneider.

Er stand auf, nahm seine Tasche, gab Kim Lorenz die Hand und ging auf den Ausgang zu. Nach ein paar Schritten hielt er inne, als ob er etwas vergessen hätte. Kim Lorenz schaute ihm zu. Er drehte sich um, ging wieder zurück zu seinem Platz und nahm die Kaffeetasse. Er stellte sie auf das Tablett für die gebrauchten Tassen. Kim Lorenz schaute ihm immer noch zu. Irgendwo muss man doch auch mal anfangen, dachte Kriminalrat Brettschneider und verabschiedete sich.

Eine fast spätsommerliche Sonne verwischte die herbstlichen Farben an diesem Morgen an einem anderen Ufer des Sees. Julia und Max hatten Peter zu einem späten samstäglichen Frühstück eingeladen. So etwa einmal im Monat kam das vor. Bisher war natürlich auch Kim, wenn sie konnte, mit von der Partie gewesen. Julia deckte den Tisch. Sie wusste genau, die beiden würden schon wieder zusammenkommen. Aber es würde noch eine Weile dauern, bis sie sich darüber klar werden würden. Max und Peter waren noch in der Küche zugange. Als kleine Reminiszenz an ihre Studienzeit im nördlichen England wurde dieses Frühstück am Samstag zu einer mehr oder weniger reinen Männersache. Die Küche durfte sie an diesem Morgen nicht betreten. Sie setzte sich an den Tisch. Der See lag heute sehr ruhig in der für diese Jahreszeit ungewöhnlich warmen Sonne. Nachdem es schon fast halb elf war, warf die Sonne ihre Strahlen auch langsam auf die Terrasse. An den Beinen wurde es ihr schon wohlig warm. Sie hatte Hunger. Als Frühaufsteherin hatte sie bisher nur eine Tasse Kaffee getrunken, mehr nicht. Zum Frühstück würde es dann selbstverständlich englischen Schwarztee geben, möglichst »PG-Tips«, der Alltagstee der Briten. Sie konnte der starken braunen Brühe mit Milch und reichlich Zucker nicht viel abgewinnen. Wahrscheinlich musste man das über längere Zeit gewohnt werden.

»Breakfast is now being served!«, riefen die beiden Männer aus der Küche. Stolz trugen sie die Platte mit Rührei, Bacon, gebratenen Tomaten und Champignons und sogar britischen Sausages heraus. Max trug die Platte, dahinter kam Peter mit dem unvermeidlichen Toastbrot und einer Schüssel mit Müsli. Das gab es vorneweg, für jeden ein kleines Schälchen. Darauf hatte sie bestanden. Die Männer stellten die Sachen auf dem Tisch ab und setzten sich.

Wie immer musste sich Julia nun wieder einige der alten Geschichten aus der Studienzeit anhören. Manchmal kam es ihr so vor, als ob sie auch mit dabei gewesen wäre. Sie kannte sich inzwischen aus in diesem Leeds, wo die beiden Lehrer damals studiert hatten. Die Namen der Pubs auf dem Heimweg von der Uni hatte sie sich gemerkt: Original Oak, Three Horseshoes und wie sie alle hießen. Offensichtlich war das öfters ein recht feuchter Heimweg gewesen. Eines musste sie jedoch zugeben. Diesem Auslandsstudium ihres Mannes verdankte sie den Yorkshire Pudding, der seitdem vom Speiseplan nicht mehr wegzudenken war. Diese Mehlspeise ähnelte den schwäbischen Pfitzauf, nur dass sie mit einem Stew oder einer guten Soße gegessen wurde. Aber, das war eigentlich gerade gar nicht wichtig. Ihr gingen ganz andere, wichtigere Gedanken durch den Kopf.

»Hast du was von Kim gehört?«, fragte Julia Peter. Sie hatte doch nicht gleich fragen wollen. Aber nun war es ihr schon rausgerutscht.

Max widmete sich ganz seinem Teller. Mit langsamen Bewegungen strich er reichlich Butter auf eine Toastscheibe. Er wollte jetzt einfach nur zuhören.

»Nein«, antwortete Peter.

Sie hatte ja gewusst, dass das kein gutes Thema war. Aber Max hatte ihr da von einer Idee erzählt. Die wollte sie auf diese Weise ein wenig vorbereiten.

»Ich habe dir doch von Amelie erzählt«, übernahm nun Max.

Peter nickte. Amelie im Bruderwerk in Überlingen. Er erinnerte sich.

»Ich hab' gedacht, die könnte ich doch mal besuchen. Hab' auch schon mit ihr telefoniert. Komm doch einfach mit. Wir beiden fahren heute am frühen Nachmittag nach Überlingen. Ich hab' auch schon zwei Zimmer reserviert. Dann können wir uns einen schönen Abend machen!«

Julia und Max schauten Peter gespannt an. Der schluckte das Stückchen Sausage hinunter, das er sich gerade in den Mund geschoben hatte. Diese beiden Schurken, dachte er, wie sollte er aus dieser Nummer denn wieder rauskommen. Ein Ausflug nach Überlingen, mit Max. Ein Besuch bei der Nichte und dann ein schöner Abend am See. Wie konnte er da noch nein sagen, fragte er sich. Er kannte die beiden nun schon so lange. Mit einfachen Ausreden konnte er denen nicht kommen. Die durchschauten ihn, und er durchschaute sie. So war das. Also konnte er sich irgendwelche schnell ausgedachten Ausflüchte sparen. Nun also, dann nach Überlingen zu Amelie und, mal sehen.

Julia und Max sahen dem Freund zu. Beobachteten genau, wie es in ihm arbeitete. Sie wussten genau, er würde zustimmen, sie fragten sich höchstens, ob er nicht wenigstens den Versuch machen würde. Aber Peter nickte nur.

»Gute Idee«, sagte er dann, »vielleicht ruf ich Kim gleich noch an. Könnte doch sein, sie kann sich für eine Stunde oder so frei machen.«

»Na prima«, sagte Max, der etwas überrascht von dieser schnellen Entscheidung und von der Erwähnung Kims war. Sollte er da etwas verpasst haben, fragte er sich.

»Also, dann hole ich dich um zwei Uhr ab. Wenn du möchtest, dann kannst du dich mit Kim so um vier rum verabreden. Ich werde mich dann mit Amelie treffen. Sie wollte mir mal das Bruderwerk-Gelände zeigen, die Einrichtungen und so.«

»Das würde mich aber auch interessieren. Aber, mal sehen. Ich versuch' erstmal, Kim zu erreichen, dann sehen wir klarer.«

Spontan. Was wusste sie denn, wie spontan ging. Diese Frieda. Da klingelte am hellen Samstagmorgen das Telefon und dann sollte sie spontan sein. Sie hatte noch so wohlig geschlafen und vor allem geträumt. So geträumt wie schon sehr lange nicht mehr. Einen Traum, der sich gut anfühlte, so einen Traum, der einen richtig gut aufwachen hätte lassen, wenn da nicht das Telefon geklingelt hätte.

»Marie, ich bin's, die Frieda«, hatte eine laute Stimme am anderen Ende der Leitung gesagt.

»Wir machen heute einen Ausflug. Mein Mann muss Gerichtsakten studieren, und da wollen wir ihm doch seine Ruhe lassen, oder, was meinst du. Ich hab' gedacht, wir fahren rüber auf die Höri, machen einen schönen Spaziergang am Seeufer, besuchen dann das Hessehaus, das Museum, weißt du, und dann kehren wir am Schiener Berg im Falconera ein. Ich hab den Chefkoch Wuhrer schon angerufen und uns für ein Uhr angekündigt, den kenne ich schon eine ganze Zeit. Wir sind schon recht oft dort gewesen, immer mehr oder weniger offiziell und so, aber es ist wirklich toll dort, Sterneküche halt, liegt auch schön, da können wir so richtig schlemmen!«

Sie hörte einfach nur zu. Selbst wenn sie Frieda hätte unterbrechen wollen, wo wäre denn der Moment in diesem Redefluss gewesen, die eine kleine Lücke.

»Ich hol dich um zehn ab, bis dann, ich freu mich!«, damit hatte Frieda aufgelegt.

In aller Eile hatte sie sich umgezogen und zurecht gemacht. Zurechtmachen, das hatte sie mal gekannt, gewusst, wie es geht. Aber die letzten Jahre, lange Jahre, war das nicht mehr notwendig gewesen, hatte einfach keine Rolle mehr gespielt. Sie suchte nach ihrem Lippenstift und diesem Schwarz für die Augenbrauen. Der Name fiel ihr nicht mehr ein. Als sie vor dem Spiegel stand, sah sie zum ersten Mal seit dem Allen in ihre Augen. Da leuchtete was, wieder was. Das war sie. Das bin ich, dachte sie, so, wie ich gewesen bin, damals, vor dem Allen. Sie hatte sich schon lange nicht mehr im Spiegel angesehen. Ihr Alltag hatte sie gezeichnet, das hatte sie gespürt. Sie wollte das Gesicht nicht sehen, das diesen Alltag ertragen musste. Dieses Gesicht würde nur die Spuren dieses täglichen Kampfes tragen und in den Augen Hoffnungslosigkeit. Das war nun anders. So schnell, fragte sie sich. Erst gestern hatte sie die Frieda getroffen. Sie konnte es nicht glauben, dass das erst einige Stunden her sein sollte. Nun stand sie hier vor dem Spiegel, begutachtete ihr Kostüm und schminkte sich. Konnte sie das alles, all dieses Gewesene so leicht hinter sich lassen? Konnte sie diesen Schritt tun, mit Zuversicht? Es würde alles an Frieda hängen. Wenn es dieser Frau einfiel, dann würde sie wieder zurückgeworfen in ihr altes Leben. Dann wäre es vorbei mit der Prinzessin. Keine vollen Einkaufswagen, keine Shopping-Touren und Mittagessen. Aber, wo war das Risiko? Sie wollte den Moment nehmen und daran glauben. Sie wollte Frieda vertrauen. Es gab für sie keinen anderen Weg. Nach vorne, sie musste nach vorne schauen. Frieda war ihre Freundin geworden, sehr schnell zwar, und sie wusste nicht warum, aber das war so. Und eine Freundin durfte man nicht enttäuschen, indem man kein Vertrauen in sie hatte, oder? Sie sagte sich, dass eigentlich das Einzige, was sie der Frieda für all das bisher geben konnte, ihr Vertrauen war. Ihre Freundschaft. Sie hatte eine Freundschaft. Sie konnte etwas geben. Etwas geben für etwas, das sie erhalten hatte. An dem sie sich gefreut hatte, an dem sie sich noch freute. Das fühlte sich gut an. Das ließ ein wenig Selbstbewusstsein und ein bisschen Stolz aufkommen. Da spürt man den Menschen in sich, dachte sie. Frieda hupte.

Nur ein paar Straßen weiter saßen die ermittelnden Kommissarinnen zusammen. Die Kaffeemaschine brummte. Christina brachte eben noch einmal einen Becher mit der heißen Brühe.

»Und er hat wirklich selbst seinen Kaffee gemacht?«, fragte sie Kim Lorenz.

»Stell dir vor. Ich war wirklich sprachlos. Ich war überhaupt sprachlos. Nicht nur das mit dem Kaffee, sondern auch das Ganze. Sitzt da wie die Ruhe selbst, voller Verständnis für die Situation. Verspricht mir alle Unterstützung die ich brauche, wünscht mir Glück. Kannst du dir das vorstellen? Das gibt es doch eigentlich gar nicht, oder?«

Christina Hahn schüttelte nur zustimmend den Kopf. Offensichtlich konnte sie sich auch keinen Reim auf das Verhalten des Kriminalrats machen.

Kim Lorenz ließ sich das alles nochmal durch den Kopf gehen. Das gab es wirklich nicht. Vielleicht hatten sie beide die falschen Filme gesehen und lagen in ihrer Einschätzung der Wirklichkeit ziemlich daneben. Konnte es das geben, dass ein Kriminalrat so vor seine Leute stand, ihnen den Rücken frei hielt, alle Anfeindungen der Medien auf sich nahm und dann noch seine volle Unterstützung zusagte? Es klang wie ein Märchen, dachte die Hauptkommissarin. Obwohl, dachte sie weiter, ein wenig wunderte es sie schon, dass dieser Herbert Gerster sich nicht nochmal gemeldet hatte. Er hatte auf sie einen guten Eindruck gemacht. Einen ehrlichen. Wenn das ein Journalist mit Rückgrat war, dann machte der sich vielleicht auch so seine Gedanken. Dann erkannte er den Ernst der Situation. Sie kannte das von Peter. Wenn du nahe dran bist und dich selbst damit beschäftigst, dann kannst du nicht so einfach eine Geschichte schreiben, hatte er mal gesagt. Wieso fiel ihr das jetzt gerade ein? Weil sie darauf hoffte, dass dieser Gerster einer wie Peter war? Weil dann keine plakativen

Überschriften drohten, à la: »Der Tottaucher schlägt bald wieder zu«. Er würde wieder zuschlagen, der Tottaucher, wenn ihnen hier und jetzt nicht verdammt viel einfiel, dies zu verhindern.

»Also, wie gehen wir das an?«, fragte Kim.

»Ich habe mir folgendes überlegt: Eine Gruppe sammelt alle regelmäßigen Veranstaltungen in den betreffenden Orten. Sie nehmen Kontakt zu den Verwaltungen auf, sprechen mit den Kulturämtern, den Vereinen, allen Gruppen, die an einem Dienstag regelmäßige Treffen oder Veranstaltungen haben. Das läuft dann alles hier bei uns zusammen.«

Guter Gedanke, dachte Kim Lorenz. Sie war sich nicht sicher, ob das, was sie hier jetzt entwarfen, einen richtigen Sinn machte. Konnten sie so dem Täter auf die Spur kommen? Was, wenn diese Dienstag-Theorie von Doktor Martin nicht stimmte? Es war ihr alles zu unsicher, zu vage, um darauf eine Ermittlung aufzubauen. Andererseits hatten sie ja sonst nichts. Sie konnten weiter im Trüben fischen. Unweigerlich würde sich dann die Presse darauf stürzen, verständlich. Sie schätzte Brettschneiders Haltung und Einsatz, aber es ging doch überhaupt nicht um die Medienfassade ihrer Fälle, es ging darum, diesem Mörder endlich auf die Spur zu kommen. Das war doch ihre Aufgabe. Sie musste verhindern, dass noch eine Tote zu beklagen sein würde. Auch diese Bürgerwehr machte ihr Sorgen. Das war nie gut, so viel hatte sie in verschiedenen Lehrgängen erfahren und gelernt. Meistens ging irgendwas schief, jemand nahm die Aufgabe zu wichtig, zu ernst, und die Folge waren rechtliche Übergriffe, im schlimmsten Fall Körperverletzungen. Daher hatte sie ganz deutlich die Devise ausgegeben, dass keine Waffen mitgeführt werden durften. Die Bürgerwehr sollte, wenn sie sie schon nicht verhindern konnte, lediglich eine Art Wachdienst sein, der dann die Polizeikräfte alarmierte. Das dann mit Handy oder halt mit diesen blödsinnigen Pfeifen. Die schrillten ihr von den Pater-Brown-Filmen mit Heinz Rühmann jetzt noch im Ohr.

»Was denkst du?«, fragte Christina Hahn, der das Schweigen ihrer Vorgesetzten nach einer Weile merkwürdig vorkam.

»Ach, mir geht alles Mögliche durch den Kopf. Meinst du, wir haben wirklich eine Chance, den Mörder durch diese Maßnahmen zu kriegen?«, fragte die Hauptkommissarin.

»Ich weiß, was du meinst. Aber haben wir eine echte Alternative?«

»Nein.«

»Eben.«

»Also, sei so gut und mach die Pläne fertig. Wenn du möchtest, sprechen wir sie anschließend noch ein weiteres Mal durch. Wir werden nicht alles abdecken können, aber doch das Meiste. Wenn er uns durch diese Maschen geht, dann sind wir der Mops oder vielmehr die Möpse!«

»Die sind wir eh«, sagte Christina Hahn und hob mit der Hand eine ihrer Brüste hoch. Dazu lächelte sie schräg.

Kim Lorenz konnte sich das Lachen nicht verkneifen. Wollte es auch nicht. Diese junge Beamtin hatte den richtigen Geist, die richtige Einstellung und auch noch eine gute Portion ziemlich schrägen Humors. Das gefiel ihr.

»Sorry«, sagte Christina, »ist mir so rausgerutscht!«

»Ist doch okay. Finde ich gut, dass du bei dem allen noch einen solchen Witz machen kannst.«

»Na ja, Witz?«

»Doch, doch. Jetzt stell dein Licht mal nicht so sehr unter den Scheffel. Wir können hier auch zusammen traurig rumsitzen und warten, bis uns der Mörder von selbst ins Netz geht. Wir müssen raus, auch aus uns selbst. Ganz wichtig. Glaub mir. Oder glaub' meinem Großvater. Der sagt das immer, wenn ich ihn mitten in einem Fall anrufe. Jetzt mal langsam Mädle, sagt er dann immer. Langsam Mädle und bei sich bleiben, das sind so seine ersten Ratschläge. Und genau das hast du gerade gemacht. Du bist bei dir, oder bei uns geblieben. Wir mit unseren Möpsen. Ist doch gut. Mach dir keinen Kopf, lass es raus. Leben eben. Oder?«

Im Ochsen war es ziemlich voll. Zu voll vielleicht. Denn die Bürgerwehrler traten sich fast auf die Zehen, weil zu wenig Platz war. So hatten sie sich das nun gar nicht vorgestellt. Da wollte man ein Held sein, der für die Sicherheit der Familie, insbesondere der heranwachsenden Töchter, seinen gefährlichen Dienst antrat, und plötzlich war man dann einer unter vielen.

Die allgemeine Unruhe lag daran, dass nicht etwa die ersten drei Zweiergruppen im Ochsen am Kommandotisch von Dapf erschienen waren, sondern gleich alle Bürgerwehrler. Denn was kam dem Überlinger gelegener, als ein Pflichttermin im Ochsen. Den konnte man sich doch nicht entgehen lassen. Erklärungen für die Ehefrauen waren schnell gefunden. Einer hatte im Vorfeld den Begriff »Back up« erwähnt. Den hatten sie alle übernommen. Freilich hatten sie erst später Dienst, aber sie mussten in den Ochsen als Back up, hatten sie ihren Frauen erzählt. Wenn es eine dann ganz genau wissen wollte, erfuhr sie, dass Back up eigentlich Rückendeckung bedeutete, aber halt englisch.

Jedenfalls drängten sich die Männer im Gastraum des Ochsen. Es dauerte eine ganze Weile, bis den Verantwortlichen klar ersichtlich war, wer nun für Back up und wer für Dienst erschienen war.

Einsatzleiter Dapf verschaffte sich mit einer Pfeife Gehör. Es brauchte nur einen kurzen schrillen Pfiff, schon schwiegen die Männer. Eine seltsame Ruhe machte sich breit, die Dapf sichtlich auskostete. Das hatte es noch nicht gegeben, dass er pfiff und alle schwiegen. Das wollte er noch einen Moment genießen, bis er dann das Wort an die Männer richten würde.

Die hatten sich längst schon mal ein erstes Bier kommen lassen. Mit einem »auf gutes Gelingen«, stießen die Krüge mit einem satten Klingen aneinander. So ließen sie sich diese Bügerwehr gefallen. Sie würden den schon kriegen.

Dapf war zufrieden mit der allgemeinen guten Stimmung. So musste das sein, wenn sich Bürger wehrten. Er schaute auf seine Liste und dann in die Runde. Die Pärchen hatten sich schon passend nebeneinandergesetzt. Wenn er sich die einzelnen Charaktergesichter so anschaute, dann konnte das was werden. Er hätte jetzt schon vor den Paarungen ein Kreuzchen machen können, die an keiner Kneipe vorbeikommen würden, ohne mal kurz ein Schnäpschen oder ein schnelles Bierchen zu nehmen. Ob das ihrer Aufgabe zuträglich sein würde, machte ihn zweifeln. Etwas nachdenklich kratzte er sich geistesabwesend mit dem Kugelschreiber am Kopf. Dem allgemeinen Gelächter konnte er entnehmen, dass er die Mine ausgefahren gehabt hatte und nun wahrscheinlich eine entsprechende Kuli-Zeichnung auf der Halbglatze trug. Er musste unbedingt, wenn er dann die Ersten losgeschickt hatte, die Toilette mit dem Spiegel aufsuchen, sonst war er die Lachnummer des Abends. Er klopfte mit dem bewussten Kugelschreiber gegen sein Glas. Das laute Klingen des

Weinglases ließ die Männer verstummen. Jetzt würde es ernst werden. Die Bedienung stellte vorsichtig noch einen Bierkrug vor einem der Männer auf den Tisch. Dann zog sie sich mit leisen Schritten zurück.

Dapf wartete, bis Ruhe eingekehrt war. Einer der Männer schloss die Tür des Nebenzimmers. Nun konnte es losgehen.

»Ich freue mich, dass heute Abend so viele von euch schon zeitiger gekommen sind. Dann kann ich nämlich gleich erkläre, wie mir des heit mache werdet. Wer noch nicht weiß, mit wem er geht, ich lass die Lischt no nochmol rumgange. No kennet ihr gucke, wer mit wem«, begann Dapf. Er gab die Liste an seinen Nebenmann weiter. Leise Stimmengemurmel war zu hören. Jeder versicherte sich nochmal, mit wem er seine Runde machen sollte.

»Ihr seht an der Einteilung, dass mir zwei Runde laufet, eine seenuff ond eine seenab. Driba an dr Wand hengt die Kart, do kennt ihr des sehe. Mir hend des so einteilt, dass jede von dene Runda etwa oi Schtund geht. Des kann natirlich mal schneller und amal langsamer gange…«

»Vor ellem, wenn mer ibrall eighert!«, rief einer aus der zweiten Reihe, dessen Gesicht Dapf nicht sehen konnte.

»Eighert wird nicht!«, sagte Dapf mit deutlich ernstem Ton.

Allgemeines Gelächter. Er musste aufpassen, dass ihm die Sache nicht ins Lächerliche abrutschte, dachte Dapf. Immerhin ging es um einen Serienmörder, von dem keiner wusste, ob er im Bedarfsfall nicht auch mal einen Mann versenken würde.

»A bissle mehr Ernschthaftigkeit, Männer, wenn ich bitte darf«, sprach er weiter, »mir habet es hier immerhin mit einem mehrfachen Mörder zu tun, des mecht ich betone!«

Das Gelächter ebbte ab. Nur noch leises Murmeln war zu hören.

»Also, mir haltet uns an unsere Routen. Ihr habt elle eine solche Trillerpfeife erhalte«, sagte Dapf und hielt die seine in die Höhe, »wenn eich etwas Verdächtigs auffällt, dann pfeifet ihr, so laut ihr kennet.«

Jeder am Tisch hatte nun seine Trillerpfeife in der Hand. Die Männer nickten. Keiner traute sich einen Probepfiff. Dapf schaute in die Runde.

»Tremmler, was isch mit dir?«, fragte er einen am anderen Ende des Tisches, der keine Pfeife in der Hand hielt.

»Mir hats keine mehr it glangt«, sagte Harald Tremmler mit fast weinerlicher Stimme. Man konnte drauf wetten, wenn man was zusammen machte und Tremmler war dabei, ging immer etwas schief.

»Ja aber, mir hend doch abzehlt?«, sagte Fritz Dapf fragend in die Runde.

Helmut Groß fühlte sich nun angesprochen. Schließlich hatte er die Pfeifen besorgt.

»Do war aber d'r Tremmler it drbi«, sagte er.

Die Männer nickten. Wie es sich herausstellte, war Tremmler zu dem Zeitpunkt, als sie das mit den Pfeifen beschlossen hatten, schon längst gegangen gewesen. Fritz Dapf nahm seine Pfeife und schob sie mit Schwung über den ganzen Tisch zu Tremmler hinüber.

»Also da, Harald, noch nimmsch halt meine«, sagte er.

Einige am Tisch klopften anerkennend mit den Faustknöcheln auf den Tisch. Andere schauten etwas verdutzt.

»Brauchsch du denn keine?«, fragte Hans Drechsler. Die Männer schauten gespannt auf Fritz Dapf.

»Ha nei, ich mach hier doch die Leitung«, sagte Dapf. Um weitere Unruhe zu vermeiden, fuhr er gleich fort.

»Also, mir hend hier vierundzwanzig Bürger auf der Lischte. Mir laufet onsere Runde von siebzehn Uhr bis um zwei. Des sind neunzehn Toura, mal zwei, macht achtadreißig Toura.«

»Wieso mal zwei?«, fragte einer dazwischen.

»Weil mir zwei Runde laufet«, erklärte Dapf. Die Männer nickten.

»Des bedeutet, jeder kommt mindestens drei Mal dran«, fuhr Dapf fort, »für die letzschte beide Toura werde mer dann scho noch vier Mann finde.«

Die Männer nickten wieder. Sie waren mit der Organisation zufrieden.

»Ich melde mich freiwillig für eine letzte Tour. Ich muss morgen früh nicht so bald raus«, sagte nun Gottfried Mielke.

Es meldeten sich noch drei der Männer, die es ebenfalls einrichten konnten, relativ spät nach Hause zu kommen. Immerhin würden die letzten Touren bis gegen drei gehen.

»Ich danke für die Bereitschaft«, sagte Fritz Dapf anerkennend, »ich derf eich noch eine erfreuliche Mitteilung mache. Der Schützeverei hot für die Aktion Bürgerwehr einen Betrag von zweihundert Euro bereitgestellt, von Privat send auch dreihundert Euro an Spenden eingegangen ...«

»Und der Handels- und Gewerbeverein stellt auch dreihundert Euro zur Verfügung«, unterbrach Christian Fleig den Leitenden.

»Prima«, sagte der, »dann hemmer scho mal achthundert Euro. D'r Wirt vom Ochse hat uns einen Vorzugspreis gemacht. Es gibt also für jeden eine warme Mahlzeit und eine Halbe Bier!«

Nun klopften alle Männer laut auf die Tischplatte. Das fing ja gut an. Zufrieden prosteten sie sich zu.

»Und wie lang soll des Ganze gange?«, unterbrach einer die fröhliche Runde.

Die Blicke der Männer am Tisch suchten das Gesicht dieses Störenfrieds. Jetzt hatte man sich gerade so schön eingerichtet als Bürgerwehr und schon kam einer mit einer kritischen Frage daher. Der Sprecher saß ziemlich weit hinten in einer Ecke des Nebenzimmers. Dapf kannte ihn nur flüchtig, obwohl es sich um einen gebürtigen Überlinger handelte. Karl Schnell war schon in seiner Jugend ein Außenseiter gewesen. Er wollte immer anders als die andern. Dapf konnte sich noch gut erinnern. Sie waren etwa derselbe Jahrgang. Der »Karle«, wie sie ihn alle nannten, hatte schon beim Kicken immer gewartet, bis die Mannschaften zusammengestellt waren. Erst dann hatte er sich entschlossen mitzuspielen oder eben auch nicht. Aber dieser eigene Kopf hatte schon eine gewisse Tradition in der Familie Schnell. Der Großvater vom Karle war in der Nazi-Zeit ins Konzentrationslager gekommen, weil er standhaft den Hitlergruß verweigerte. Alle hatten damals wohl nur mit dem Kopf geschüttelt, hatte Dapf sein Großvater einmal erzählt. Aber dieser Georg Schnell war dann nach dem Krieg einer der führenden Männer in Überlingen gewesen. Fritz Dapf überlegte. Eigentlich hatte er diese Frage kommen sehen. Es ging ja auch nicht. Man konnte nicht vierundzwanzig Männer Tag für Tag, Woche um Woche Streife gehen lassen. Keiner wusste doch, wie lange das notwendig sein würde. Natürlich gingen sie davon aus, dass sie den Kerl in absehbarer Zeit schnappen würden. Aber, wenn das nicht zutraf? Das konnte er von seinen Männern nicht erwarten. Schließlich hatten die Familien und Berufe. Das ging mal für ein paar Tage, vielleicht auch zwei Wochen, aber dann mussten Ergebnisse her.

»Ich denke«, setzte Dapf nun an, »dass wir die Aktion jetzt erstmal anlaufen lasse. Ich versteh deine Frage, Karle, aber, was sollen wir mache? Viele von uns haben Töchter, die gerade in dem Alter sind, wie die toten Mädchen. Wir wollet für die Sicherheit in Überlingen sorge. Wir denken, dass die Polizei zu wenig dafür tut. Deshalb sind wir hier. Lass uns die Sache mal eine Woche durchziehe. Dann setzen wir uns wieder zusammen und besprechen das weitere Vorgehen. Kennet ihr dem Vorschlag elle zustimme?«

Fritz Dapf hatte sein Hochdeutsch lange durchgehalten. Doch bei der Frage am Ende rutschte ihm doch wieder sein Bodenseeschwäbisch dazwischen. Was soll's, dachte er, mir sin halt au Schwobe.

»I denk, dem kennet mer elli zuschtimme«, sagte nun Hans Drechsler. Er wollte seinem Kollegen in der Leitung der Aktion den Rücken stärken.

»Am beschte, mir stimmet ab«, sagte einer.

»Also guet. Wer schtimmt meim Vorschlag zue?«, sagte Dapf und schaute erwartungsvoll in die Runde. Durchweg alle Hände gingen nach oben.

»Einschtimmig«, stellte Hans Drechsler fest.

»Guet, no isch des gschwätzt«, sagte Fritz Dapf erleichtert. Er schaute auf seine Uhr.

»Es isch kurz vor fünfe«, sagte er, »Zeit, dass sich die erschte auf de Weg machet.« Er schaute auf seine Liste, die inzwischen wieder zu ihm zurückgekommen war.

»Route eins: Groß, Helmut; Fleischhauer, Gerd. Route zwei: Fleig, Christian; Wassmann, Peter. Also, alles klar, Pfeife ond Taschelampe henner?"

Die vier Männer standen auf, zeigten ihre Pfeifen und Taschenlampen vor und gingen zum Ausgang. Die anderen Bürgerwehrler waren aufgestanden. Fast bildeten sie ein Spalier, als die vier Männer an ihnen vorbeigingen. Nachdem sich die Tür des Nebenzimmers hinter ihnen geschlossen hatte, setzten sich die anderen wieder.

Draußen verabschiedeten sich die Streifenmänner voneinander. Sie gaben einander die Hand. So richtig wohl war anscheinend niemandem von ihnen. Dort drinnen, hinter den Bierkrügen, mitten unter den anderen, hatte die Sache noch ganz anders ausgesehen.

»Machit's guet, Helmut«, sagte Christian Fleig.

»Wird scho«, meinte Gerd Fleischhauer.

»Vergesset eire Steck net«, sagte Peter Wassmann.

»Scho gar it«, antworteten Helmut und Gerd fast gleichzeitig.

Dann gingen die Männer in Zweiergruppen sozusagen nach zwei Seiten ab. Noch brauchten sie ihre Taschenlampen nicht, aber es würde nicht lange dauern. Eine dunkle, tiefhängende Wolkendecke verdeckte den Himmel. Vielleicht würde es heute Abend oder in der Nacht noch regnen.

Sie saßen draußen. Frieda hatte einen Moment gezögert, ob denn wirklich die Temperaturen so waren, dass man draußen sitzen konnte. Aber sie hatte sich dann für draußen entschieden. Marie genoss. Schon die Fahrt im Cabrio war ein Erlebnis gewesen. So ganz ohne Dach, der Wind pfiff einem um die Ohren und man hörte halt alles. Anders konnte sie es nicht beschreiben. Sie war noch nie in einem Auto ohne Dach gefahren. Die Frieda saß voller Freude neben ihr, die Sonnenbrille auf der Nase. Für sie war es ein Ausflug, wie schon so viele Ausflüge. Für Marie ein Fest. Sie fuhren über Radolfzell auf die Höri. Die kleinen Ortschaften flogen an ihnen vorbei. Fast immer konnte man den See sehen. Irgendwie war der See ihr wichtig. War es das Wasser, die Fläche, diese Weite, die doch kaum eine war? Sie war an den See gekommen und hatte ihn geliebt. Vielleicht auch, weil sie als Kind nur Meerwasser gekannt hatte. Das salzige Meerwasser. Immer war ihr davon schlecht geworden. ›Musst es ja auch nicht trinken‹, hatte die Mutter gesagt. Mütter. Jedenfalls war ihr dieser See gleich sympathisch gewesen. Er war überschaubar. Egal, wo man sich am Bodensee aufhielt, immer konnte man das andere Ufer sehen, mal näher, mal weiter weg.

»So, jetzt wollen wir uns es mal gut gehen lassen«, sagte Frieda.

Sie schaute auf. Überlegte, wo sie war. Der Bodensee. Dort waren sie jetzt nicht. Sie waren auf den Berg gefahren. Zum »Falconera«. Ach so. Sie sah den See doch gar nicht.

»Alles klar?«, fragte Frieda.

»Schon«, sagte sie.

Frieda gab ihr eine Speisekarte. Sie blätterte. Was war das alles? Wie konnte man so essen? In so einem Restaurant war sie noch nie gewesen.

»Kannst du mir helfen?«, fragte sie Frieda.

»Gerne, meine Liebe«, sagte Frieda, »am besten, ich stelle für uns was Leckeres zusammen, oder?«

»Da wär ich froh.«

Frieda studierte die Karte. Nahm sich ihre Zeit. Sie schaute auf das stattliche Haus. Die ehemalige Falknerei des Bischofs, der drunten am See gewohnt hatte. Eine Falknerei, dachte sie, nur für den Spaß, sofern es ein Spaß war, Falken zu zähmen und abzurichten, nur dafür hatte ein Bischof hier ein recht ordentliches Haus errichten lassen. Diese Kirche. Die hatten doch die Fürsten recht gut überlebt. Sie wusste da nicht viel. Hatte nur ihren Onkel Paul, der immer so geschimpft hatte. Diese Fürsten und diese Kirche, hatte es immer geheißen. Der hatte kein Blatt vor den Mund genommen. Aber der hatte ihnen in ihrer Jugend auch viel erzählt. Wie das war mit den Herrschern und den Menschen. Mit den Palästen und den Menschen. Wer hatte denn das alles gebaut, hatte er immer gesagt, die Menschen, die Untertanen, die kleinen Leute. Sie spürte das immer wieder. Sei es, dass sie durch Überlingen ging und die prächtigen Häuser sah, oder es war wie jetzt, sitzend auf der Terrasse von des Bischofs Falknerei. Das waren alles nur die kleinen Leute, sagte sie sich.

»Ich denke, wir nehmen das kleine Menu. Da ist eigentlich alles dabei. Vorspeise, Suppe, Hauptgang ein Entrecôte, Nachspeise und sogar ein Espresso. Was meinst du?«

Was sie meinte? Sie kam aus dem Staunen nicht heraus. Ihr Blick fiel auf den Tisch. Vor ihr lagen eine Reihe von Messern und Gabeln, ein kleiner Teller und drei verschiedene Gläser. So hatte sie noch nie zu Mittag gegessen. Auf Friedas Frage hin nickte sie nur. Sie konnte nichts sagen. Was sollte sie sagen? Dass ihr das alles hier zu viel, viel zu viel war? Aber sie hatte sich vorgenommen, sich keine Gedanken zu machen. Es brachte nichts, über Dinge nachzudenken. Wenigstens hatte das bisher nichts gebracht. Irgendwann hatte sie beschlossen, dass die Dinge so sind, wie sie sind. So ist dein Leben, hatte sie sich gesagt, also nimm es an und mach das Beste daraus. Aber das war zu einer anderen Zeit gewesen. Vor Frieda. Damals hatte sie nicht vor einem reich gedeckten Vespertisch gesessen, oder war auf die Höri zum Mittagessen gefahren. Damals war sie eben zu Hause gewesen. In ihrer Wohnung hatte sie das gelebt, was es zu leben gab. Wenig war das gewesen, sehr wenig. Lange Tage mit viel toter Zeit. Irgendwann war dann all das Wenige gewaschen, die kleine Wohnung geputzt, Socken gestopft und gelüftet. Dann war sie fertig. Fertig mit allem. Dann ging sie meist in ihr kleines Schlafzimmer. Sie setzte sich auf ihr Bett und nahm eine der Locken vom Nachttisch. Immer blonde Locken. Dann träumte sie, stellte sich das Mädchen, die Freundin ihres Sohnes vor und plante die Hochzeit. Sie musste immer ganz fest daran glauben, sonst unterbrach ihr Bewusstsein den Traum und fragte sie, wie sie denn eine Hochzeit bezahlen wollte.

»Wenn du nicht mehr willst, ess ich es«, unterbrach Frieda ihre Gedanken.

Frieda nahm das Schüsselchen mit dem Pfirsichsorbet und stellte es vor sich auf den Tisch. Diese Frau konnte essen. Sie selbst hätte schon nach der Vorspeise genug gehabt. Das war sie nicht gewohnt, so viel zu essen. Aber sie fühlte sich wohl. Es war schön hier. Sie hatte anderes erwartet. Das Falconera war ein schöner alter Fachwerkbau, wie geschaffen für ein Restaurant in dieser Art. Abgesehen von der aufwändigen Tischgestaltung fühlte sie sich geborgen. Es war gemütlich. So war also diese Welt. Diese andere Welt, die sie sonst nur aus dem Fernsehen kannte. So lebten die. Mit vier Bestecken und drei Gläsern. So war das also. Sie bestaunte Frieda, die sich hier so sicher bewegte. Es war halt ihre Welt. Jenseits von Hartz vier, kein Gedanke daran, was etwas kostete. Erleben, genießen und damit hatte es sich. Diese andere Welt, so nah und doch so fern. Jetzt saß sie hier auf einem weichen Stuhl. Sie hatte Köstlichkeiten genossen. Ihr Gaumen oder ihre Zunge hatten etwas erlebt, feine Geschmacksnoten, interessante Zusammenstellungen, sie wusste kaum, wie sie das beschreiben sollte.

»Frieder ist tot«, sagte Frieda plötzlich.

»Wie?«

»Der Frieder. Hat sich umgebracht. Einfach so. Ich wollte dir das nicht gleich sagen. Ich kann da auch noch nicht wirklich drüber sprechen. Es ist so weit weg, obwohl es erst ein paar Jahre her ist. Vor vier Jahren war das. Er hat das zur Kenntnis genommen. Er. Ich habe nur einen Schmerz gefühlt, einen tiefen Schmerz. Den Schmerz einer Mutter, der das Herz herausgerissen wird. So war es. War ich jemals, habe ich gedacht. Was bin ich noch ohne meinen Sohn. Wir haben nicht geredet. Mein Mann hat seine Arbeit gemacht. Ich habe mein Leben gelebt. Ein Scheißleben, kann ich dir sagen. Ein Leben, das keinen Anfang und kein Ende hatte. Bis ich dich traf.«

Sie schluckte. Musste schlucken. Sie nahm ihr Glas mit irgendwas drin und nippte daran. Sie konnte jetzt nichts sagen. Was sollte sie sagen. Tut mir leid oder so was. Sollte sie aufstehen und die Frieda einfach mal in den Arm nehmen? Vielleicht. Sie zögerte, versuchte in sich das Richtige zu finden. Sie sah Friedas Hand auf dem Tisch. Mit ihrer linken Hand griff sie hinüber und legte sie auf Friedas Hand. Es war schön, wenn Hände sich fanden. Ihr Daumen glitt in Friedas Hand. Es war Wärme. Soviel Wärme. Sie war überrascht. Das hatte sie nicht erwartet. Dieses auf einen Menschen zugehen, und dass dann da noch Wärme war. Sie fühlte eine Unsicherheit. Durfte sie sich jetzt auch besser fühlen? Sie wollte doch nur der Frieda ihr Mitgefühl ausdrücken. Wie konnte sie dann diese Wärme spüren?

»Danke«, sagte Frieda.

Das musst du verstehen. Es ist ihre erste Ermittlungsgruppe. Da kann sie sich sonst was vornehmen. Wenn da ein Hinweis reinkommt, dann müssen die, muss sie, los!«, sagte Max.

Der hat leicht reden, dachte Peter. Er hatte sich so auf das Treffen mit Kim gefreut. Sie saßen am See, an einem anderen Ufer des Sees. Die servierten hier einen prima Cappuccino. Das musste er sagen. Sie hatten sich jeder ein Stück Herrentorte dazu bestellt.

Meine Herren, hatte Max noch gesagt, als die großen Stücke Schokoladentorte vor ihnen standen. Aber das lenkte nicht ab. Max redete und redete. Das konnte der. Hielt fast einen Vortrag über dieses andere Seeufer, den Blick hinüber auf die Mainau, die Ähnlichkeiten zu ihrem Teil des Sees, dann wieder die Unterschiede. Peter wusste, spürte, dass ihn der Freund nur ablenken wollte. Denn gerade Max hatte große Erwartungen an dieses Treffen mit Kim gehabt. Er wollte die beiden wieder zueinanderbringen. Nun war die Sache vertagt auf morgen. Peter hoffte, dass Kim sich dann freimachen konnte. Sonst war dieser Ausflug nach Überlingen ein Schlag ins Wasser. Außer Spesen nichts gewesen. Obwohl, Max hatte ihn ja eingeladen. Also keine Spesen.

»Würdest du gehen?«

Das war Max. Keine großen Einleitungen, einfach mal rein ins Thema. Denn das war die zentrale Frage. Würde er gehen. Wahrscheinlich. Vielleicht. Oder würde er es sich überlegen?

»Gute Frage«, antwortete Peter.

»Darauf läuft es doch hinaus, oder?«

»Hast recht.«

»War eine schöne Zeit, wir beide, mal wieder zusammen. Hier am See. Ich wollte dir auch nochmal danken. Du warst da, damals, als ich und Julia auseinander waren. Dank dir dafür. Vielleicht deshalb diese Frage. Ich möchte auch da sein, für dich, für euch. Damit es gut wird. So, wie es bei mir und Julia gut geworden ist.«

Peter schaute hinaus auf den See. Wellenspiel. Da war ein Wind und eine Wasseroberfläche. Die spielten miteinander. Sie schauten sich das an, erlebten Veränderung. Weniger Wind, weniger Spiel. Viel Wind, viel Spiel. So ist das Leben, dachte Peter. Wie wäre es, wenn er nur Lehrer in Gaienhofen wäre und Kim irgendeinen Job hätte. Wäre das anders? Bei ihnen war viel Wind. Deshalb kräuselte sich das Wasser nicht nur, es schlug oft Wellen. Gute Wellen.

»Ich weiß nicht, ob man das so leicht vergleichen kann«, sagte Peter.

»Vergleichen vielleicht nicht. Aber es ist doch ein bisschen ähnlich, oder?«

»Ein bisschen, vielleicht. Es geht aber um Kim, ihren Beruf. Dann geht es um mich und mein Leben. Wohin?«

Peter schaute erst jetzt auf, Max in die Augen. Der hielt dem Blick stand. Schaute zurück. Er hatte das falsch eingeschätzt. Das war nicht nur, wer zog zu wem. Peter ging es um mehr. Genau, wie er gesagt hatte, es ging um das Wohin. Das war bei ihm und Julia die Frage nicht gewesen. Sie hatten damals gewusst, sie würden bleiben, so oder so. Obwohl, bei Julia war er sich, wenn er zurückblickte, nicht so sicher. Vielleicht wäre sie gegangen. Diese Möglichkeit hatte er damals gar nicht in Betracht gezogen. Man ist egoistisch, man denkt egoistisch, dachte er.

»Ich würde gehen«, sagte Peter, »mit Kim.«

Max nickte. Vielleicht hatte er das nicht wahrhaben wollen. Aber er hatte es geahnt. Peters Weg war ein anderer. Der musste nicht irgendwo bleiben, um zu sein. Der musste seinem inneren Kompass folgen. Der lief nicht Kim hinterher, der ging, weil etwas gewesen, vorbei war.

»Wohin?«

»Du weißt genau, dass ich das nicht weiß. So sehr mir die Arbeit an der Schule Spaß macht, bin ich das noch nicht.«

»Das Schreiben?«

»Genau«, sagte Peter, »das Schreiben. Vielleicht habe ich schon viel zu lange einen Weg drum herum gesucht. Ich will mich dem stellen. Ich will. Das ist es. Das mit dem Krimi ist ein Anfang. Das läuft irgendwie. Nicht diese Sache mit dem Hopfentod, aber jetzt, konkret. Diese Fälle hier in Überlingen, der Tottaucher. Spannend, oder?«

»Ich wünsche es dir, glaube aber, du hast mehr drauf, als Krimi.«

»Danke für die Blumen. Wer weiß. Aber es ist ein guter Anfang. Da kommt alles in mir zusammen, der Journalist, der Lehrer, der Mensch. Das ist gut.«

»Mach es, Peter. Aber was ist das mit diesem Tottaucher? Schreibst du über den aktuellen Fall von Kim?«

»Ich habe mir gedacht: Warum über einen alten Fall wie den in Tettnang schreiben. Das mache ich dann vielleicht auch noch, irgendwann. Viel spannender ist, über diesen Fall, diese toten Mädchen zu schreiben. Sich zu überlegen, wie das weitergeht. Was wird passieren, findet Kim eine Spur, kommt sie dem Täter näher? Wird sie ihn stellen, verhaften, oder wie wird das laufen? Das ist spannend.«

»Aber du wolltest Kim nicht nur deshalb treffen?«

»Nein, natürlich nicht. Ich werde auch morgen kein Wort zu diesem aktuellen Fall sagen. Darum geht es mir doch nicht. Ich werde mir diesen Fall mit den toten Mädchen hier in Überlingen zu Ende denken. Da brauche ich keine Informationen aus erster Hand.«

»Klingt gut. Komm, lass uns gehen. Willst du wirklich mit zu dem Treffen mit Amelie?«

»Doch, echt. Kann nicht schaden, etwas mehr über dieses Bruderwerk zu erfahren.«

»Also gut. Wir treffen sie im sogenannten Zentralbau. Es ist wohl ausgeschildert. Anschließend habe ich sie zum Abendessen eingeladen.«

Wie sollte er Sabine finden? Diese Bürgerwehr. Sie würden patrouillieren. Er musste aufpassen. Aber es half nichts. Das Boot musste überprüft werden. Außerdem lagen die Ruder noch am See. Das fiel wohl sonst keinem auf. Aber in diesen Zeiten. Bürgerwehr und so. Wer weiß, was die alles überprüfen, dachte er. Endlich machten sie sich richtig auf die Suche. Er hatte das kommen sehen. Sie würden ihn finden. Irgendwann. Wer weiß. In seinem Kopf hatte er sich das schon zusammengedacht. Sie sollten ihn nicht finden. Durften das nicht. Erst, wenn er Sabine gefunden hatte, durften sie ihn finden. Erst dann. Aber da war sie. Was war los? Hatte sie Sabine vergessen? Konnte sie Sabine vergessen, fragte er sich. Da kam diese Frau Rothelm, und alles war anders? Das durfte nicht sein. Sie konnte doch nicht alles hinter sich lassen. Nicht nur das mit Sabine. Nicht nur ihn, der gegangen war. Auch sich. Das war doch nicht ihr Leben, so leicht, so einfach dahingelebt. Shoppen hier, einen Kaffee da. So lebten sie doch nicht.

Er würde aufpassen müssen. Aber heute Abend musste er runter an den See. Vorher wollte er noch mit Nele sprechen. Sie musste wissen, was da kam. Eigentlich genoss er seine freien Tage, so wie heute. Da konnte er machen, was er wollte. Sie war immer da. Heute war sie nicht da. Auf die Höri, zum Essen. Wieso tat ihm das weh? Wieso sollte sie das nicht erleben? Manchmal fragte er sich so. Dann stand er neben sich. Wusste nichts mehr. Konnte sich nur festhalten an irgendwas und warten. Erst wenn er dann wieder Sabine sah. Sabine mit ihren schönen blonden Locken. Wenn er sie sah am Ufer des Sees. Aber wenn er sie sah, dann kam auch gleich das Wasser, das tiefe, das dunkle Wasser. Dieses Wasser, in das sie gegangen war. Dort war sie, im Wasser, im See. Dorthin musste er. Sie suchen. Sie hatte sich verlaufen. War ins Wasser gegangen, weil sie nicht mehr weiter gewusst hatte. Aber das war ein Mal. Sie sollte doch wieder zurückkommen. Das war doch alles nicht so schlimm. Das konnte er doch ändern. Deshalb seine Suche. Die Mädchen hatten sie nicht gefunden. Sollte er wieder ein Mädchen nach unten schicken, oder sollte er doch selbst gehen. Vielleicht zusammen mit Nele. Sie würde mitgehen. Mitgehen auf die große Suche. Zusammen würden sie es schaffen. Zusammen würden sie Sabine finden. Irgendwo dort draußen im See. In diesem tiefen, dunklen Wasser. Irgendwo dort. Wenn sie zusammen gingen, würden sie Sabine finden. Was Mama machte, war nicht wichtig. Das war ihm klar geworden. Wenn sie Sabine vergessen wollte, dann sollte sie sie vergessen. Schade. Aber er würde nicht vergessen. Er würde alles tun, um Sabine zu finden.

Er packte seine Sachen zusammen. Im Kühlschrank würde er noch genug Reste finden, um ein paar fürstliche Brote zu machen. Allein der Blick in den Kühlschrank ließ ihn wieder an sie denken. Er bestrich ein Brot mit Butter, legte großzügig Lachs darauf. Ein paar Gurkenscheiben noch dazu. Das zweite vielleicht mit Rauchfleisch, Schwarzwälder, versteht sich. Er lächelte. Irgendwann hatte er eine Geschichte gehört von einem zum Tode Verurteilten. Den hatten sie zum Schluss gefragt, was er denn als Henkersmahlzeit wolle. Wenn ihr mich das vor ein paar Monaten gefragt hättet, hatte der Verurteilte gesagt, dann wäre der Raubmord gar nicht geschehen.

Für ihn stimmte das nicht. Keine Lachsbrote konnten über die Sache mit Sabine hinweghelfen. Es hatte ihnen nichts gefehlt, sagte er sich. Außer eben Sabine. Er musste die Ruder holen. Aber es sollte dunkel sein. Die Leute waren aufmerksam geworden. Das spürte er. Jede Bewegung in der Nähe des Seeufers wurde gesehen. Deshalb konnte er erst später gehen. Erst wenn es dunkel war. Aber was sollte er mit der Bürgerwehr machen? Er musste sich mehr Zeit einplanen als sonst. Die würden regelmäßig vorbeikommen. Er hatte gehört, dass sie Pfeifen hatten, um Alarm zu geben. Es durfte keinen Alarm geben. Er würde durch ein paar Gassen zum Seeufer hinunterschleichen. Sie würden sicherlich auf der Promenade unterwegs sein. Das kleine Bootshaus lag am südlichen Ende von Überlingen, hinter der Bahnlinie. Ob sie so weit gehen würden, fragte er sich.

»Das ist Peter«, stellte Max Peter vor. Amelie nickte und gab Peter die Hand. Sie hatte schon viel von dem alten Freund ihres Onkels gehört. Sie fand das faszinierend. Die beiden Männer kannten sich nun schon mehr als fünfundzwanzig Jahre. So alt war sie noch nicht mal.

»Freut mich, dich kennenzulernen«, sagte sie mit einem Lächeln.

»Du bist also die Amelie«, sagte Peter. Er schaute sich um. Das Bruderwerk. Ein guter Name, wie er fand. Eine gute Einrichtung zudem. Sie hatten zwar noch nicht allzu viel davon gesehen, aber schon allein die Anlage war beeindruckend.

»Wenn ihr Lust habt, dann führe ich euch über das Gelände. Ist ziemlich groß das Ganze«, sagte Amelie.

»Wenn ich das richtig sehe, dann geht das da hinten noch den ganzen Hang hoch«, meinte Max.

»Genau. Dort oben sind die Gewächshäuser und die Felder und Obstgärten.«

Amelie ging den beiden Männern voraus. Die schauten sich um.

»Was macht ihr hier denn alles?«, fragte Peter.

»Och, alles Mögliche. Dort drüben in den Werkstätten bauen wir Möbel und Spielzeug aus Holz. Aber wir richten auch alte Möbel wieder her. Dort hinten ist unser Laden. Dort verkaufen wir unsere Produkte, die Möbel, das Spielzeug, dazu Gemüse und Obst, je nach Jahreszeit.«

»Du scheinst dich wohlzufühlen«, sagte Max, »bist ja richtig stolz auf euren Betrieb, oder?«

»Schon ein bisschen. Es macht wirklich Spaß, hier zu arbeiten. Vielleicht mache ich da auch weiter. Wenn das Jahr rum ist, will ich mal raus in die Welt, Australien oder Neuseeland, ich weiß noch nicht so genau. Aber dann, vielleicht ein Studium, Agrarwirtin oder Pädagogik, irgendwas in die Richtung.«

»Das sind aber zwei Richtungen«, merkte Peter an.

»Aber beide Richtungen würden eventuell wieder hier her führen«, antwortete Amelie.

Max war stehengeblieben. Er drehte sich um und schaute hinunter auf den See. Von hier hatte man einen herrlichen Blick bis hinüber nach Konstanz.

»Toll, das Wetter. Das lässt Ausblicke zu«, sagte er.

Auch Peter und Amelie blieben stehen und sahen hinunter.

»So ein kleiner See, könnte man denken, wenn man von hier nach unten schaut«, sagte Max.

»Ein kleiner See mit drei toten Mädchen«, sprach Peter leise vor sich hin.

»Ist diese Kim Lorenz deine Kim Lorenz?«, fragte Amelie.

»Ja.«

»Ich glaube, sie kommen nicht richtig weiter. Man hört oder liest auch so wenig. Das kann doch eigentlich nicht sein!«

»Ich weiß auch nicht. Morgen treffe ich sie. Bin mal gespannt, wie die Ermittlungen stehen«, sagte Peter.

Max legte den Arm um Amelie und schlug wieder den Weg bergan ein.

»Sie wird ihn schon dingfest machen, da bin ich sicher«, sagte er.

»Was ist denn mit deinen Haaren passiert?«, fragte Peter.

»Ach, da hat sich jemand einen Spaß erlaubt, glaube ich«, antwortete Amelie.

»Hast einen heimlichen Bewunderer?«, fragte Max.

»Wahrscheinlich. Aber ich glaube, ich weiß wer das war.

Zumindest habe ich eine Vermutung. Das wird dieser seltsame Heinz gewesen sein«, sagte Amelie.

»Einfach eine Locke abgeschnitten.«

Peter ging langsam hinter den beiden her.

Eine Locke. Das kann nichts oder viel bedeuten, dachte er.

»Täter oder Bewunderer«, sagte Peter, »wie heißt denn dieser seltsame Heinz?«

»Jetzt geht aber der Krimiautor mit dir durch!«, sagte Max.

»Der Heinz heißt Herder. Wohnt hier in Überlingen und arbeitet bei uns. Schreibst du Krimis?«, fragte Amelie.

»Ich versuche mich darin«, antwortete Peter. Heinz Herder. Warum fand er das so seltsam, dass jemand einem Mädchen die blonden Locken abschnitt? Ging da seine Fantasie mit ihm durch? Er musste Kim morgen fragen, ob den toten Mädchen auch Haare abgeschnitten worden waren. Kim würde ihn auslachen. Da war er sich sicher. Aber manchmal war ein wenig mehr Fantasie halt auch hilfreich. Er musste noch mehr über das Motiv dieses Mörders nachdenken. Wieso versenkte einer drei Mädchen im Bodensee? Wie sollte er sich diesen Täter vorstellen? Er überlegte, ob er Amelie nach diesem Heinz fragen sollte. Wie alt? Wie sah er aus? Was war das für ein Typ? Aber er entschied sich dagegen. Er würde Kim diesen Namen nennen. Eine Überprüfung konnte nichts schaden.

»Wie?«, fragte er. Ganz in Gedanken hatte er Amelie nicht zugehört.

»Na, dann schreib mal über den Tottaucher«, habe ich gesagt, »drei tote Mädchen, das bringt doch Auflage, oder?«

Die Männer lachten. So war das. So dachte man. Drei tote Mädchen und schon würden viele Menschen einen solchen Krimi kaufen. Wahrscheinlich stimmte das sogar.

Sollte er das als seinen ersten Fall nehmen? Die drei toten Mädchen am Überlinger Seeufer. Wie würde Kim den Fall lösen, fragte er sich. Offensichtlich hatte die Polizei noch nicht viel vorzuweisen. Auch diese Bürgerwehr war kein gutes Zeichen. Er war gespannt, was sie ihm morgen erzählen würde. Obwohl, sie erzählte nicht so gerne von ihren Fällen. Schon gar nicht, wenn er einen Krimi daraus machen wollte. Dann schon gar nicht.

»Das sind unsere Gewächshäuser«, sagte Amelie und zeigte auf eine Reihe von Glashäusern, die ziemlich leer aussahen. Sie bemerkte die fragenden Blicke der Männer.

»Da ist jetzt, zu dieser Jahreszeit, natürlich nicht viel los«, erklärte sie, »nur ein wenig Wintergemüse, Rüben, Pastinaken und Topinambur. Die verkaufen wir gut in den Wintermonaten. Die Leute wissen das wieder zu schätzen. Eigentlich wie früher.«

»Stimmt«, sagte Max, »wir hatten immer eine Sandkiste im Gewölbekeller, da waren auch Rüben und so was drin.«

Auch Peter erinnerte sich. Zumindest bei seinen Großeltern hatte auch eine solche Kiste gestanden. Er hatte diese Gemüse nie so richtig gemocht. Das hatte aber vielleicht auch an der Zubereitungsweise gelegen. Diese einfache schwäbische Küche. Eine Mehlschwitze, dann die Rübenschnitzel rein. So hatten sie ihm schon als Kind die Lust auf Gemüse verdorben. Das hatte alles gleich geschmeckt. Erst später, in seiner Studienzeit, hatte er in seiner ersten WG wieder Geschmack daran gefunden. Das waren diese gesunden Jahre gewesen, da war es losgegangen mit Körnern und viel Gemüse in der WG-Szene. Sein Schnitzel musste man sich da schon manchmal heimlich machen, von Pommes ganz zu schweigen. Er musste lächeln. Vielleicht sollte er keinen Krimi sondern eine Geschichte des Essens schreiben. Seine Biographie allein anhand der Gerichte. Der erste Spinat, Rote Beete, Kohlrabi und so weiter. Er konnte sich gut an die Geschichten erinnern, die ihm seine Eltern immer wieder erzählt hatten. »Was war das für eine Sauerei gewesen, Peter, damals dein erster Spinat!«, konnte sein Vater immer wieder lachend zum besten geben. Später hatte auch er drüber lachen können. Aber als Jugendlicher fand er es nicht so witzig, wenn sein Vater diese Anekdote zum Besten gab. Wann hatte er sich eigentlich zum ersten Mal etwas selbst gekocht? Bestimmt an einem dieser Sonntage, er dürfte so etwa fünfzehn gewesen sein. Als er nicht mehr zum sonntäglichen Ausflug mitmusste. Es war ein Omelette gewesen, ein Omelette mit Champignons. Genau. Diese Freude, sich selbst etwas so Leckeres zu kochen, spürte er jetzt noch. Hinterher dann die Küche aufräumen, damit die Mutter keinen Grund für Beanstandungen hatte.

»Kannst du dich noch erinnern, wann du dir zum ersten Mal etwas selbst gekocht hast?«, fragte er Max.

Der schaute ihn überrascht an. Man musste bei Peter mit solchen Fragen immer mal rechnen. Hoffentlich schreibt der bald seinen Krimi, dachte Max, dann kann er seine wirren Gedanken in Worte fassen und aufschreiben.

»Lass mich überlegen«, antwortete er ihm.

»Das ist gar nicht so einfach«, sagte Peter, »also, überleg mal. Und du, Amelie, wann hast du zum ersten Mal was selbst gekocht?«

Amelie musste lächeln. Was waren denn das jetzt für Themen. Zuerst fragte dieser Peter nach Heinz, dann sollte sie erzählen, wann sie sich das erste Mal was selbst gekocht hatte. Ihr wurde fast ein wenig schwindelig. Was nun? Serienkiller oder Selbstgekochtes, fragte sie sich.

»Keine Ahnung«, bemerkte sie lapidar, »ist das irgendwie wichtig?«

»Nein, wichtig ist das eigentlich nicht«, sagte Peter.

»Aber halt elementar«, meinte Max.

»Was soll das jetzt heißen?«, fragte Amelie.

Die beiden Männer lachten. Wieder war ihnen mal jemand auf den Leim gegangen. Sie hatten schon eine gewisse Technik entwickelt, durch solche abstruse Ansätze Menschen in den Wahnsinn zu treiben. Julia konnte ein Lied davon singen.

»Habt ihr mich jetzt verarscht, oder was?«, fragte Amelie entrüstet.

»Nicht wirklich«, sagte Max, »vielleicht ein bisschen auf den Arm genommen. Das machen wir manchmal ganz gerne.«

Peter schmunzelte. Es klappte doch immer wieder ganz gut. Einfach mal so einen kleinen Gedanken schnappen und schon rauchten die Köpfe.

Sie waren schon am Abschluss der Promenade angelangt. Hier war das Ende der Touristenstrecke. Der Weg wurde schmaler und die Beleuchtung hörte auch auf. Die beiden Männer hatten ihre Taschenlampen eingeschaltet und leuchteten den Uferstreifen ab.

»Wieso soll der sich denn verstecke?«, fragte Karl Schnell seinen Kollegen. Er mochte dieses übertrieben Vorsichtige nicht. Dieser Dieter Wünsche machte ihn ganz nervös. Hinter jeder Häuserecke vermutete er den Täter. Also leuchtete der mit seiner Taschenlampe auch jeden Winkel aus.

»Der wird jetzt grad dohanne nasitze ond warte, dass mir ihn anleichtet«, sagte Schnell.

»Aber sei kennts«, gab Wünsche zurück.

Langsam gingen sie den Weg entlang. Bisher hatten sie Glück, zwar hingen dunkle Wolken über dem See, aber der

Regen ließ noch auf sich warten. Wäre gut, trocken zurück in den Ochsen zu kommen, dachte Schnell. Aber etwas anderes ließ sich nun nicht mehr lange zurückhalten. Es war ihm irgendwie peinlich, aber er musste dringend eine gewisse Örtlichkeit aufsuchen.

»Du, i sollt mal wo na«, sagte Georg Schnell.

»Ja und?«, fragte Wünsche.

»I würd gschwend zricklaufe, zo dem Café gange. No wartsch halt gschwend«, sagte Schnell.

»Isch guet, no setz ich mi derweil auf die Bank dort.«

Georg Schnell ging zurück in den beleuchteten Teil der Uferpromenade. Bis zu diesem Café waren es nur wenige Minuten. Serienmörder hin, Serienmörder her, das ging nun nicht anders.

Dieter Wünsche machte es sich inzwischen auf der Bank gemütlich. Die Temperatur war gerade so, dass man gut sitzen konnte, ohne zu frieren. Er holte seinen Tabak aus der Tasche und drehte sich eine. War schon eine spannende Angelegenheit, so eine Streife. Zusammen mit dem Filter drehte er die Zigarette fertig. Das passte jetzt gut, dachte er, der Schnell mochte es nicht, das Rauchen. Dabei gehörte das doch zu dieser Spannung dazu. Das war doch wie in den Krimis. Dem Mörder auf der Spur steckte sich der Kommissar eine an, blies den Rauch langsam in den Wind und lauschte. Auch Wünsche lauschte. Da war irgendwas gewesen. Dort links, ein Geräusch wie ein Rutschen. Als ob jemand an der Uferböschung abgerutscht wäre. Er stand auf, warf seine Kippe in den Mülleimer bei der Bank und ging auf das Geräusch zu. Hier war der Uferstreifen sehr schmal. Ein paar Büsche verdeckten ihm die Sicht. Er leuchtete mit seiner Lampe in einen der Büsche. Da hatte sich doch etwas bewegt. Da lag doch etwas Längliches im Gras auf dem Boden. Das sah aus wie Ruder. Er ging noch einen Schritt nach vorne.

»Hallo, ist da jemand?«, rief er halbherzig in die Dunkelheit.

Hinter dem Busch kam etwas hervor. Wünsche erschrak. Seine Taschenlampe fiel ihm aus der Hand.

»Halt stehenbleiben«, rief er noch. Dann traf ihn ein Ruder am Kopf. Er sank zu Boden. Man sah wirklich Sterne, dachte er noch, als ihn die Bewusstlosigkeit überkam.

So fand ihn Georg Schnell, der wenige Minuten später von seinem Toilettengang zur Bank zurückgekehrt war. Zuerst hatte er sich gewundert, dass Wünsche nicht mehr auf der Bank saß. Dann hatte er die qualmende Kippe im Mülleimer gerochen. Dieser Wünsche. Konnte es nicht einmal eine Stunde aushalten ohne das Teufelszeug. Er hatte nach ihm gerufen, war noch ein paar Meter weiter das Ufer entlanggegangen. Dort hatte er ihn dann gefunden. Mit ein paar Ohrfeigen war Wünsche dann wieder ins Leben zurückgekehrt. Auf seiner Stirn zeigte eine große Beule, die sich langsam blau und rot färbte, dass er Feindkontakt gehabt hatte.

»Wünsche, he, Dieter«, rief ihn Schnell an und schüttelte ihn.

Dieter Wünsche machte langsam die Augen auf. Was war das denn gewesen? Auf jeden Fall etwas aus Holz, das hatte er noch erkannt. Dann waren die Sterne gekommen.

»Mensch, Georg, des war was. Soviel Schtern«, sagte Wünsche leise.

»Schtern?«

»Und weh hats au doe.«

»Wer war des denn?«, fragte Schnell. Er hatte die Trillerpfeife schon in der Hand. Womöglich war Wünsche auf den Mörder getroffen. Er pfiff, so laut er konnte. Jetzt würde sich zeigen, ob das Alarmsystem funktionierte.

»Komm, i leg dir mein Kittel onder da Kopf«, sagte er zu

Wünsche, der noch nicht ganz bei sich war. Er schob ihm die dicke Jacke zusammengerollt ins Genick.

»Hasch denn jemand gsehe?«

»Net wirklich. Do war eine Bewegung und dann Holz«, sagte Wünsche.

»Holz?«

»Ja, Holz. A Ruder, glaub i.«

Inzwischen waren ihnen einige Kollegen zu Hilfe geeilt. Natürlich hatte das mit dem Pfeifen nur begrenzt funktioniert. Letztendlich hatten die Anwohner im Ochsen angerufen und die Bürgerwehrleute alarmiert. Wünsche wurde auf eine mitgebrachte Trage gelegt und Richtung Ochsen getragen. Fritz Dapf sorgte dafür, dass nicht allzu viel Aufhebens um diesen Vorfall gemacht wurde. Er war sich noch nicht im Klaren, ob er der Polizei überhaupt gleich Meldung machen sollte, obwohl das so abgemacht war. Er ging schnellen Schrittes neben der Trage her.

»Hast du was gesehen. Hast du ihn gesehen?«, fragte er Wünsche.

»Bloß Holz. Der isch aus de Büsche komme. Dann Holz«, stammelte Wünsche vor sich hin.

Der war offensichtlich noch nicht Herr seiner Sinne. Dapf überlegte, was zu tun war. Mit dieser Aussage Wünsches würden sie sich bei der Polizei eher lächerlich machen. Das wollte gut überlegt sein, das Wann und das Was. Er hatte seine Leute losgeschickt. Sie sollten diesen Teil des Seeufers nochmal genau unter die Lupe nehmen. In Dreiergruppen, um ganz sicher zu gehen. Vielleicht fanden sie was. Falls nicht, dann würde er gleich morgen früh dieser Hauptkommissarin Meldung machen. Die konnte sich dann den Kopf zerbrechen, was aus diesem Vorfall zu machen war.

Er war grade nochmal davongekommen. Wieso musste dieser Typ von der Bürgerwehr dort auf dieser Bank sitzen? Er hatte nach beiden Richtungen geschaut. Ihm war nichts aufgefallen. Erst als er die Ruder über den Boden zog, bemerkte er zuerst das Geräusch, dann die Bewegung auf dem Uferweg. Er konnte sich noch hinter dem Busch verstecken. Aber der andere durfte nicht näher kommen. Als der seine Lampe vor lauter Schreck fallen ließ, schnaufte er erstmal durch. Er konnte aber in dem Busch nicht sitzenbleiben und darauf warten, dass ihn der andere entdeckte. Was hätte er anderes tun können. Er nahm das Ruder und schlug dem anderen ins Gesicht. Er hatte ihn wohl voll an der Stirn getroffen, denn der andere ging wie ein gefällter Baum zu Boden. Aber er hatte keine Zeit gehabt, nach ihm zu schauen. Er musste schleunigst seine Ruder schnappen und sich in Sicherheit bringen. Warum hatte er die auch am See liegen lassen. So langsam wurde er leichtsinnig. Nur weil es einfacher war, das Boot ohne die langen Ruder ins Bootshaus zu ziehen, hatte er sie im Dickicht am Ufer versteckt. Er hatte sich überhaupt nichts dabei gedacht. Erst später war ihm sein Fehler klar geworden. Fühlte er sich schon so sicher? Denkste, das hatte der Abend gezeigt. Wie sollte er mit seinem Glück umgehen. Das Seeufer war sehr unsicher geworden. Viel weiter konnte er mit seinem Ruderboot nicht fahren. Schon Sipplingen war sehr anstrengend gewesen. Sie? Er hatte ihr eine Locke auf den Nachttisch gelegt. Die würde sie heute Abend sehen. Er hoffte, sie würde begreifen, was er tat. Aber er ahnte, dass sie es nicht gut finden würde. Er hatte diesmal kein Mädchen auf die Suche geschickt. Diesmal hatte er sie betrogen. Amelie hatte nichts gemerkt. Bei der Besprechung war er gleich zu Anfang an ihr vorbeigegangen, mit seiner Jacke über dem Arm, darunter die Schere. Schnipp, schnapp, schon war die Locke ab. Er hatte das ganz professionell gemacht. Keiner hatte was gemerkt. Sie würde nur die Locke sehen. Würde er ihr sagen, was das mit den Locken sollte? Wenn das mit dieser Frieda so weiterging, dann würde sie sich wohlfühlen, ohne Sabine. Das konnte doch nicht sein. Er konnte sich ihre Frage morgen schon jetzt stellen. Was würde er ihr dann sagen? Würde sie verstehen, was er tat, was er getan hatte? Warum lief das jetzt so? Er hatte noch ihren freudigen Gesichtsausdruck vor Augen an dem Abend. Voller Stolz war sie hinter dem gedeckten Tisch gestanden. Aber in ihrem Blick war nicht nur Freude gewesen, sondern auch etwas Neues, wie vorbei. Als ob sie von dem, der gegangen war und Sabine endlich Abschied nehmen wollte.

Ein Sonntagmorgen. Wieder so ein Sonntagmorgen. Kim Lorenz schaute aus dem Fenster ihres Pensionszimmers. Dort hinten war der See. Es war ihr See inzwischen. Nicht, dass sie nun schon Ewigkeiten an diesem Gewässer verbracht hatte, aber irgendwie spielte dieser See, dieser Bodensee, von dem man nicht mal recht wusste, woher er seinen Namen wirklich hatte, eine immer größere Rolle in ihrem Leben. Wieso, fragte sie sich. Nur, weil sie hier nun schon eine ganze gute Zeit ihres Lebens verbracht hatte? Eine ganze gute Zeit. Das war es für sie gewesen, als das mit Peter noch gut lief. Das lief nun nicht mehr so gut. Wenn sie jetzt auf das Wasser schaute, dann spielte es mit den Gedanken in ihrem Kopf. Das Wasser. Für sie war es immer Unsicherheit gewesen. Sie wusste nicht so richtig warum. Sie war kein Wassermensch. Sie schwamm hin und wieder. Aber sonst schaute sie lieber hinaus auf die Wellen, genoss beim mittäglichen Kaffee das Glitzern, die kleinen Blitze. Deshalb war es so wichtig gewesen, damals, dass Peter dagewesen war. Der Fall in Gaienhofen. Auch eine junge Frau, die im See ums Leben gekommen war. Eine junge Frau, die so vieles von dem, was sie selbst schon erlebt hatte, noch vor sich gehabt hatte. Herausgerissen aus einem Leben, das noch so viele Offenheiten gehabt hätte. Offenheiten? Sie sagte das so. Für sie war Leben immer eine offene Sache, immer etwas, das nach mehr verlangte. Sie wollte sich nie mit dem zufrieden geben, was Halt gemacht und gelebt wurde. Warum auch, es gab immer einen Schritt, den man weitergehen konnte. Vielleicht deshalb das mit Peter. Er war nicht so. Aber er war ähnlich. Sie musste lächeln. Das war gut. Sie spürte das. Wieso spürte sie das? Weil sie zusammen am Seeufer gesessen hatten. Sie war ziemlich niedergeschlagen gewesen, weil der Fall so ungut für sie ausgegangen war. Sie wusste noch, was sie damals gesagt hatte: Manchmal hasse ich diesen See. Sie hatte das so richtig aus dem Bauch raus gesagt. Es war ihr danach gewesen. Aber dann hatte Peter gesagt: Der See kann nichts dafür. Und er hatte recht gehabt. Denn der See konnte wirklich nichts dafür. Er konnte auch in diesen Fällen am Überlinger Ufer nichts dafür. Er war ja nur das Wasser. Er bot nur sozusagen den Raum für einen, der dort junge Mädchen versenkte. Hatte sie, oder hatten sie und Christina das richtig eingeschätzt? Stimmten ihre Annahmen? Diese Fragen flogen ihr durch den Kopf. Es war so wenig, das sie für einen kleinen Ansatz hatten. Konnte sie das denn vertreten, einer so schmalen Spur zu folgen? Schließlich leitete sie die Ermittlungen. Aber trotz der guten Besprechung mit Brettschneider fühlte sie eine Unsicherheit in sich. Sie wusste nicht, warum das so war. Denn sie konnte sich nichts vorwerfen, keinen Fehler in ihrer Ermittlungsarbeit erkennen. Mit ein wenig Glück würden sie ihr Muster erstellen können, wer war wann wo, dienstags, gegen Abend. Sie mochte das nicht. Glück. Was hatte Glück mit ihrem Job zu tun. Mit ihrem Beruf, verbesserte sie sich. Da spielte ihr Inneres so ein kleines Spiel mit ihr. Das eine war der Job, den man halt machte, das andere war der Beruf, der dann so in ihr Leben eingriff. Es war eben kein Job. Der Einsatz war hoch. Da bist du und drei tote Mädchen. Dann sollst du diejenige sein, die den Mörder findet. Wenn der denn zu finden war. Sie hätte in den Fensterrahmen beißen können. Das gab es doch nicht. Keine vernünftigen Spuren, keine Örtlichkeiten, nichts, wo man was festmachen konnte. Was sollte ihr Ermittlerhirn denn tun? Manchmal dachte sie, das ist eigentlich genau wie ein Computer. Du hörst dir Ermittlungsergebnisse an, machst Notizen, sammelst Eindrücke und fasst dann das Ganze zusammen. Wenn aber diese Daten nicht eingespeist wurden, dann konnte sie denken und denken, und es half nichts. Sie hatte sich das immer und immer wieder überlegt. War da irgendwo ein Fehler? Hatten sie vielleicht doch etwas übersehen? Sie glaubte es nicht. Wollte es einfach nicht glauben. Es musste dieser Dienstag sein. Und wenn dieser Dienstag dann kam? Wenn es wieder passieren würde. Das würden sie nicht einmal wissen. Vielleicht ein paar Tage später, wenn wieder ein junges Mädchen als vermisst gemeldet wurde. Sicher war das auch nicht. Das konnte auch jemand von auswärts sein, dann dauerte das.

Sie zog sich an. Mit Christina würde sie am Vormittag telefonieren, das hatten sie ausgemacht. Peter hatte sie angerufen, dass sie sich nachmittags treffen könnten. Sie wollte das. Ermittlungen, Ermittlungen, das mit Peter war sie. Was waren Ermittlungen dagegen. Sie hatte ihr Handy. Wenn was war, würde sie angerufen werden. Sie hatte Peter zugesagt. Ihr Handy klingelte.

»Lorenz«, meldete sie sich.

»Frau Lorenz, ich habe Ihre Nummer von Herrn Brettschneider. Mein Name ist Gerda Viersching-Lukas, ich bin Yoga-Lehrerin hier in Überlingen.«

»Hallo, Frau Gerda«, sagte Kim Lorenz, die sich den Doppelnamen nicht hatte merken können.

»Ja. Hallo. Also, ich komme gerade heute von einem Lehrgang aus Berlin zurück und lese von diesen toten Mädchen.«

»Ja und?«, fragte Kim Lorenz nach.

»Eine war in einem von meinen Kursen, glaube ich. Die Pia Schramm, ich habe ihre Mutter angerufen. Das ist sie, wahrscheinlich.«

»Wo haben Sie Ihre Yoga-Schule? Hier in Überlingen?«

»Ja, der Kurs ist immer dienstags um 19 Uhr.«

»Könnten Sie bei uns im Kommissariat vorbeikommen und das zu Protokoll geben? Vielleicht heute im Laufe des Tages. Am Nachmittag?«

»Gerne.«

»Sagen wir gegen vierzehn Uhr?«

»Kann ich einrichten. Bis denne.«

»Ja, bis dann.«

Kim Lorenz drückte auf Rot. Nur ein einziger Anruf, und die ganze Ermittlung hatte plötzlich ein Fundament. Der Dienstag. Tatsächlich der Dienstag. Doktor Martin hatte den richtigen Riecher gehabt. Sie musste Christina anrufen. Dieser Dienstagtermin musste unbedingt gesichert werden. Da durfte nichts passieren. Sie brauchten Leute, die am kommenden Dienstag diese beiden Kurse beobachteten. Vielleicht schlug der Mörder ja wieder zu. Vielleicht. Sie verdrängte den Gedanken, dass das zu schön wäre, um wahr zu sein. Aber es war doch eigentlich so. Konnten sie ihn fassen? Bisher war das dieses Stochern im Nebel gewesen, die Suche, eine Suche, die gar nicht so richtig wusste, wonach sie denn suchen sollte. Jetzt hatten sie einen Anhaltspunkt, einen Anfang. Mit einem entsprechenden Personaleinsatz würden sie das abdecken können. Vorsichtig, sagte sie sich, vorsichtig mussten sie vorgehen. Nur mit den besten Leuten. Wenn dieser Täter was merken würde, wäre es vorbei. Sie hatten nur einen Strohhalm. Sie musste Peter anrufen. Heute ging das erst später. Aber er wollte sicherlich zurück auf die Höri. Die Aussage dieser Yoga-Lehrerin konnte auch Christina aufnehmen. Die sollte die Stellung halten. Das Gespräch mit Peter war wichtig. Sie nahm ihr Handy und drückte seine Nummer. Die beiden waren bestimmt noch in ihrem Hotel beim Frühstück.

»Kim?«, sagte Peter am anderen Ende.

»Ja, ich bin es«, sagte Kim.

»Was ist? Klappt das bei dir um halb drei?«

»Es könnte ein bisschen später werden. Ich muss noch auf dem Kommissariat vorbei. Wir haben vielleicht eine Spur.«

»Geht in Ordnung. Dann eben um drei. Beim Brunnen. Okay?«

»Alles klar. Dann um drei beim Brunnen.« Kim Lorenz drückte auf Aus. Dieser Brunnen war eines der neueren Wahrzeichen Überlingens. Ein Schandfleck für die einen, erheiternd für die Humorvollen und ein Kunstwerk für die Kunstbeflissenen. Der Künstler hatte Überlinger Bürger mit seinen Brunnenfiguren abgebildet, die sich nicht gerade vorteilhaft getroffen fanden.

Sie nahm ihr Handy und drückte auf Christinas Nummer. Es tutete ein paar Mal am anderen Ende. Vielleicht war sie in die Kirche gegangen, überlegte die Hauptkommissarin. Sie wusste allerdings nicht, ob Christina Hahn sich zu den sonntäglichen Kirchgängern zählte. Sie wusste noch so vieles nicht von der jungen Kollegin. Es war beinahe halb zehn. Als sie gerade auf aus drücken wollte, nahm Christina ab.

»Hahn? Ach, du bist es, jetzt sehe ich erst die Nummer. Hallo Kim.”

»Hallo Christina. Wir haben eine interessante Information. Vorhin hat mich eine Yoga-Lehrerin angerufen. Eins der Mädchen war in ihrem Dienstagskurs, um 19 Uhr. Pass auf, ich habe die Frau auf halb drei ins Kommissariat bestellt. Aber ich selbst habe um drei ein wichtiges Treffen am See. Könntest du den Termin für mich übernehmen. Die Aussage zu Protokoll nehmen, Personalien und so. Wir könnten uns vielleicht um zwei treffen. Das Ganze mal durchsprechen. Was meinst du?«

»Kann ich machen. Ich bin zwar zum Mittagessen eingeladen, aber hier in Überlingen isst man bürgerlich früh, gegen zwölf.«

»Oh, eine Einladung. Wie heißt der junge Mann?«

»Von wegen«, lachte Christina, »ich bin immer sonntags bei meinen Eltern eingeladen. Damit ich mal wieder was Gescheites esse, meint meine Mutter immer.«

»Ach so. Dann kannst du rechtzeitig im Kommissariat sein?«

»Übrigens, hast du schon von dem Vorfall gestern Abend bei der Bürgerwehr gehört?«

»Was für ein Vorfall? Von wem bitte schön soll ich das heute Morgen schon erfahren haben? Was war los?«

»Die haben wohl jemanden aufgeschreckt, so gegen halb elf und elf. Derjenige hat einen der Bürgerwehrler mit einem Ruder niedergeschlagen!«

»Und?«

»Der hat nun eine gehörige Beule am Kopf. Ich habe mal jemanden von der Spurensicherung hingeschickt. Vielleicht gibt es noch Spuren. Aber versprich dir nicht zu viel davon. Die anderen Bürgerwehrler haben noch gestern Nacht das Ufer abgesucht.«

»Na dann. Wer leitet denn diese Bürgerwehr?«

»Fritz Dapf.«

»Bestell doch den auch noch heute am späten Nachmittag aufs Kommissariat. Der soll uns mal genau erzählen, was da passiert ist.«

»Geht in Ordnung. Dann bis später. Tschau!«

»Tschüs. Und guten Appetit!«

Kim Lorenz legte auf. Irgendetwas essen sollte sie auch noch.

Sie wusste nicht, wo er hingegangen war. Meistens sagte er ihr nichts. Unter der Woche wusste sie, dass er zur Arbeit ging. Aber heute, an einem Sonntag. Was er wohl vorhatte? Vielleicht ging er mit einer seiner Freundinnen am See spazieren. Das hatten sie damals auch gemacht. Damals. Vor allem jetzt im Herbst hatte das seinen Reiz. Durch die unbelaubten Bäume konnte man mehr vom Ufer sehen als sonst. Er hatte ihr wieder eine Locke auf ihren Nachttisch gelegt. Wieder blond, eine große Locke. Sie verstand das immer noch nicht, traute sich aber nicht zu fragen. Wenn er wieder nach Hause kam, würde sie mit ihm sprechen. Nicht wegen der Locken. Wahrscheinlich würde ihm das peinlich sein. Aber wegen seiner Freundinnen wollte sie mit ihm reden. Er sollte doch mal eine mitbringen. Man könnte doch gemeinsam was unternehmen. Vielleicht würde sie Frieda im Sommer sogar alle drei zu einem Ausflug mitnehmen. Das musste sie Frieda mal fragen. Sie könnten am See entlangfahren, vielleicht nach Radolfzell oder noch weiter nach Stein am Rhein, auf die Schweizer Seite. Zum Essen würden sie aber wieder zurückfahren. Die Frieda hatte ihr erzählt, wie sündhaft teuer das Essen in der Schweiz war. Sie würden schon einen schönen Gasthof auf der deutschen Seite finden. Ein gemeinsames Mittagessen, die Frieda und sie mit ihrem Sohn und dessen Freundin. Ob das für die Frieda nicht vielleicht zu viel war? Es klingelte. Sie ging an die Tür. Wer konnte das denn sein so früh am Sonntagnachmittag. Auf dem Weg schaute sie sich kurz im Spiegel an. Das ging. Sie öffnete die Tür.

»Guten Tag, Frau Herder, mein Name ist Kim Lorenz, ich bin von der Kriminalpolizei in Konstanz.«

»Guten Tag. Kriminalpolizei? Um Himmels Willen ist was mit dem Jungen?«

»Nein, seien Sie ganz beruhigt. Aber ich bin wegen Ihrem Sohn da. Ist er denn nicht zu Hause?«

»Der ist weggegangen. Aber kommen Sie doch rein«, sagte sie, drehte auf dem Absatz um und ging der Polizistin voraus ins Wohnzimmer.

Kim Lorenz schaute sich um. Sie glaubte sich in die Siebziger Jahre versetzt. Wenn jetzt noch ein alter Nierentisch im Wohnzimmer stand, würde sie das fast glauben. Allein schon die Hutablage und die kleine Kommode darunter waren Stücke für ein Wohnmuseum. Aber alles war wohlgeordnet und pieksauber. Als ob die Zeit hier stehen geblieben war. Sie ging der Frau hinterher. Ihre grauen Haare hatte sie in einem Dutt zusammengesteckt. Sie schätzte die Frau auf etwa sechzig. War schwer zu sagen, dachte sie. Der Gang war jünger, aber das Gesicht war, wie man so sagt, vom Leben gezeichnet. Diese Frau hatte schon einiges durchgemacht. Kein leichtes Leben war das wohl gewesen. Dazu hatte einfach das Geld gefehlt, das ließ sich leicht erkennen. Sie setzte sich auf eine einladende Handbewegung von Frau Herder in einen der Sessel. Etwas überrascht stand sie gleich wieder kurz auf. Es waren nur die alten Sprungfedern, die ihr ins Gesäß gedrückt hatten. Sie setzte sich wieder. Versuchte zu lächeln.

»Darf ich Ihnen etwas anbieten, einen Sprudel vielleicht?«

»Danke, sehr nett, aber nein«, sagte die Hauptkommissarin, »Sie wissen also nicht, wo Ihr Sohn ist? Oder sein könnte?«

»Nein, des tut mir leid. Er sagt mir immer nicht, wo er hingeht. Wahrscheinlich ist er mit seiner Freundin unterwegs. Gegen Abend wird er schon heimkomme. Des macht er immer.«

»Hat ihr Sohn denn ein Boot, Frau Herder?«

»Der Heinz, ein Boot. Ich bitt Sie, von was denn? Mir kommet grad mal so durch mit meiner Frührente und seim Lohn. Sie sehens ja.«

Frau Herder zeigte mit einer Handbewegung in den Raum. Das sah man wirklich. Hier war Schmalhans Küchenmeister und Einrichter, wie man so sagte. Kim Lorenz hatte noch nichts Vergleichbares gesehen. Sicherlich war sie schon in mancher Messi-Wohnung gewesen, in der es schlimm aussah. Aber das waren Menschen gewesen, die das durch Vernachlässigung so hatten werden lassen. Aber hier war alles sauber und gepflegt.

»Und die alte Hütt von meim Vater isch sicher inzwischen zsammegfalle.«

»Eine Hütte, am See?«

»Scho am See. Aber alt halt.«

»Wo denn, Frau Herder?«

»Ziemlich weit seeabwärts, Richtung Unteruhldinge. Ganz verschteckt. Ich glaub, ich würd se gar nemme finde. Aber der Schlüssel hängt noch drauße am Brett, glaub ich.«

Sie stand auf und ging in den Korridor hinaus. Nach wenigen Augenblicken stand sie schon wieder in der Tür und hielt einen alten Schlüssel in der Hand hoch.

»Na bitte, des Haus verliert nix«, sagte sie stolz, »der

Heinz könnt Ihne die Hütte vielleicht zeige. Der war oft mit seim Großvatter dort unte. Do hot der au noch a Boot ghabt.«

Kim Lorenz bewunderte die Frau, die erst jetzt so langsam in den Bodenseedialekt hineinrutschte. Sie hatte ihr Hochdeutsch lange durchgehalten.

»Kann er Sie denn arufe?«

»Mich? Der Heinz? Ja sicher. Ich lasse Ihnen am besten meine Karte da. Wäre gut, wenn er sich gleich meldet, wenn er heimkommt, gell«, sagte die Hauptkommissarin und schaute der Frau in die Augen.

»Wisset Se, er hat halt immer a Freundin. Ond«, sie rutschte auf dem Sofa ein Stück näher an Kim Lorenz heran, »ond er legt mir immer eine Locke auf den Nachttisch, wenn er eine neue hat.« Voller Stolz über den bei den Frauen so erfolgreichen Sohn schaute Frau Herder die Hauptkommissarin an.

»Ond immer blonde«, sagte Frau Herder noch.

»Locken? Auf Ihren Nachttisch?«

»Nett, gell. So weiß ich immer, wenn er eine neie hat.«

Kim Lorenz überlegte. Sie hatte etwas vergessen. Sie hatte sogar etwas ganz Wichtiges vergessen. Was hatte ihr Peter außer dem Namen am Telefon noch gesagt? Sie sollten die Leichen der Mädchen untersuchen, ob Haare abgeschnitten worden waren. Das hatte sie vergessen. Wenn man sich auch nicht von allem eine Notiz machte, fluchte sie innerlich. Sie konnte sich zwar nicht vorstellen, dass da etwas dran war. Welcher Serientäter würde schon seiner Mutter die Locken seiner Opfer auf den Nachttisch legen? Aber sie mussten das auf jeden Fall überprüfen. Sie musste schnellstens ins Kommissariat und mit Christina sprechen. Sie stand auf. Nach einem kräftigen Händedruck verabschiedete sie sich von Frau Herder.

»Sie denken bitte dran. Er soll anrufen, gell. Es könnte

wichtig sein«, sagte sie schon unter der Tür. Frau Herder drückte mit einem Ruck die Wohnungstür zu.

Wichtig, wieso war das plötzlich so wichtig. Sie musste die Frieda anrufen und fragen, was denn los war. Sie hatten doch keine Zeitung und den Fernseher schaltete sie nur selten ein.

Das war verdammt riskant, was er hier machte. Das war ihm klar. Aber er hatte sich das genau überlegt. Jetzt am Nachmittag war an dieser Uferstelle wenig los. Die meisten der Touristen oder Ausflügler kamen sowieso nicht so weit. Die spazierten über den Landungsplatz am Brunnen vorbei. Dieser Brunnen. Er fand den toll. Endlich mal was anderes, hatte er gedacht, als sie damals den Brunnen enthüllten. Er kannte die Geschichte vom Ritt über den Bodensee zwar nicht. Aber der Reiter und die Figuren drum herum, die gefielen ihm. Er hatte sogar mal versucht, auch so eine Figur aus Holz zu schnitzen. War gar nicht so schlecht geworden. Er hatte sie Nele geschenkt.

Das Boot hatte er ins Wasser gelassen und war damit ein Stück seeabwärts gefahren. Dort führte nicht mal ein richtiger Weg zum Ufer. Sie würden sich durchs Dickicht arbeiten müssen. Er würde sie um sieben am Bruderwerk abholen. Wenn sie mit ihm ging, dann durfte sie an den Wochenenden bis zum zehn unterwegs sein. Sie würden mit dem Boot rausfahren, runter Richtung Unteruhldingen. Dort hatte er noch nicht gesucht. Er schob das Boot noch ein Stück weiter in den Busch am Ufer hinein. Dann trat er einen Schritt zurück und schaute ganz genau hin. Er konnte nichts mehr von dem Boot sehen. Das war gut.

Ziemlich zügig fuhr Kim Lorenz auf den Parkplatz hinter dem Polizeirevier. Hoffentlich lief sie jetzt nicht auch noch diesem Kleinpfennig über den Weg. Obwohl, wahrscheinlich würden sie die Unterstützung der Streifenpolizei noch brauchen. Sie ging schnell die Treppe nach oben. Die Verabredung mit Peter wollte sie auf jeden Fall einhalten. Christina hatte sie wohl auf der Treppe gehört. Es fiel ihr jetzt erst auf, wie ruhig es im Haus war. Natürlich, der Sonntag.

»Du bist pünktlich«, sagte Christina.

»Muss ich auch. Ich hatte gerade noch ein interessantes Gespräch mit einer Frau Herder. Den Tipp hat mir mein Freund gegeben. Ach ja, wurden die Leichen der Mädchen eigentlich danach untersucht, ob Haare abgeschnitten wurden?«

»Haare? Kopfhaare?«

»Genau«, sagte Kim Lorenz.

»Ich muss dir ehrlich sagen, das weiß ich nicht«, sagte Christina.

»Sei so gut und leite das gleich in die Wege, ob Sonntag oder nicht.«

Kim Lorenz hatte den Einwand der Kollegin schon an ihrem Gesichtsausdruck erkannt. Die Kollegen mochten es überhaupt nicht, an einem Sonntag zu einer eher fragwürdigen Untersuchung einbestellt zu werden.

»Sei ein bisschen freundlich zu ihnen, dann geht das schon«, sagte Kim zu Christina.

»Mal sehen, ob das klappt.«

»Jetzt kommt dann gleich diese Yoga-Lehrerin. Nimm ihre Aussage zu Protokoll, lass dir eventuell Namenslisten von den Kursen geben.«

»Okay, Chefin.«

»Also, ich geh dann mal.«

»Viel Glück«, sagte Christina.

Er war auf der Uferpromenade. Alles schien sonntäglich normal zu sein. Die Sonne schien, es war warm. Er versuchte, so ruhig wie möglich zu gehen. Sie würden heute Abend eine Weile brauchen durch die Stadt an den See. Immerhin hatte er schon eine gute Viertelstunde gebraucht. Und das nur zur Promenade. Er ging über den Landungsplatz am Brunnen vorbei. Vor der Eisdiele stand eine lange Schlange. Er sah Andreas, der mit seinen fast zwei Metern aus der Gruppe herausragte. Da war wohl die ganze Familie zum Eis essen gegangen. Rund um ihren Vater standen seine vier Kinder und seine Frau. Eine große Familie, dachte er. Andreas sah ihn auch. Er winkte herüber. Er winkte zurück, ging aber weiter. Heute Abend musste er eine andere Strecke gehen. Vom Bruderwerk am besten in weitem Bogen um die Innenstadt herum. Das war zwar ein Umweg, aber sicherer. Ganz normal ging er seinen Heimweg aus der Stadt. Vor ihrem Haus holte er den Schlüssel aus der Tasche und schloss auf. Auf dem Treppenabsatz stand sie. Sie hatte ihn wohl kommen hören.

»Die Kriminalpolizei war da. Die wolltet was frage.«

Sie schaute ihn abwartend an. Was sollte er sagen, dass es wegen der Mädchen im See war, dass sie mal über die Locken auf ihrem Nachttisch nachdenken sollte?

»Was wellet die denn von dir. Isch denn was bei der Arbeit?«, fragte sie.

»Noi, vielleicht wegen dem Moped«, antwortete er.

»Da kommt doch net die Kriminalpolizei«, sagte sie laut.

»I weiß au net.«

»Du sollsch dich melde.«

Sie gab ihm die Visitenkarte der Kommissarin. Er nahm sie, steckte sie in seine Jeans. Sie ging ins Wohnzimmer, er in sein Zimmer. Er hatte noch was zu erledigen. Er setzte sich auf sein Bett und überlegte. Warum tauchte hier bei ihm die Kriminalpolizei auf? Wie konnten die auf ihn kommen? Sollte er die Kommissarin anrufen? Er durfte jetzt keinen Fehler machen. Wann würden sie ihn holen, wenn er sich nicht meldete, nachher, heute Abend oder erst morgen? Das konnte er nicht einschätzen. Ob sie ihnen von der Hütte erzählt hatte. Die würden sie sowieso nicht finden. Die kannte niemand mehr. Dort war ja sonst nichts. Er versuchte nachzudenken, packte dabei ein paar Sachen zusammen. Viel würden sie nicht brauchen. Er steckte sich die Ringe in die Tasche. Es würde keine lange Bootsfahrt werden. Nur hinaus, mitten auf den See. Dann würden sie tauchen. Er hatte noch ein Gewicht. Eine letzte Chance, Sabine zu finden. Er stand auf, nahm seine Tasche und ging hinaus.

»Tschüs Mama«, rief er beim Hinausgehen in Richtung Wohnzimmer.

Peter saß auf einer Bank hinter dem Brunnen. Am Kiosk und an der Eisdiele erfrischten sich die Leute bei dem warmen Herbstwetter mit einer Cola oder einem Eis. Er beobachtete das Treiben auf dem Landungsplatz. Dieses Überlingen war eine schöne Stadt. Sie waren nach dem Mittagessen durch die Straßen und Gassen gelaufen. Peter hatte sich gewundert, dass Max so viel über die Stadtgeschichte wusste.

»Wir waren im Sommer mal hier. Julias Vorschlag. Sie wollte doch mehr unternehmen, also wir, zusammen. Deshalb. Da haben wir auch eine Stadtführung mitgemacht. Eine alte Reichsstadt, dieses Überlingen. Wenn du genau hinschaust, dann sind noch einige Teile der Befestigung recht gut erhalten. Eine lustige Geschichte hat die Stadtführerin im Münster dann erzählt: Immer an Pfingsten hat man durch ein dunkles Loch eine weiße Taube ins Kirchenschiff herabfliegen lassen. Bis auf einmal. Da sprach der Pfarrer vom Heiligen Geist, der gleich auf die Gemeinde herabkommen würde. Der Mesner öffnete die Klappe und rief: Der kommt heit it, den hat Katz gfresse. Ob es stimmt, weiß man nicht, aber die alten Überlinger erzählen wohl diese Geschichte.«

Das waren diese Anekdoten. Darin war Max gut. Viel besser als er selbst konnte er sich so etwas merken und dann irgendwann, wenn es passte, zum Besten geben.

Er sah Kims schwarze Haare schon von Weitem. Sie umarmten sich zur Begrüßung. Kein Kuss, dachte Peter. Vielleicht besser kein Kuss, dachte Kim.

»Sollen wir ein Stück gehen«, schlug Peter vor.

»Gut. Man sitzt eh zu viel.«

Auf der Promenade ging Kim ans Geländer und blieb stehen. Sie schaute aufs Wasser.

»Weißt du noch. In Gaienhofen. ›Der See kann nichts dafür‹, hast du da gesagt. Stimmt schon, der See, das ist nur Wasser. Hier hat er wieder seine Opfer gefordert.«

»Wie kommst du voran?«

»Dein Hinweis mit diesem Heinz Herder war vielleicht Gold wert. Wir haben ihn zwar noch nicht, aber ich war bei seiner Mutter. Er legt ihr Locken auf den Nachttisch. Stell dir vor!«

»Locken. Aber dann …«

»Nun mal langsam. Ich hatte noch nicht mit diesem Heinz gesprochen. Da konnte ich doch von der Mutter nicht gleich die Locken verlangen. Ein wenig mehr Hinweise brauche ich schon.«

»Verstehe. Und dieser Heinz, wo ist er?«

»Wir suchen ihn. Vielleicht meldet er sich auch. Wenn er sich bis sechs nicht meldet, dann lasse ich ihn zur Fahndung ausschreiben.«

»Ich drück dir die Daumen. Du fehlst mir.«

Kim wusste genau, wie sie Peter jetzt anschaute. Seine blaugrünen Augen weit offen und ein Lächeln auf den Lippen.

»Du fehlst mir auch. Das kannst du mir glauben. Wie oft hatte ich das Handy in der Hand und wollte dich anrufen.«

»Ging mir auch so. Ich wollte dir sagen, dass alles möglich ist. Also, von meiner Seite aus. Ich möchte keine Forderungen an dich stellen. Du hast deinen Weg, eine Karriere. Ich bin Lehrer oder Journalist oder bald auch Kriminalautor.«

»Was?«

»Mal sehen.«

»Du willst doch nicht etwa über meine Fälle Bücher schreiben?«

»Warum denn nicht. Natürlich mit aller schriftstellerischer Freiheit.«

Kim lachte.

»Das wird was, die Kommissarin und der Krimiautor.«

»Wird?«

»Glaub schon. Auch ich will keine Ansprüche stellen. Ich möchte mit dir zusammen überlegen, wie es weitergeht. Ich möchte auch, dass wir uns in der Nähe deiner Schule eine Wohnung suchen. Ich bin meinen Campingplatz leid. Das ging mal eine Zeitlang. Aber das ist nichts auf Dauer. Und dann möchte ich mehr Zeit mit dir verbringen. Ich möchte, dass wir mehr Zeit für uns haben, uns sie auch nehmen.«

»Das möchte ich auch. Ich werde mich gleich morgen an ein paar Makler wenden. Einfach wird das nicht am See.«

»Das stimmt«, sagte Kim und schaute auf ihre Uhr, »Peter es tut mir leid, aber ich habe eigentlich keine Zeit mehr.«

»Ist schon gut. Verstehe. Na, dann fang ihn mal, den Mörder«, sagte Pater und nahm sie in die Arme.

Sie drehte ihr Gesicht nicht weg. Er auch nicht. Sie ließen sich Zeit, gaben sich Zeit. Dann fanden sich ihre Lippen.

Ein paar Stichworte hatte er sich aufgeschrieben. Peter ging ganz in Gedanken durch die Innenstadt. Es sollte ein Leichtes sein, anhand der Locken auf dem Nachttisch die Verbindung zwischen Täter und Opfer herzustellen. Kim würde diesen Heinz verhaften und sicherlich weitere Beweise für dessen Taten finden. Würde er das so schreiben wollen? Eher nicht, dachte er. An ihrem Hotel traf er auf Max, der Amelie auf ihrem Fahrrad hinterherwinkte.

»Na, wie ist es gelaufen?«

»Gut. Denke ich«, antwortete Peter.

»Nur gut?«

»Ach, weißt du, es war einfach wichtig, sich wiederzusehen. Verstehst du. Ich denke, wir haben die zentrale Frage besprochen.«

»Und die zentrale Frage lautete: Bleiben wir zusammen?«

»Genau.«

»Dann ist es gut. Soweit sind Julia und ich damals auch gekommen. Ich drücke euch die Daumen. Komm, lass uns noch einen Kaffee trinken gehen, bevor wir fahren«, sagte Max und legte dem Freund den Arm um die Schulter. Peter schien ganz in Gedanken. Max sagte erstmal nichts. Sie gingen an einer Buchhandlung vorbei.

»Da könntest du auch bald vertreten sein«, meinte Max, als sie das Schaufenster betrachteten.

»Wer weiß«, sagte Peter nachdenklich.

»Doch kein Krimiautor?«

»Vielleicht ist die Rolle des Freundes der Kommissarin angenehmer. Kim fand das nicht so toll mit dem Krimischreiben. Das habe ich gespürt. Wir müssen Fiktion und Wirklichkeit deutlich auseinanderhalten, oder?«

»Guter Gedanke. Überleg mal. Hättest du bei dem Tettnanger Fall nur das beschrieben, was Kim ermittelt und erlebt hat, dann wäre das nicht unbedingt schon ein Krimi gewesen. Also, keiner im klassischen Sinne, in der Art von: Wer war der Täter?«

»Genau. Aber vielleicht müsste man das anders schreiben. Mehr mit Hintergrund, den Motivationen, der tatsächlichen Situation. Ich muss mir da mal Gedanken machen«, sagte Peter und ging weiter.

Die Hauptkommissarin öffnete die Eingangstür zum Polizeigebäude. Eigentlich ein recht schmuckloser Bau, dachte sie noch. Da wurde sie in ihren Gedanken jäh unterbrochen.

»Jetzt hallole«, rief es aus der Pförtnerloge.

»Ach, hallo Herr Schmittle, ich moin, Karl. Wie geht's?«

»'S isch emmer no gange. 'S wird au weiter gange. Glaub i zumindescht. Ond, Frau Hauptkommissarin. Wie lauft's?«

»Eigentlich lauft no gar nex richtig. Ach Karle, trag du da Schirm, mi frierts end Fiaß!«

»Dass du des Liadle no kennsch. Alle Achtung.«

»Des werd i wohl no kenna. Mei Großvatter sengt mers emmer wieder vor.«

»Des lass mer gfalla! Aber echt, wie goht's? Kommet 'r vorwärts?«

»A bisle, kennt mer moina. Vielleicht schnappet mern bald. Druck mer Dauma«, sagte die Hauptkommissarin und ging grüßend zum Treppenhaus.

»Hat sich dieser Heinz Herder gemeldet?«, fragte Kim Lorenz, kaum hatte sie das Kommissariat betreten.

Christina Hahn saß ganz verloren allein in dem großen Raum. Sie hatte an der Stirnseite Platz genommen und sämtliche Unterlagen zu ihrem Fall vor sich ausgebreitet.

»Nein, der hat sich nicht gemeldet. Aber die Frau Gerda war da.«

»Und, was konnte sie erzählen?«

»Nicht sehr viel, muss ich sagen. Lediglich, dass des eine Mädle bei ihr in den 19-Uhr-Kurs gange isch.«

Kim Lorenz hatte Mitleid mit der jungen Kollegin. So war das oft. Man dachte, man hätte einen Anhaltspunkt und schon tat sich ein neues Arbeitsfeld auf. Eine Ermittlung nach der anderen. Es war jetzt fast siebzehn Uhr. Wie lange sollte sie diesem Heinz Herder noch geben, bis er sich meldete.

»Aber«, sagte Christina mit nun wieder hoffnungsvoller Miene, »ich habe unsere Forensiker angerufen. Da hat sich doch einer gleich bereiterklärt, das zu untersuchen. Ein Mitarbeiter von Doktor Martin übrigens. Ein gewisser Herr Eggler, recht nette Stimme, heißt allerdings Konrad. Machte aber einen sehr sympathischen Eindruck. Er hat sich gleich drangemacht. Und stell dir vor, gleich bei der ersten Mädchenleiche hat er festgestellt, dass Haare abgeschnitten worden sind!«

»Sicher?«

»Ziemlich sicher. Er meldet sich, wenn er die zweite Leiche untersucht hat.«

»Das reicht mir. Christina, wir müssen endlich handeln!«

»Sagt Brettschneider auch. Der hat angerufen, wie es denn vorwärts gehe.«

»Was hast du gesagt?«

»Wir machen Fortschritte, habe ich gesagt. Aber er will unbedingt von dir zurückgerufen werden, das war ihm ganz wichtig.«

Kim Lorenz überlegte. Abgeschnittene Haare. Sie brauchte die Locken von dieser Frau Herder. Nur wenn die mit den Haaren der Toten übereinstimmten, dann hatten sie ihn dingfest. Wo war dieser Heinz Herder, fragte sie sich. Sollte sie die Fahndung nach ihm schon einleiten? Aber vielleicht machte sie damit auch viel Lärm um nichts. Es konnte ja auch nicht stimmen. Ihr Bauch erzählte ihr was anderes. War sie mal wieder durch einen kleinen Hinweis auf den Mörder gestoßen? Wie in Tettnang. Da hatte sie ihm gegenübergesessen, da war sie sich heute sicher. Dann war er bei seiner Flucht ums Leben gekommen. Diesen hier wollte sie kriegen, lebend.

»Ich fahr nochmal zu dieser Frau Herder. Die muss mir irgendwie diese Locken rausrücken. Handhabe gibt es eigentlich noch keine. Wir haben ja noch nicht einmal den Heinz. Aber ich luchs die der schon ab. Falls du was von Eggler hörst, ruf mich gleich an. Brettschneider kann jetzt warten. Endlich kommt mal ein wenig Bewegung in diesen Fall.«

Kim Lorenz hatte ihre Tasche schon in der Hand.

»Wart mal«, sagte sie und hielt inne, »du kennst doch Leute von dieser Bürgerwehr. Diesen Dapf.«

»Ja sicher. Der war übrigens auch da. Habe ich ganz vergessen. Aber keine Erkenntnisse. Der Mann, der niedergeschlagen wurde, hat nichts erkannt.«

»Die sollen diesen alten Schuppen vom Großvater von Heinz Herder suchen. Dort ist vielleicht doch ein Boot.«

»Und wie hieß dieser Großvater?«

»Ich kann dir von Frau Herder aus anrufen oder du findest das selbst heraus. Es wird doch jemand wissen, wie die Herder mit Mädchennamen geheißen hat, oder?«

»Stimmt.«

»Also dann. Ich mach mich auf den Weg, tschüs denn.«

»Tschau, und toi, toi, toi«, sagte Christina. Sie winkte der Kollegin noch kurz zu, dann nahm sie sich den Telefonhörer.

»Christina, hallo Hermann, du, wann treffet sich denn die Bürgerwehrler? – Aha. Ond, em Ochse? – alles klar, dank dir gell, ade!«

Sie legte den Hörer auf. War das eine gute Idee von Kim, die Bürgerwehr auf dieses Bootshaus anzusetzen? Andererseits, dann hatten die was zu tun. Sie gab in ihr Notebook den Ochsen in Überlingen ein. Dann wählte sie die Nummer.

»Grüß Gott, hier Christina Hahn, isch der Fritz Dapf bei euch?«, fragte sie die Bedienung, die sie schon seit dem Kindergarten kannte. Die hatte drei Kinder und bediente manchmal im Ochsen.

»Ja? Könnt ich den mal spreche?«

Sie wartete mit dem Hörer am Ohr. Es dauerte ein paar Minuten, bis Dapf ans Telefon kam.

»Dapf«, meldete er sich.

»Hier Christina Hahn, Kriminalpolizei Konstanz, hallo Herr Dapf.«

»Die Christina, du bisch bei de Kriminaler, ha jetzt kann ich gar nimme!«, rief Dapf aus.

»Doch, doch. Folgendes. Die Leiterin der Ermittlunge mecht, dass du ond deine Leit des Bootshaus suchet.«

»Welches Bootshaus?«

»Vom Vater der Frau Herder. Wie hieß die denn mit Mädchennamen?«

»Die Marie Herder?«

»Genau die«, sagte Christina, »wahrscheinlich.«

»Des isch e geborene Strohmaier. Ihr Vatter war dr Gottlieb Strohmaier. Ihr Mutter war a Polin, des war schwierig domols, verzehlt mer sich. Aber der hot amol a Bootshaus ghabt. Des schtimmt. Aber wo des isch? Ob es des no gibt? Do muss i de andere froga.«

»Also, dann frag mal«, sagte Christina, jetzt wieder etwas dienstlicher auf Hochdeutsch.

Sie hatte doch richtig verstanden. Tschüs Mama, hatte er von draußen gerufen. Wieso rief der auf einmal Tschüs Mama, wenn er ging. Sie setzte sich in den Sessel. Frieda hatte ihr erzählt, was in der Stadt los war. Wie konnte sie auch davon nichts wissen. Frieda war ganz entsetzt gewesen. Das wusste man doch, das war doch Stadtgespräch. Sie hatte der Frieda schlecht sagen können, dass sie am Stadtgespräch nicht teilnahm. Wer sollte denn mit ihr reden, mit der Marie Herder, der der Mann davongelaufen war und deren Sohn im Bruderwerk schaffte. Tschüs Mama. Wurde jetzt alles besser, anders? Begann jetzt ein anderes Leben, ein Leben mit Tschüs Mama. Vielleicht. Aber warum wollte die Polizei was von ihm wissen, von ihrem Heinz. Hing das vielleicht mit seinen Freundinnen zusammen, waren die womöglich in Gefahr? Bestimmt deshalb. Heinz sollte besser auf sie aufpassen. Nachdem sie anscheinend noch keine richtige Spur hatten, versuchten sie jetzt, die jungen Mädchen zu schützen. Das war es bestimmt. Sie hatte vier Locken in der Nachttischschublade. Die waren dann sicher. Heinz würde sie beschützen. Das machte der, da war sie sich sicher.

Als die Türglocke ging, stand sie auf. Wer konnte das denn jetzt sein? Sie ging zur Tür und öffnete. Draußen stand die Kommissarin.

»Ach, Sie sinds«, sagte sie nur.

»Guten Tag Frau Herder, darf ich reinkommen.«

»Freilich, bitte.«

Sie machte ihr den Weg ins Wohnzimmer frei. Die Kommissarin ging ihr voraus und setzte sich in den gleichen Sessel wie am Nachmittag. Tschüs Mama hatte er gesagt.

»Ich hätte noch ein paar Fragen«, sagte Kim.

»Wenn ich helfen kann.«

»Diese Locken, von denen Sie mir erzählt haben.«

»Ja. Gell, des isch jetzt wichtig. Die wird er alle beschütze, der Heinz.«

Die Hauptkommissarin schaute die Frau verdutzt an.

»Beschützen?«

»Deswege sind Sie doch da. Damit der Heinz die junge Mädle beschützt, oder?«

Im ersten Moment verstand Kim Lorenz gar nichts mehr. Was hatte die Frau sich da zusammengereimt. Wenn ihr Verdacht zutraf, dann hatte der Sohn, dieser Heinz drei Mädchen auf dem Gewissen. Sie überlegte, was zu tun war. Vielleicht war es besser, die Frau in ihrem Glauben zu lassen. Sie müsste ihr nur irgendwie die Locken abluchsen.

»Genau. Aber damit er auch die Richtigen beschützt, brauchen wir die Locken, zum Vergleich, verstehen Sie?«

»Ach so, ha ja. Dann wartet Se mal.«

Die Frau ging hinaus. Als sie zurückkam hielt sie eine kleine Schachtel in der rechten Hand und ein altes Foto in der linken.

»Do drin habe se alle.«

Sie setzte sich. Als sie den Deckel der Schachtel anhob rutschten gleich ein paar Haarlocken über den Rand. Kim

Lorenz beobachtete die Frau, wie sie stolz auf die Schachtel schaute. Die Augen der Frau waren feucht geworden.

»Sonscht muss ich bloß wegen der Sabine weine«, sagte sie leise.

»Wer ist denn die Sabine?«

»Mei Tochter, die isch en See. Des isch se.«

Sie hob der Kommissarin das alte Foto entgegen.

»Do war se no ganz klei, des andere ben i.«

Kim Lorenz nahm das vergilbte Foto. Eine junge Frau und ihr Kind. Auf dem Wickeltisch. Sie schauten beide in die Kamera.

»Die Sabine hat auch solche Locke ghet«, sagte die Frau, »genau die gleiche.«

Kim Lorenz wusste, sie musste gehen. Es war zum Verrücktwerden. Erst passierte fast nichts. Jetzt brachen die Spuren und Beweise über sie herein. Sie wollte nochmal nach dieser Sabine fragen, verkniff sich das aber. Später wollte sie dann mit der Frau ausführlich reden. Später, wenn sie den Heinz verhaftet hatte. Die Frau gab ihr die Schachtel. Die Hauptkommissarin reichte ihr das Foto zurück.

»Ich bring dann die Locken wieder zurück, wenn wir sie nicht mehr brauchen«, sagte sie am Treppenabsatz.

»Ja, ja«, sagte die Frau, »ich weiß net, was heit los ischt. Erscht sagt er Tschüs Mama, dann kommet Sie ond froget noch de Locka. I hoff bloß, ihr fanget en bald, den Mörder.«

»Bestimmt«, sagte Kim Lorenz und verabschiedete sich. Wieso hatte sich dieser Heinz von seiner Mutter verabschiedet, oder vielmehr, warum fiel der das so auf? Eine Frage, die ihr noch eine Weile durch den Kopf ging.

Sie waren in ihrem Versteck gewesen. Er hatte ein paar Cola-Dosen besorgt, sie hatte Kekse mitgebracht. In dem kleinen Wäldchen unterhalb der Bruderwerk-Anlage hatten sie vor ein paar Monaten diese Ecke entdeckt. Hinter drei großen Eichen hatten sie im Buschwerk eine Lücke entdeckt. Unter den Büschen hatte er wie eine Art Höhle ausgeschnitten. Mit ein paar Decken hatten sie es, wenn es die Temperaturen zuließen, hier sehr gemütlich. Vor allem Nele war immer ganz begeistert, wenn sie in ihr Versteck gingen.

Nachdem sie ein bisschen rumgeschmust hatten, nahm er Neles Gesicht in seine Hände und schaute ihr tief in die Augen.

»Nele«, sagte er, »du wolltest doch immer heiraten.«

Nele nickte.

»Heute wird das vielleicht wahr. Wir fahren nachher auf den See hinaus. Hast du Lust?«

»Aber dann ist es doch dunkel«, sagte Nele.

»Da ist es umso schöner, glaub mir.«

»Wenn du meinst«, sagte das Mädchen nur.

»Ich habe sogar schon unsere Ringe dabei«, sagte er und kramte in den Hosentaschen nach den Ringen.

Er zog sie heraus und hielt sie Nele hin.

»Probier doch mal, ob dir deiner passt«, sagte er.

Sie nahm den Ring aus seiner Hand und schob ihn sich über den Mittelfinger.

»Aber Nele, der gehört doch an den Ringfinger«, sagte er.

Sie zog den Ring wieder ab und schob ihn auf den Ringfinger. Er passte. Sie schaute ihn mit großen Augen an.

»Das ist unser Ring«, sagte sie nur.

»Ja, das ist unser Ring. Das sind unsere Ringe.«

»Heiraten wir denn auf deinem Boot?«, fragte sie vorsichtig.

»Ja, wir schleichen uns, sobald es dämmert, zum Seeufer. Dort habe ich mein Boot versteckt. Dann fahren wir raus. Es ist herrlich bei Nacht, wenn die Lichter am Ufer funkeln.«

»Ich war noch nie bei Nacht auf dem See. Ist das nicht unheimlich?«

»Schon ein bisschen. Aber es ist auch herrlich. Und so feierlich. Ich habe Kerzen eingepackt. Die zünden wir dann an. Dann setzen wir sie in kleine Schalen, damit sie über den See schwimmen. Das wird unsere Festbeleuchtung sein.

»Schön.«

»Aber jetzt lass uns noch ein wenig ausruhen. Wir müssen nachher weit rausfahren, damit sie uns nicht sehen. Es soll doch eine heimliche Hochzeit sein, so wie besprochen.«

»Genau, eine heimliche Hochzeit. Nur wir. Nur wir und das Wasser, gell.«

»Eine Wasserhochzeit könnte man sagen. Eine richtige Wasserhochzeit, für dich, Nele.«

»Für mich. Für uns. Das wird schön. Aber«, sie stockte, »ich kann nicht schwimmen. Ist das schlimm?«

»Ich doch auch nicht. Das macht doch nichts. Wir haben ja das Boot, darin sind wir sicher, gell!«

Sie lachte. Sie mochte es, wenn er ihr »gell« nachmachte. Sie kuschelte sich an seine Schulter. Das hatte sie sich immer gewünscht, zu heiraten. Mit Heinz hatte sie den Richtigen gefunden. Eine Wasserhochzeit, das würde toll werden. Sie freute sich schon darauf. So lange hatte sie schon von Hochzeit geträumt. Heute würde das wahr werden.

Die Locken passen!«, rief Christina Hahn schon von der Tür aus. Kim Lorenz blickte auf. Wenn das auch noch nicht der sichere Beweis war, für sie stand fest, dass sie mit Heinz Herder den Tottaucher gefunden hatten. Sie hatte sogar schon ihren Chef Brettschneider informiert. Der war voll des Lobes gewesen. Sie aber auch. Sie hatte ihm gedankt für die Rückendeckung während dieses Falles.

»Wissen wir schon mehr über diesen Heinz Herder?«, fragte sie Christina.

»Er arbeitet seit einigen Jahren im Bruderwerk. Ich habe mit dem Leiter telefoniert. Er hat ihn heute dort nicht gesehen. Das sei aber auch nichts Besonderes, denn Herder geht dort ein und aus. Eine Pforte in dem Sinne gibt es nicht.«

»Was dann?«, fragte die Hauptkommissarin, »es handelt sich doch um eine geschlossene Einrichtung, oder? Da muss doch jemand sein, der kontrolliert, wer rein und wer raus geht?«

»Schon. Es gibt ein Pförtnerhaus und ein Tor. Aber am Wochenende wird das nur am Abend geschlossen. Sonst gehen die Leute rein und raus«, antwortete Christina Hahn.

Es klopfte. Zuerst vorsichtig, dann deutlich stärker.

»Herein!«, rief die Hauptkommissarin.

In der Tür stand Fritz Dapf. Er schnaufte heftig und wischte sich mit dem Ärmel über die schweißnasse Stirn.

»Mir hen se!«, rief er den beiden Frauen zu.

»Wen?«, fragten die beiden fast gleichzeitig.

»Die Hütt, die Hütt vom Strohmaier! Aber da isch kei Boot!«

Die beiden Frauen waren dem Lachen nahe. Das war schon ein Anblick. Der schwitzende Mann hatte sich an einer Stuhllehne abgestützt und seine Sätze sozusagen mit der letzten Luft ausgestoßen.

Kim Lorenz wusste, es gab nichts zu lachen. Noch nicht.

Denn wer zuletzt lacht... Wo war dieses Boot, und wo war dieser Heinz Herder?

»Haben Sie sonst was Verdächtiges gesehen oder gehört?«, fragte sie Dapf.

Der schüttelte nur den Kopf.

»Die Hütte gibt's halt noch. Aber mehr war da it, echt!«

»Gut, Herr Dapf, wir danken Ihnen für Ihre Hilfe. Sie lassen weiter Ihre Leute Streife laufen?«

»Klar, bis heut Nacht um drei«, sagte Dapf.

»Gut. Das ist gut. Wie decken denn Ihre Routen das Seeufer ab?«

»Mir laufet bis Nussdorf, dort wo's aufhert. Do kommt ja bloß noch der Campingplatz. Mit denne habe mer gschproche, die gucket selber.«

»Dort muss aber irgendwo sein Boot sein«, sagte Kim Lorenz, »er kann nicht sehr weit von diesem Bootshaus entfernt sein. Wie weit kann man ein Ruderboot alleine schleppen, Herr Dapf?«

»Wenns gut rutscht scho e bar hundert Meter«, antwortete der Leiter der Bürgerwehr.

»Ein paar hundert Meter? Können wir die nördliche Richtung ausschließen? Ich denke schon. Da ist es viel zu belebt. Wir suchen südlich! Herr Dapf, trommeln Sie Ihre Leute zusammen. Wir treffen uns am Ochsen. Dort ist doch Ihre Zentrale.«

»Ja, klar, mach ich. Dann bis...«

»Gleich!«, sagte Christina laut und scheuchte Dapf damit hinaus.

»Was ist mit der DNA?«, fragte die Hauptkommissarin.

»Frühestens morgen Nachmittag. Es sind halt drei Abgleiche.«

»Klar. Das dauert. Aber ich bin mir sicher, dieser Herder ist unser Mann. Wir müssen ihn doch zu fassen kriegen, verdammt!«

Das schwimmt aber gut«, sagte Nele. Die Dunkelheit war langsam über den See gezogen. Wie eine Decke für die Nacht, dachte er. Er war ihnen entwischt. Das wusste er jetzt. Beim Bootshaus waren noch Lichter zu sehen gewesen. Aber dann waren die plötzlich wieder verschwunden. Das hatte er nicht verstanden. Aber gut. Er wusste, sie würden wiederkommen und nach dem Boot suchen. Sie wussten jetzt, dass er ein Boot hatte. Aber das war zu erwarten gewesen. Wichtig war, dass sie jetzt schon draußen auf dem See waren. Erst später würde er die Kerzen anzünden. Zur Hochzeit. Er musste ihr diesmal eine gute Geschichte erzählen. Sie würde ihm glauben, da war er sich sicher. Er musste nur langsam sprechen und sie immer anschauen. Dann glaubte sie ihm. Dann glaubte sie ihm immer.

»Und? Hast du Angst?«, fragte er sie. Sie saß ganz dicht neben ihm. Er griff zum Rudern über sie hinweg. Sie mussten nur vorwärtskommen, das war wichtig. Er würde sie nachher nach vorne schicken, die Kerzen holen. Dann könnte er noch ein gutes Stück hinausrudern, so weit, dass sie vielleicht ihre Kerzen nicht mehr sehen würden.

»Wohin fahren wir?«

»Erstmal weit hinaus. Eine solche Hochzeit braucht Ruhe und viel Wasser um sich rum.«

»Warum Wasser?«

»Das ist wie mit der Taufe. Das kennst du doch, oder?«

»Wie Johannes der Täufer. Der hat sie auch eingetunkt, hinein ins Wasser.«

»Genau. So ähnlich ist das auch bei einer Wasserhochzeit, verstehst du?«

»Aber ich kann doch nicht schwimmen«, sagte sie mit Angst in der Stimme.

»Ich doch auch nicht«, sagte er schnell, »wir haben doch unseren Schwimmer.«

Er zeigte auf das Gewicht am Ende des Bootes. Ja, sie

würden schwimmen, ganz tief hinab, bis zu Sabine. Er spürte nur noch wenig Hoffnung, sie zu finden. Aber dieses eine Mal wollte er mit Nele tief hinunter. Dort hinunter, wo Sabine war. Dann würde seine Mutter nicht mehr weinen. Aber sie würde vielleicht wegen ihm weinen. Weil er ins Wasser auf die Suche nach Sabine gegangen war. Sie hatte ja jetzt Frieda. Da musste sie nicht mehr weinen. Er würde weinen, wenn er es könnte. Dort unten, bei Sabine. Weinen über sein Leben. Weinen wegen Sabine und wegen Nele, die er mitnahm. Aber Nele wollte mit ihm zusammen diese Hochzeit feiern. Nele wollte bei ihm sein. Nur bei ihm. Wenn er zu Sabine ging, dann sollte Nele mit.

»Ein Schwimmer, das ist gut, dann kann wenigstens einer schwimmen!«

»Genau. Der schwimmt dann für uns mit. Das Wasser ist noch warm, da brauchst du keine Angst zu haben. Das wird schön, wenn wir mit dem Schwimmer schwimmen, gell!«

Sie lachte. Sie lachte halt immer, wenn er das machte.

»Du kannst jetzt schon mal die Kerzen holen«, sagte er.

Sie stand vorsichtig auf. Mit der Hand an der Bootskante ging sie nach vorne, um den Beutel zu holen. Er sah ihr zu, wie sie mit staksigen Schritten durch das Boot ging.

Er legte sich in die Riemen, zog mit den Armen durch, bis er seine Muskeln spürte. Das tat gut. Er war stark. Er hatte starke Arme. Das hatte sie auch oft gesagt. Aber mit einem Unterton, dass er immer das Gefühl hatte, woanders nicht so stark zu sein. Was hatte sie gemeint? Vielleicht, dass er nicht so gut in der Schule gewesen war? Nele kam zurück. Sie reichte ihm den Beutel. Den Rest sollte er wohl machen. Er holte die Kerzen heraus, dann die Schalen. Erst zündete er die Kerzen an, dann setzte er sie jeweils in eine Schale und ließ sie ins Wasser gleiten. Sie schaute ihm zu. Fasziniert. Als die fünf Schalen auf dem Wasser schwammen, war er froh. Der See war ruhig. Kein Lüftchen zog über die Wasseroberfläche. Das hatte er sich gewünscht. Nur ein wenig Wind, und das mit den Kerzen hätte nicht geklappt.

»Jetzt gehen wir. Ich nehme meine Lampe mit, dann kann ich dir leuchten«, sagte er.

Er nahm ihre Hand. Vorsichtig streifte er ihr den Ring über den Finger. Dann nahm er den zweiten Ring und schob ihn über seinen Ringfinger. Sie setzte sich auf den Bootsrand und ließ sich ins Wasser gleiten.

»Es ist gar nicht kalt«, sagte sie.

»Wie ich gesagt habe.«

Auch er legte die Beine über den Bootsrand und ließ los. Jetzt musste er nur noch das Gewicht aus dem Boot lupfen. Hoffentlich schaffte er das vom Wasser aus. Das hatte er nicht überlegt. Es würde natürlich schwerer sein, als an Land. Da konnte er das Gewicht mit zwei Händen stemmen. Aber jetzt, vom Wasser aus? Er ließ Nele sich am Boot festhalten. Gab ihr seine Lampe. Die Kerzen leuchteten genug, dass er das Gewicht im Boot sehen konnte. Er hangelte sich zum Heck. Dann griff er nach der Leine am Gewicht. Es ließ sich ein Stück über den Bootsboden ziehen. Er musste mit beiden Händen in den großen Metallring greifen, dann würde er es schaffen. Der Ring war eng. Mit Mühe konnte er jeweils drei Finger seiner Hände hineinzwängen. Er zog seinen Körper hoch, bis er mit dem Becken über den Bootsrand kam. Wenn er jetzt mit aller Kraft zog und seinen Körper nach hinten warf, dann müsste er es schaffen. Was, wenn das Boot kenterte? Er musste sie darauf vorbereiten, damit alles gut ging. Er würde es einmal probieren. Er spannte seinen Körper an. Dann zog er mit aller Kraft am Ring. Das Gewicht bewegte sich, aber er spürte, dass es nur ging, wenn er das Boot umkippte.

»Das ist aber ein schwerer Schwimmer«, sagte sie.

Sie schaute ihm zu. Leuchtete mit der Taschenlampe in sein Gesicht und ins Boot hinein. Er lächelte.

»Das ist ein ganz besonderer Schwimmer. Der ist im Boot schwer und im Wasser leicht, weißt du.«

»Das kenn ich, das ist wie mit einem Schwamm, nur umgekehrt. Der ist draußen leicht und im Wasser schwer, gell!«

»Richtig. Nele, es kann sein, dass wenn ich den schweren Schwimmer jetzt aus dem Boot ziehe, das Boot umkippt, weißt du. Komm weiter zu mir rüber, damit ich dich halten kann. Dann bist du auch näher am Schwimmer dran.«

Sie kam zu ihm herüber, hielt sich weiter am Bootsrand fest.

»Gut so«, sagte er.

Er nahm seine ganze Kraft zusammen, dabei ließ er Nele nicht aus den Augen. Er konnte das Gewicht ein paar Zentimeter an der Innenseite der Bootswand hochziehen. Aber dann verkantete es wieder. Weil sie sich beide auf einer Bootsseite festhielten, neigte sich das Boot immer mehr. Er entschied sich, nun sein Körpergewicht einzusetzen. Das Boot würde kippen, aber anders ging es nicht. Er zog sich hoch und ließ sich dann wieder nach hinten fallen. Das Boot neigte sich. Nele rief irgendwas. Er zog am Gewicht. Wie würde das Boot sinken, fragte er sich. Würde es überhaupt sinken. In dem Moment drehte sich das Boot um. Hatte Nele mitgezogen? Er hielt sich am Gewicht fest. Sah nur noch Wasser, dunkles Wasser. Die Hochzeit? Das konnte er vergessen. Wo war Nele? Er hatte nicht einmal seine Taschenlampe. Wie sollte er nach Sabine suchen, ohne Lampe. Aber er wollte das Gewicht nicht loslassen, denn er wollte nicht zurück. Er hatte Sabine gesucht. Sie hatte geweint. Dann die Frieda. Und Nele? Es war dunkel in diesem Wasser. Langsam wurde es auch kälter. Ziemlich kalt, wie er fand. Aber, je tiefer, desto besser. Dort war Sabine, dort musste Sabine sein. Seine Sabine. Seine Schwester mit den blonden Locken. Er ließ das Gewicht los. Nun war er bei ihr.

Epilog

Sie saßen auf dem Campingplatz vor ihrem Wohnwagen. Eine Abschiedsparty. Abschied vom Wohnwagen und vom Campingplatz in Horn.

»Doch, sie hat von einer Hochzeit gesprochen«, sagte Kim.

»Einer Hochzeit?«, fragte Julia.

»Das hatte er ihr wohl erzählt. Eine Hochzeit auf dem Wasser oder vielmehr im Wasser. Ich bin gespannt, was sie erzählt, wenn sie aus dem Krankenhaus wieder raus ist.«

»Habt ihr sie noch nicht vernommen?«, fragte Peter.

»Nein. Sie soll ihre Ruhe haben. Die Therapeutin fand das am besten. Und, was soll's, in diesem Fall. Die Morde sind bewiesen. Der Staatsanwalt ist zufrieden. Der Täter tot. Warum sollen wir sie dann mit Fragen quälen?«

»Stimmt«, meinte Max, »aber das war doch eine Dramaturgie, wie sie ein Krimiautor nicht hinkriegen würde, oder? War es tatsächlich der Hinweis von Amelie und dann Peter, der dich auf diesen Heinz gebracht hat?«

»Tatsächlich. Ich weiß nicht, ob wir mit unserer Überwachung dieses vermaledeiten Dienstags wirklich auf seine Spur gekommen wären. Ich glaube es nicht. Der hätte einfach gewartet, eine Woche, zwei Wochen. Was hätten wir dann gemacht? Brettschneider saß mir doch eh schon im Nacken. Der hat sich übrigens gefreut wie ein Schneekönig. Sah sich natürlich total bestätigt von wegen Druck der Medien abfangen und Rücken freihalten.

»Das glaube ich gleich«, sagte Peter.

Der Prosecco knallte. Max füllte die Gläser. Da hatten

sie wirklich verdammtes Glück gehabt, dachte Peter, als er mit den anderen anstieß. Nur eine knappe Woche hatten sie gebraucht, um eine passende Wohnung zu finden. Ein bisschen hatte er immer noch Max in Verdacht, dass der seine Finger im Spiel gehabt hatte. Bei der ersten Besichtigung hatte er den Vermieter so überaus freundlich gegrüßt. Das hatte irgendwie gespielt gewirkt. Aber er wollte heute darüber nicht nachdenken.

»So lasst uns trinken auf euch und eure neue Wohnung!«, rief Max in den Nachthimmel.

»Prost. Salute und Cheers!«, jeder hatte einen anderen Trinkspruch parat.

Kim Lorenz schaute in ihr Glas. Die Perlen stiegen nach oben. Sie sah auf die Oberfläche. Da war wieder der See. Wasser. Dann aber ging ihr Blick hinaus auf den Bodensee. Diesmal hatte er den Richtigen geholt. Sie überlegte. Wieder war das kein klarer Fall. Kein Pluspunkt für die Karriereleiter. Gut, sie hatte den Täter schließlich gefasst. Aber eigentlich nicht durch ihre Ermittlungsarbeit. Wieso lief das alles immer so krumm bei ihr? Sie konnte schon keinen Krimi mehr anschauen, weil sie sich ärgerte, wie die TV-Kollegen eine Spur nach der anderen fanden, Beweise geliefert bekamen oder durch forensische Wundertaten ihre Täter schließlich fassten. Sie wollte auch einmal einen solchen Fall erleben. Vielleicht könnte ihr Peter einen schreiben, dann hätte sie wenigstens etwas. Christina Hahn hatte sie ihrem Chef Brettschneider empfohlen. Mit ihr könnte sie sich ein Ermittlungsteam vorstellen. Auch wenn die Kollegin gleich beim ersten richtigen Fall mit dem Gerichtsmediziner Eggler angebandelt hatte. Da würde man sehen. Mit Frau Herder hatte sie selbst gesprochen. Es war ein schwieriges Gespräch gewesen. Sie bereute, dass sie beim letzten Besuch nicht mehr Zeit und auch keinen Kopf dafür gehabt hatte, der Frau zu erklären, was tatsächlich los war. Die war natürlich aus allen Wolken gefallen. Gott sei Dank war deren Freundin Frieda dabei gewesen. So konnte sie wenigstens beruhigt gehen. Aber das war ihre Arbeit. Sie würde gerne am See bleiben. Sie drückte sich die Daumen, dass beim nächsten Fall der See und das Wasser eher eine Nebenrolle spielen würden. Das Mondlicht fiel hell über den See. Schön. Du See du.

»Ich habe es dir damals gesagt, ich sage es auch heute nochmal: Der See kann nichts dafür«, sagte Peter.

Er legte den Arm um sie. Es war eine neue Zeit angebrochen. Eine gute, eine bessere Zeit. Eine Gemeinsamkeit hatte endlich begonnen. Sie beide zusammen in einer Wohnung. Endlich jemand zu Hause, oder auch nicht. Aber endlich ein Zuhause, zu dem man heimkommen konnte. Es war ein Projekt, das wusste er wohl. Ein Versuch, ob sie das schafften. Aber er war zuversichtlich. Im Rückblick dachte er an das Gespräch in Überlingen am See. Als er mit Max später im Café gesessen hatte, hatte er nicht viel zu erzählen gewusst. Was hätte er auch sagen sollen. Eine Unsicherheit war in ihm geblieben. War das gut, wenn man mit wenigen Sätzen, einer Umarmung und einem Kuss wieder zueinander fand? Gut, so weit entfernt oder fremd waren sie sich nicht gewesen. Aber er hatte immer wieder die Worte und die Sätze vor sich hingesprochen, überlegt, ob das vielleicht zu wenig war. Aber es war viel gewesen, da war er sich heute sicher.

»Der See kann schon was dafür«, sagte Kim und drückte ihm einen Kuss auf die Wange, »nur hat er diesmal den Richtigen geholt.«

Ich habe zu danken …

… meiner Familie, die wieder mal merken musste, dass ein Krimi fertig wird.

… den Überlingern und Sipplingern dafür, dass ich ihre Orte und die Menschen darin in dieser Geschichte verwenden durfte. Auch, dass sie Verständnis dafür haben, dass ich nicht immer ganz genau ihren Dialekt getroffen, aber hoffentlich so geschrieben habe, dass man ihn auch richtig lesen und aussprechen kann.

… meiner Erstleserin Dorothee Scholl für ihre akribische Durchsicht und wertvollen Hinweise.

… meinen lieben Freunden Mathi und Erwin für den besonderen Blick und die Gespräche über den See.

… allen Freunden und Bekannten, mit denen ich den einen oder anderen Aspekt dieser Geschichte besprechen konnte.